著 珍比良

画 山椒魚

クズ勇者のその日暮らし

TOブックス

Illustration : 山椒魚

Design : AFTERGLOW

KUZUYUSHA NO SONOHIGURASH

当作品には勇者様および女神様の信仰を貶める目的はありません。
あらかじめご了承下さい。

プロローグ

見るだけでうんざりするような土煙が上がっている。

強化した視覚が、狂ったように雄叫びを上げて押し寄せる魔物の群れを捉えた。先陣を切る魔物が上げる土煙に隠れて群れの全容は掴めないが、ざっくりとした計算でも五百体は下らないだろう。繁殖力、というよりは発生力旺盛な下級の魔物は、定期的に間引かないと大規模な群れを形成して人類を滅ぼさんと行進を開始する。

群れの進行ルートにあるのはそれなりに大きな町だ。順当に行けばあと二、三時間で町は惨劇の舞台になる。魔物ってのは、何がそんなに人類のことが気に食わないのか、とかく人類に対して暴力をふるいたがる。それが存在理由だと言わんばかりに。

思わず舌打ちする。あれだけ大きい町なら戦えるやつの一人や二人はいるだろっての。こんなになるまで放置してんじゃやねぇよ。

見晴らしのいい小高い崖の上から見た景色に辟易し、八つ当たり気味に足元の草を踏み躙った。めんどくせぇ。

「どうしたの？　もしかして、苦戦しそう？」

「見りゃ分かる」

それだけ言って俺は場所を譲った。のんきに飯の用意をしていた女が立ち上がり、崖の先端に立って、どれどれ、などと漏らした。

目を凝らし、手で庇を作り、両手で輪を作って目に押し当ててひとしきり眺めたあと、コテリと首を傾げた。それにつられて腰まで伸びた金髪が揺れる。碧の眼をすぅと凝らして一言。

「うーん、見えない！　視覚強化ちょうだい」

「見えないなら別にいい。そこまでして見るもんじゃねぇ」

「いーからいーから！」

ガキみたいな反応すんじゃねぇよ。年を考えろ。

未だに両手を目に添えたまま早くと急かすアホ面の女に一歩近寄り、右手をかざして唱える。

「【視覚透徹】」

補助魔法。その最も基本的なものである五感強化。音も光も発生していないが、確かに魔法は発動した。

いまさら珍しいものでも無いだろうに、何が面白いのか女は「おぉー」と間延びした声を上げた。

「小鬼に豚頭、犬頭もいるね。全部合わせて……五百匹くらい？　私達で勝てるかな？」

「冗談よせよ。過剰戦力だろ」

群れの内訳は小鬼五割、豚三割、犬二割といったところか。完全に有象無象だ。小鬼と犬なんて雑魚筆頭だし、豚も腕が立つやつならば問題なく狩れる。群れてさえいなければ、ではあるが。

そう、群れてさえいなければ勝てるのだ。なのになんで自分たちで駆除しねぇんだ。畑を荒らす

害獣を駆除する感覚で定期的に狩りさえすればこんな事態にはならねぇだろ。誰がケツ拭くと思ってんのかね。

何が腹立つって、町の連中に一切の焦りが無いことだ。あと数時間もすれば天に召されるかもしれないってのに、誰一人として避難どころか慌てすらしていない。

今頃はアホ面晒してメシでもかっ食らっているところだろうか。それとも俺たちのことを酒の肴にして駄弁ってるところだろうか。

そう考えると帰りたくなる。帰るか。俺は提案することにした。

「雑魚の寄せ集めセットだな。これなら町の連中だけで片付けられるだろ。帰ろうぜ」

「まーたそういうこと言う！　駄目だよ、ちゃんと仕事しなきゃ！」

仕事。仕事ね。よくそんなモチベーションが保てるものだ。ひょっとしたら冗談で言ってるのかもしれないと思って表情を窺うと、ぷんすかといった表現が似合う顔で女がこちらを睨んでいた。年考えろ。

しかし本気で言ってるのか。つくづく同じ環境で育ったとは思えないほど考え方が異なっている。自己犠牲。奉仕の精神。博愛主義。ついぞ理解できなかった考え方だ。銅貨一枚の価値もありゃしねぇ。

こいつは、救援要請に従って現れた俺たちを見て安堵の表情を浮かべ、あとはよろしくと言わんばかりに死地へと追いやる町の住人に対して何も思わないもんなのかね？　俺は一発くらい殴ってもバチは当たらねえんじゃねえかと思うんだが。

……思わないんだろうな。歴史がそうだったから。力を持っているから。

そんな理由だけで己を納得させて、不満も疑問も抱かず期待された役割を全(まっと)うしてみせる。そして賞賛の声を浴びることで全ての苦労が報われると本気で思っているのだろう。

まったく羨ましい精神構造だ。反吐(ヘド)が出る。

「実際さあ、このへんで町の一つくらい滅んでおくべきだろ。どいつもこいつも危機感がねぇ。俺らが駆け付けられる状況になかったらどうするんだっての」

「冗談でも怒るよ、ガル。どんな状況でも駆け付けられるように鍛錬を怠らない。それが勇者の務めよ！」


むせ返るほどくさいセリフを言ってのけた女を前にして、俺はなんかもう吐きそうになった。

勇者。俺たちが背負う役割。影のように付き纏う呪い。

女神様から力を与えられた俺たちは、どうやら魔物たちと死ぬまで戦うことを、いや、死んでも戦い続けることを宿命づけられてしまったらしい。

面白いのは、勇者本人も守られているやつらも、その生き方に疑問を一欠片も持っていないことだ。

この国の連中は人のことを死ぬまで、いやさ死んでも扱き使うくせして奴隷制度を糾弾している。

冗談にしちゃ笑えねえな。

或いは。有する力の差がそのまま考え方に反映されているのかもしれない。

淵源踏破(えんげんとうは)の勇者。市井(しせい)が面白がって囃し立てるその名は、目の前で恥ずかしげもなく御高説を垂れた女に付けられた称号だ。

攻撃魔法と回復魔法を極めた才媛。脅威である魔物の軍勢を一瞬で葬り、病める者に慈愛の手を差し伸べる博愛の使徒。

完璧な勇者の物語が描かれた童話の本に手を突っ込んで、その首根っこを掴まえて引きずり出してきたかのような存在だ。

その力が存分に振るわれたなら、今押し寄せている魔物の群れなんて一分もしないうちに塵になる。俺いらねえだろ。

そう、俺はいらない。もし仮に俺があの群れと対峙したら……十体狩ればいいほうなんじゃないかってレベルだ。そのあとは群がられてお陀仏だろうな。俺は自分の能力を過信していない。

補助魔法を高いレベルで扱える。それが俺の力だ。極めた、と言えないところがまた哀愁を誘う。

正直俺は強くなんてない。身体強化の補助を自分にかけたとしても、精々がちょっと強いやつといったところだ。

一般人や半端に鍛えただけのやつには負けないが、荒事を生業にするようなやつと正面切って戦ったら負ける。

補助魔法を全力で駆使したら勝てるだろうが、そこまでしなければならない時点で負けのようなものだ。普通の人間に本気出さないと勝てない勇者ってなんだよ。

つまるところ、俺とあいつとでは見えてる景色が違うわけだ。あいつにとってはピクニックついでにゴミ掃除をする程度の感覚なのだろうが、俺にとっては正しく死地なのである。一人だったら間違いなくしっぽ巻いて逃げてるな。

そんなんだから市井の覚えもめでたくない。

さっきも教会の神父にこいつ誰だって視線を向けられた。まあ知らんだろうよ。数年ほど噂が途絶えた今となっては、俺の顔など国の上層部連中くらいしか認知してないだろう。

それでいい。もしも俺が補助魔法しか使えないということを知っていて、なのに勇者という理由だけで死地へと追いやろうとしていたのならば手を上げない自信がない。

今回の要請だって無視する予定だった。

しかし偶然この女が同じ町に居たので無理やり引きずられてきたのだ。逃げようとしたら半身を氷漬けにされて無理やり連れてこられた。死ね。三回くらい死ね。

俺は一体どんな表情を浮かべていたのだろうか。勇者の務めとやらにいい反応を返さなかったのは確かだ。不満そうに顔を顰(しか)めた女は、全く迫力のない声で説教を始めた。

「何でそんなに不真面目になっちゃったの？　昔はあんなに真剣に訓練してたのに」

「ガキの頃は大人の言うことが全てだったからな。それしか考えられなかっただけだ。洗脳ってやつだな」

「もう！　あの頃のガルは私なんかよりもよっぽど強かったのに」

いつの話だよ。俺がこいつより上だった時期なんてそれこそクソガキの頃だけだ。補助魔法で強化した身体能力でゴリ押せば勝てたガキの喧嘩を引き合いに出すんじゃねえよ。

言っても聞かないだろうな。分かり合える気がしない。久々に顔を合わせたが、昔となんら変わってないようで安心したよ。人類はまだまだ安泰だな。

ため息を一つ吐き、女に掛けていた視覚強化を切る。急激に変化した感覚に慣らすため目をパチパチと瞬(しばたた)かせている女を尻目に、ドカッと腰を下ろして用意されたメシを食う。

肉の塊を串にぶっ刺して素焼きにしたものだ。文化的な食事じゃねぇな。せめて調味料くらい使えっての。

「【隔離庫(インベントリ)】」

異次元に格納しておいた小瓶を取り出す。貴重な香草と香辛料が複数混ざった貴族御用達の一品だ。どんな癖のある肉でもこれをかけるだけでだいぶマシになる。

小走りでやってきた女が向かいに座り込み、物欲しそうな顔をしながら手を伸ばしてきた。

俺は無視した。

自分に耐熱魔法をかけて肉にかぶりつく。んー、それなりだな。それなり。下味がついてねえから大雑把な味だ。四十点。

「もう！　どうしてそういう意地悪するの！」

「タダで手に入れたわけじゃねえんだよ。欲しいなら出すモンあんだろ」

王都の闇市場でも滅多に流れてこないシロモノだ。どうして無償提供してやる必要があるのか。

あいにくと、俺は善意で腹を満たせないんでね。

なおも無視して肉にかぶりついていると、膨れっ面を浮かべた女が右手をかざした。

五指に紫電が走りバチバチと不吉な音を立てる。次の瞬間には手のひらに球が握られていた。

目を覆いたくなるような極光を芯に据えた破壊の権化。上級雷魔法、【女神の裁き】。

殺す気かッ！

「分かった！　分かったからそれどうにかしろッ！」

慌てて小瓶を投げて寄越す。

女はにへらとした締まらない笑みを浮かべると、ブンと手を振って物騒な魔法を霧散させた。

ジリジリと空間が震え、魔力の余波で風が吹き抜ける。

本当に変わってねぇ……。

ガキの頃から何か気に食わないことがあるとすぐこれだ。こんなのが勇者として祭り上げられてるってんだから世も末だ。担ぐ神輿くらい選べよ。

「ありがと。あ、いい香り！」

ついさっき衝動的に殺人をしようとしたとは思えない態度で女がシャカシャカと小瓶を振る。

シャカシャカと……おいおい、かけすぎだろ！

「バカがよぉ！　こういうのは軽い味付け程度に留めておくのが普通だろうが！」

咄嗟に立ち上がり小瓶を取り上げる。信じられないことに、中身はあと僅かしか残っていなかった。なんかもう死ねよ。クソが。

「そんなに怒らなくたっていいのに……」

何処を押せばそんな音が出るのか。怒りに任せて上級魔法をぶっ放そうとしたのは何処のどいつだっての。

一呼吸した後、額に手を当てて【鎮静（レスト）】をかける。

自分の精神に作用する魔法はなるべく使いたくない。強い忌避感がある。それに頼り切りになってしまいそうだからだ。

感情の波がスッと引いて冷静になったので食事を再開する。……それなりの味だ。けして美味くはない。

女が指先をちょいちょいと動かして魔法を発動した。風魔法だろう。

音もなく切り分けられた肉がふよふよと浮いてすっぽりと口に収まる。便利なこって。

「あふっ、あふ……ん、美味しい！」

こいつはいつもそれしか言わない。素焼きの肉も手間ひまかけた料理も別け隔てなく「美味しい」の一言ですませる。

味覚オンチめ。その肉しょっぱくて食えたもんじゃねぇだろ。

「あふ、熱っ！　ガル、お水！　お水ちょうらい！」

【鎮静（レスト）】の効果が早くも消えつつある。

【隔離庫（インベントリ）】から取り出した瓶を放ると、女はフタを外して中に入っている液体を一息に飲み干した。

女がぷはぁと呼気を吐き出し、袖で口を拭う。

さて。どうなるか。

「ありがと、ガ……ル？　あ、ぇ？」

焦点がブレていく。呼吸が荒れていく。額にじわりと滲み出した汗に前髪が張り付いている。

身体を起こしていられなくなったのか、女はパタリと仰向けに倒れ伏した。長い金髪が花弁のように広がり、持っていた瓶が手から離れてコロコロと転がった。

ふむ、高い抵抗を抜き、即効性も十分、と。まったく、つくづくいい仕事をする。

「イカれエルフども謹製の麻痺毒だ。魔法行使すら阻害する優れものらしいぞ。あと一時間は動けねえんじゃねぇかな」

「ぁ……ぅ……」

呂律が回らなくなった女を見て俺はひとまず安心した。

どうやら回復魔法は使えないようだ。安全が確保されたのを確認し、肉を齧って串を引き抜く。

咀嚼しながら立ち上がり、ゆっくりと歩を進める。

仰向けに倒れた女を見下ろす。就寝時のように地面に四肢を放り出してぐったりとしたさまはそこらの小娘と何ら変わらない姿だった。

熱に浮かされたように上気した頬。荒い呼吸で上下する胸。焦点を失い、小刻みに震えて潤む瞳。

上出来だな。俺は女の傍らに座り込み、着ているローブを引っ掴んだ。

「ッ!? ぁ……やッ！」

ビクリと痙攣（けいれん）した女の額からチリと紫電が走った。瞬時に飛び退く。

チッ。おいおい、魔法行使の阻害の効果はどうしたよ。

だが、どうやらそれが限界だったらしい。

たっぷり十秒ほど様子見したが、それ以上の追撃が来ることはなかった。

驚かせやがって。再度近づきローブを引っ掴む。

「ッ……ぅ……」

抵抗はなかった。そう、それでいい。余計な手間をかけさせるな。

ローブを、その内側をまさぐる。そして、それが顕（あらわ）になった。

「くっ。これだよこれ」

革袋。財布だ。

アホほど無駄にした香辛料の分の金を、迷惑代も上乗せして返してもらわなきゃな？

未だに呻いている女を無視して財布の紐を緩める。成果を確認するこの瞬間がたまらねぇんだ。

「どれどれ……は？」

あの女は勇者だ。人類の守護者。万民の救世主。

たかろうと思えば金なんて泉の如く湧いてくるだろうに――

「銀貨が一枚と、あとは全部銅貨……？　おいおい、冗談キツいな……大赤字もいいところじゃねえか。くそ、使えねぇ……」

眉間にシワが寄るのを感じる。瞼（まぶた）がひくひくと痙攣してきた。

こんな端金（はしたがね）だけでどうやって過ごしてるんだよ、こいつ。霞（かすみ）でも食ってんのか？

「う……ッ！」

哀れみの視線を向けたところ、まるで迫力を感じない顔で睨み返された。

なんかもう、どうでもいいや。俺は急速にこの女への興味を失くした。

【隔離庫（インベントリ）】から短剣を取り出す。向こう側が透けて見えるほどに薄い刃。

遥か昔、手練（てだれ）の暗殺者が愛用していたそれは、刃を突き立てた対象に酷く安らかな死をもたらす。

刺されて死んだことにも気付かないほどに。

「!?　ぁ、ゃめ……だ、め……」

おいおい、もう喋れるようになってんのかよ。もしかして不良品掴まされたか？

……いや、こいつの抵抗力が高すぎるだけか。要改良だな。イカれエルフには後で報告しておこう。

酷い表情で呻く女に俺は笑みを返してやった。

女が目を見開く。窄（すぼ）まった瞳孔には俺の穏やかな顔が映っていた。

「そう心配すんなって。痛みは無ぇ」

「ッ！　や、め……」

弱々しい声。これが勇者だと言って信じる人間はいないだろう。

まったく危機感が足りてねぇ。無条件で人を信じる底抜けのお人好しは美点なのかもしれないが、ちっとは疑うことを覚えないと悪人に足を掬われるぞ。こんなふうにな？

「じゃあな」

「やめ、てッ！」

短い別れの言葉を告げた後、俺は俺の頸動脈を短剣で掻き切った。

んじゃ、あとはよろしく。姉上。

一　クズ勇者の日常

人ってのは死ぬと塵になる。

塵というよりは光の粒だな。天におわす女神様の御許(みもと)へと還るのだという。

女神様の敬虔(けいけん)な信徒は「死ぬ」という言葉を使わず、「天に召される」などと洒落た言葉を使っている。眉唾な話だ。

では勇者が死ぬとどうなるか。

光の粒になるのは変わらないのだが、女神様はどうやら勇者というのが嫌いらしい。

天国から出禁処分を下された勇者は、死後に地上へと帰ることを余儀なくされる。

教会の告解室(こっかいしつ)。そこに安置された女神像から、勇者はポンと判を押したようにそっくりそのままの姿で生えてくる。

身に着けていたものまでそっくり再現されるという手厚いサービスに涙が出るね。

俺くらいの練度になると生えてくる教会を自由に選べたりする。死んだあとにぼんやりと行き先を指定できるのだ。

御者に金を握らせて目的地を指定するようなもんだな。コツを掴めば容易(たやす)いことだ。

愚姉に薬を盛り、回復魔法を使われて邪魔されることのない環境を整えてから満を持して自殺した俺は、王国の中でも辺境にあたるエンデという名の町を目的地に指定した。

この町はいい。この町の近辺は魔力が溜まりやすいらしく、魔物が雨後の筍のようにポコポコと生えてくる。

そんな悩みの種である魔物に対して、はるか昔の町の責任者様は勇者に頼らず自衛をする方針を掲げた。

手始めに、仕事にあぶれた荒くれどもに魔物退治の仕事を振り、成果に応じて気前よく報酬を払う機関を設営した。

冒険者ギルド。危険を冒す者どもの集まりというわけだ。

この試みが個人的に気に入っている。自分のケツは自分で拭くという姿勢がいい。

荒くれを集めたので治安は相応に悪いが、それすら自己責任で済まされることが多い。

まぁ、やりすぎたやつは町の中央に鎮座するギロチンで女神様のもとへと強制追放されることになるがね。

そしてなにより気に入っているのは、勇者に頼らないという方針を掲げているため姉と顔を合わせる確率が低いというところだ。

姉に見つかったら最後、どうやって自殺して逃げるかで頭を悩ませなければならなくなる。煩わしいったらねぇよ。

そういう諸々の事情もあり、エンデは俺の活動拠点になっている。

雑多で猥雑。俺の仕事もやりやすいってもんだ。

女神像から噴出した光の粒が肉体を、装備を形作る。エンデの片隅にひっそりと立つ教会、その告解室で俺は生き返った。

「この光は……？」

男の声が耳に入る。俺は反射的に声のした方を向いた。

手入れが行き届いてない一室。そこに掃除中と思われる神父が立っていた。

視線が交差する。数瞬の後、神父が驚愕に目を見開き、震える口を開いた。

「ま、さか……勇者、様⁉」

神父は聖職者とは思えないほど引き締まった肉体をしていた。

年の頃はおそらく三十代半ばか後半。元冒険者かな。引退したか、もしくは死の淵から生還して女神様の敬虔な信徒にでもなったのだろうか。どうでもいいか。

エンデの住民で信心深いやつは少ない。女神様の最大の功績は勇者を送り込んだことだからな。

それに頼らないってんだから信心が芽生えないのは当然だ。故に告解室でこうして誰かに鉢合わせるって事態は今までに無かった。

まいったな。俺は舌打ちした。早速ケチがついた。

俺は神父の腹に右の拳を叩き込んだ。

「かッ、は……」

まるで警戒していなかったのか、無防備な腹へ一発食らった神父は腹をくの字に曲げて苦悶の表情を浮かべた。

すかさず神父の頭に左手をかざす。目撃者、とりわけこの顔を見られたとあっては口封じをしなければならない。

「【寸遡（リンベート）】」

補助魔法は抵抗力が強い人間には効かないことがある。

万全を期すならば、意識の空白を作り出してそこに捩じ込んでやる必要があるのだ。

【寸遡（リンベート）】。直前直後数秒間の記憶を飛ばす魔法だ。

神父の頭にかざしていた左手で茶髪を掴み、顔を持ち上げ目を覗き込む。

虚ろな瞳。無事に効力を発揮したようだ。ならばもうここに用は無い。

「【偽面（フェイクライフ）】。【隠匿（インビジブル）】」

顔を変え、念のため存在感も消す。

苦節二十年付き合ってきた顔が全くの別人へと変貌する。

くすんだ金色の短髪、目つきの悪い勇者ガルドは、濃い茶髪と無精髭、目つきが悪くうだつの上がらない冒険者エイトに為った。

装備も変える。ボロの外套と薄汚れた革鎧。これで俺が勇者であると見抜けるやつは姉以外いなくなった。

「さて、稼ぐか」

淵源踏破の勇者様の財布事情があまりにもクソだったので懐が寒くていけない。香辛料もクスリも有ればあるほどいい。金はいくらあっても困ることはない。

椅子がぶっ壊れ、ステンドグラスが一部欠けたまま修理されていない礼拝堂を抜けて俺はエンデの目抜き通りへと繰り出した。

エンデの町は雑然とした町だ。煉瓦(レンガ)造りの家屋が雑に並んで複雑な路地裏を形成しているさまは都市計画の杜撰(ずさん)さを想起させる。

町の南北を奔る目抜き通りはこれまた雑に幅広く造られており、道の両端には種々雑多な露店が軒を連ねていた。それを目当てに集まったやつらが人垣を作り、雑然とした空気をより一層引き立てる。人の熱で煙るような目抜き通りは今日も一段と騒々しい。

馬鹿みたいにデカい声で売り込みをする店主。昼間から飲んだくれて騒いでる馬鹿。肩が触れたなんて理由で喧嘩を売り、その喧嘩を快く購入する馬鹿ども。スラムのガキにものを盗まれ発狂する馬鹿。

馬鹿しかいねぇな。嫌いじゃない。

そんな大通り脇には明らかにカタギじゃないやつらが等間隔で並んでいる。

冒険者。ギルドから治安維持を依頼されているのだろう。

冒険者は魔物を狩る以外にも雑用や採取、治安維持といった作業にも駆り出される。中でも目抜き通りの治安維持は人気のポジションだ。

人に過度に迷惑を掛ける馬鹿をとっ捕まえたら、そいつの財産の幾ばくかを頂く権利を貰えるからな。

　これはただ突っ立って何もしないやつを出さないための措置だ。

　臨時収入があるかもとなれば監視にも気合が入るのだろう。冒険者連中は眼光鋭く不審人物がいないか見回している。

　これだけ監視の目が光っている中だと、いくら俺でもバレずにスリを働くのは難しい。

　しかし方法がないわけじゃない。厳しい監視があるからこそ取れる手段というものがある。手頃なターゲットを品定めしながら俺は唇を舐めた。

　ギルドから遣わされた治安維持担当にはいくつかの守らなければならないルールがある。

　一つ。ガキへの制裁を禁ずる。ガキに物を盗られるようなマヌケは保護に値しないってことだ。

　二つ。命に関わるレベルのものでなければ喧嘩の仲裁は基本的にしない。ちっぽけな喧嘩まで取り締まっていたら際限がないのだ。

　そして三つ。特定の条件下において行われた盗みは見逃す。これだ。これがいい。

　向かいから歩いてくる赤ら顔で禿頭の男を見る。酔っているのだろう、覚束ない足取りで左右に揺れながら上機嫌そうに歩いている。

　体格は俺よりも頭一つ分はデカい。直接やりあえば不利だな。

　視覚を強化して素早く装備を検(あらた)める。要所を守る革鎧は使い込まれていて、かつ致命的な損傷がない。腕は立つ。

　吊るされた剣の鞘に描かれた装飾は精緻で、それなりの質であると予想できる。稼ぎは悪くなさそうだ。

オマケに、これみよがしに腰に吊るされた革袋がパンパンに膨らんでいて目に優しい。中身を開放してくれという財布の声が聞こえてくるかのようだ。

決まりだな。俺は怪しまれない程度に進路と歩幅を変え、ちょうど治安維持のために突っ立っている冒険者に近い位置で禿頭の男とすれ違うように調整した。

交差する直前。口に出さず魔法を発動する。

【心煩(ノイジー)】。嫌悪や不快といった感情を植え付ける魔法だ。

それまでイカつい顔で鼻唄なんぞを披露していた男はふと歩みを止め、突然顔を顰めてこちらを睨みつけた。酔っ払っている馬鹿には補助魔法は覿面(てきめん)に効く。

俺はすっとぼけた顔をして頭一つ分高いその男の顔を眺めた。

「なにか?」

「あァ!? んだテメェ気色悪ぃ顔しやがってよぉ!」

効きすぎだろ。思わず笑みが溢れそうになるがなんとか呑み込む。

俺は口端を歪めた癪(しゃく)に障る表情を意識して作り、吐き捨てるように言った。

「頭の悪いやつに付き合ってる暇はないんで失礼するよ」

追い打ちで顔の前で手をヒラヒラと振ってやれば仕込みは完了だ。

理性の飛んだ魔物のような雄叫びを上げて男が殴りかかってくる。太い腕から振るわれた拳が顔に当たる直前に俺は頭の中で唱えた。【耐久透徹(バイタルクリア)】

石塊(いしくれ)のような男の拳を受けても俺にはさしたるダメージはない。殴られ慣れてるからな。

補助魔法はかけたし、衝撃の逃し方を覚えればチョロいもんよ。だがあまりリアクションを控えめにすると怪しまれるので吹っ飛んで倒れておく。

物々しい雰囲気を受けて治安維持の冒険者が得物に手を添えた。おっと、そう鞘走(さやばし)るんじゃねぇよ。それは俺んだ。

余計なことをされる前に腕の力と身体の反動を利用して跳ね起きる。

特定の条件下において行われた盗みは見逃す。この条件を満たすのに必要なのは正当防衛の状況作りと声のデカさだ。俺は叫んだ。

「ッッてんじゃねェエェぞこンボケェアアアァァッッ!!　ッろすぞオラアアアアァァッッ!!」

冒険者の男がぎょっとしてこちらを振り返り、禿頭の男がポカンと口を開ける。

意識の間隙。そこを突く。ここからはタイミングが重要だ。

補助魔法は同時に三つまで自身にかけることができる。……はずなのだが、俺は自身には二つまでしかかけることができない。

他人にかける分には三つまでいけるのだが、自分にとなると何故か二つまでになる。

補助魔法を極めたと言えない所以(ゆえん)だ。そして今、【耐久透徹(バイタルクリア)】は切っており、【偽面(フェイクライフ)】を発動しているので残る枠は一つだ。

補助魔法には種類がある。五感強化や身体強化、【偽面(フェイクライフ)】のように効果を切るまで続く持続式。

【寸遡(リノベート)】や【鎮静(レスト)】、【心煩(ノイジー)】のように発動したら効果を与えて終わる単発式。

【偽面（フェイクフイフ）】は外せない。勇者としての素顔は絶対に広めたくない。ゆえに、残りの枠はいつも一つ。デカい弱点だ。身体強化の魔法を使ったら他の魔法は使えないという情けなさ。ちょっと強い一般人の出来上がりだ。

故に切り替えのタイミングが重要となる。

【敏捷透徹（アジルクリア）】。体捌きが洗練されていく。

這うような低姿勢で地を縫うように駆ける。反撃はおろか、反応すら許さない不意打ち。

禿頭の懐へ入り込む。【敏捷透徹（アジルクリア）】を切って【膂力透徹（パワークリア）】を発動。

両の脚に力が漲る。ギリギリと引き絞り、圧縮した力を解放した瞬間に【膂力透徹（パワークリア）】を切る。

禿頭の腹を目掛けて体当たりをかます。勢いそのままに吹き飛ばすと同時、革の鎧を引っ掴み、もつれ合いながらゴロゴロと通りを転がる。

ドサクサに紛れて【酩酊（ドリーミ）】を発動させれば一丁上がりだ。

立ち上がってから倒れ伏した男を蹴り飛ばす。外套についたホコリを叩いて落としながら男の様子を探る。

いい具合に魔法が効いて目を回しているな。立ち上がる気配はない。

【酩酊（ドリーミ）】。対象の脳をしばらくの間パァにする補助魔法だ。

抵抗されやすいのが欠点だが、酒気を帯びている相手にはとても効くので重宝している。

さてさて、一仕事終わったことだし報酬を頂くとするかね。

盗みが見逃される条件。それは先に喧嘩を吹っかけてきた相手を打ちのめした時だ。被害者側の権利ってとこだな。

補助魔法で相手をキレさせることで先手を取らせて正当防衛の体裁を整え、叫び散らかすことで衆目を集め被害者の立場であることを認知させる。

ここまでやればお相手さんから財布を拝借しても咎められないって寸法よ。我ながら鮮やかな手際だぜ。

中身がパンパンに詰まった革袋を頂戴する。

財布の中には魔石と金貨数枚、銀貨数十枚が入っていた。

おいおい大当たりじゃねぇか！　これだからやめらんねぇよなおい！

こんだけ稼いだのは久々だな。奮発して美味いメシ屋巡りとでも洒落込もうかね。

意気揚々と歩き出したところ、行く手を阻むように男が立ち塞がった。鍛え抜かれた身体に赤茶けた髪。さっきの治安維持担当の冒険者だった。

チッ。目をつけられたか。

しれっと脇を抜けようとしたところ肩に手を置かれた。

そっと置かれた手は、しかしその所作に反して力強い。五指が食い込む。警告だ。抵抗するな、言外にそう言っている。

「鉄級冒険者のエイトだな？　話がある。冒険者ギルドまで同行願おうか」

名前まで知られてるのか……厄ネタ臭がしやがるな、おい。

この人格は捨てるか？　だがまた一から冒険者をやるのも面倒だ。

ここは穏便に付いていくとするかね。一応は公的な組織だし手荒な真似はされないだろう。

俺は曖昧な笑顔を浮かべて頷き、冒険者の後に続いて歩みを進めた。

二　このギルドマスター無能かよ

冒険者ギルドはエンデの顔だ。

日頃から魔物の脅威に晒されているこの町は優秀な戦力を求めてやまない。多少やんちゃな荒くれどもは、この町では平和を守る正義の味方だ。

そんなやつらの元締めともなれば相応の権威を帯びる。

町の中心に聳（そび）える白色煉瓦の建物。質実剛健な造りでありながら、権威を誇示するように広々と構えたそれは荒くれどもの巣窟であり、この町の、ひいてはこの国の守りの要（かなめ）でもある。

魔物は適宜間引かなければあっという間に群れをなす。この町が無かったら、増え続けた魔物は滞りなく軍勢をなし、人類に対して宣戦布告なしに攻め入ってくることだろう。

惨劇を未然に食い止める防波堤。それがエンデという辺境の町の役割であり、冒険者ギルドの存在理由だ。

治安維持担当の冒険者、ノーマンと名乗った男に先導されて冒険者ギルドに入る。

木製のスイングドアを腰で押して入ると、むせ返るような酒気が鼻を刺激した。

ギルド内は、真っ昼間だってのに併設されている酒場で飲んだくれてる馬鹿どものおかげで賑わっていた。

デカい声で自分の功績を主張する馬鹿。酔って高揚してるのかゲラ笑いしてる馬鹿。酔いつぶれて地鳴りのような鼾を上げている馬鹿。そいつを蹴飛ばす馬鹿。

毎度のことながら馬鹿しかいねぇ。

はじめはこんな有様で組織として成り立ってるのか疑問に思ったものだが、どうやら集まった馬鹿から特段厄介な馬鹿を炙り出すための措置のようだ。

酔って喧嘩する程度ならまだしも、ちょっとしたことで剣を抜いて人斬りに身を落とすようなシャレにならない馬鹿は要らないということだろう。

酒場なんぞが併設されているのは素行チェックという側面が強いらしい。

やりすぎたやつはギルドから出てすぐの所にあるギロチンにかけられて女神様とご対面だ。

魔物の脅威という外患に晒されているのに、内憂を持ち込むようなやつは害悪でしかない。

厄介者は女神様に速達でお届けというわけだ。常に自己責任がつきまとう町。実に合理的である。

むさい、うるさい、くさいの最悪な労働環境でも鉄面皮を崩さない受付嬢の元へと向かう。

ノーマンが自身の名が刻まれた銀色に輝く身分証を取り出して言った。

「銀級のノーマンだ。例の件で」

ノーマンはそう端的に告げると首だけでこちらをチラと見た。

例の件。なんだ……嫌な予感がする。言葉を濁すというのは、つまり周りに知られるのは好ましくない件であるということだ。

逃げるか？　いや、どうせ人格を捨てるなら話を聞いてからでも遅くない、か。

例の件というだけで話が通じたのか、受付嬢がこちらを見て顔を顰めた。

先程まで無表情だったというのにこの変わりよう。それなりに長い付き合いだってのにひでぇ対応だ。

「ギルドマスターは中にいます。そちらへ」

「ああ。……行くぞ」

俺は耳を疑った。

ギルドマスターだと？　おいおいふざけんなよ。大ボスじゃねぇか。

腕自慢の荒くれどもを纏めるには相応のトップが必要になる。

権力を笠に着てやりたい放題なやつや単純な無能がその席に座っていたら、荒くれどもはすぐさま蜂起してそいつをトップの座から蹴り落とすだろう。

過去には実際に引きずり下ろされたこともあるという。酷い話だと、金を横領していた事実が発覚して即日ギロチンにかけられたこともあるとか。

ギルドマスターってのは無能では務まらない役職だ。

今のギルドマスターはそんな脆い椅子に腰を下ろして十年以上経つという。

噂ではもともとスラムで頭を張っていたとのことだ。あくまで噂でしかないし、直接会ったことは無いので真偽のほどは定かではないが、やり手であることは……確実。

めんどくせぇ。逃げとけばよかった。

後悔先に立たず。俺は処刑台に連行されるかのような気分で目的地まで足を進めた。

ノーマンがギルドマスター室をノックして名乗る。

「入りたまえ」

返ってきたのは渋みを感じさせる低く落ち着いた声だった。

失礼しますとことわりを入れたノーマンがノブを回して扉を開く。

逃げるなら今かな。機を窺っていると、咄嗟に反転したノーマンに胸ぐらを掴まれた。

吊り上がった鋭い目。恫喝するような声で言う。

「俺は【六感透徹】が使える。妙な考えは起こすなよ？」

俺は思わず舌打ちしようとして、なんとか抑え込んだ。

【六感透徹】。とても珍しい補助魔法の一つで、敵に回すと厄介な能力だ。

効果は勘の精度を引き上げるという地味なものだが、歴戦の猛者の勘は状況を一変させる力を持つ。

目に見えない流れを察する、とでもいうのか。『大人しく付いてきていたが、この男は土壇場で逃げ出すかもしれない』という閃きを得たんだろうな。

見えない、聞こえない。匂いもないし味もしない。もちろん触ることもできない。

そんな不可思議な流れをいち早く察知する能力。六感。

めんどくせぇ相手だ。俺はノーマンを脳内ブラックリストに放り込んだ。

「先に行け。無礼な言動はするなよ？」

退路を封じられた俺は渋々部屋に踏み入った。

部屋の中は一組織のトップの部屋とは思えないほどさっぱりしていた。最低限の体裁が整っていればそれでいいと言わんばかりのシンプルさである。

広い事務机と、その両脇に配置された本棚。あとは椅子が数個。

そしてギルドマスターの武器なのか、白一色の抜き身の剣が壁に飾られていた。

極限まで無駄を削ぎ落とし、実用性だけを追求した部屋。機能美というやつかね。

そんな部屋の主はこちらを見もせずに羽根ペンを走らせていた。

グレーの髪を後方へ緩く流した中年の男。四十を過ぎて少しといったあたりか。瘦躯（そうく）ながら引き締まった身体をしているが、端々には老いの傾向が見て取れる。

しかしその目は衰えを知らぬほど鋭い。

狼みたいな男、というのが第一印象だ。

「掛けたまえ」

一瞥もせずに一言。失礼なやつだと思うよりも先に、従っておこうと思わせる声色。カリスマってやつかね。

促されるまま壁に寄せられていた椅子を持ってきて腰掛ける。

チラと背後の扉に視線を向けると、ノーマンが素早く退路を塞いだ。目端が利くやつだ。

着席と同時、羽根ペンを置いたギルドマスターが縞黒檀の机に両肘を付いた。指を絡ませ、勿体つけて言う。

「喧嘩は好きかな？」

見せかけの柔和な表情。探りの一手か。

俺は曖昧な笑みを浮かべて答えた。うだつの上がらない鉄級冒険者エイトであるが故に。

「いえ、特には」

「ほう。てっきり大好きと答えてくれると思っていたのだが、当てが外れたかな」

……色々とバレてるな。正当防衛という主張でのゴリ押しは無理そうだ。

どう誤魔化すか。俺は弁明を諦めて構想を先の段階に進めた。

「まぁ、昔からよく絡まれるんで。成り行きでそういうことも、はい」

「なるほど。面白い理由だ。初めて耳にする」

ギルドマスターは机の引き出しから一枚の書類を取り出した。流れるように机の上に置き、人差し指でついと差し出してくる。

視線で促されたので紙を手に取った。そこに書かれていたのは俺の冒険者としての活動記録だ。

「鉄級のエイト。約二年前に冒険者登録を済ませた後、最速に近い速さで石級から鉄級へと昇格。以降は一ヶ月に一回薬草納品の依頼を済ませる程度の消極的活動に落ち着き今日に至る。その間、絡まれて喧嘩をした回数はこちらで確認できただけでおよそ六十回。そしてその全てに勝利。何か相違点はあるかね？」

ナメてた。その一言に尽きる。

荒くれどもの組織だから大雑把だと思っていた。いち下っ端の素行にまで目をつけてないもんだと思っていた。

クソ細かく調べ上げてやがる。依頼受注日から達成日、喧嘩した相手などが全て書かれていた。

ストーカーもかくやの徹底ぶりである。当事者の俺ですらこんな詳しく覚えてねぇぞ。

「いやぁ……こんなに喧嘩しましたかね。半分か、それ以下くらいじゃないっすか……？」

「覚えてないならばそれでいい。喧嘩で負けたことがないという点については認めるね？　君が倒した人物の中には銀級もいたのだが、その点についてはどう思うね」

「それは……たまたまっていうんですかね、はは……相手さん酔ってることが多かったですし」

「ふむ。つまり君は酔っ払った銀級程度なら軽傷で勝利し、かつ後遺症を与えない程度に手加減して制圧する腕があるということだ」

言葉尻を捉えるのが上手い。情報の出し方もだ。確実に逃げ道を塞いでくる。

口では勝てないなこりゃ。頭のキレを良くする補助魔法は無いってのが悔やまれる。

「それは、えー……お相手さんが魔物討伐専門で対人戦は苦手だった、とか」

「ほう！　これは手厳しい！　君はその程度の人間を銀級に上げてしまうほど我々の管理体制が杜撰だと、そう言いたい訳だ！」

オマケに性格も悪い。心底楽しそうな笑顔だ。女子どもを嬲(なぶ)る小鬼でもこんな顔しねぇぞ。

答えに窮していると間髪を容れず追い打ちが見舞われた。

「そのリストに書かれている人物の実に七割に共通することがある。それが何か分かるかね？」

だんまりを許さぬ質問形式。こちらの言い訳の引き出しを空にした上で叩き潰すつもりなのだろう。

共通点……知るかよ。下手に答えてボロを出しても不味い。すっとぼけることにしよう。

「さぁ……浅学の身には皆目見当も……」

「殴り合いになるほどの喧嘩をした回数だよ。一回。たった一回だ。素行に問題ない人物が、何故か君に対してだけは自発的に殴りかかってしまうようなのだ。これは、不思議なことだね？」

「それは、俺が鉄錆なんて言われてるからじゃないっすかね」

鉄錆。鉄級のまま銅級に上がれず燻っている奴への仇名だ。

力が尊ばれる冒険者稼業において、上のランクに上がれない、上がろうとしないやつは蔑みの対象となる。俺なんかは恰好の的だ。

「彼らがそんな理由で人に殴りかかるとは思えないが、それはひとまず置いておこう。君は自身が周囲からどう評価されているか理解しているようだね」

「まあ、一応は」

「ならば、相手が酔っていたとはいえ冒険者を相手に六十連勝……いや、半分だったかね？　三十連勝出来る人物を我々がどう評価するかは、察せられるかな？」

嫌な流れだ。眉間にシワが寄るのを意識して抑える。

勝てる相手を吟味していたのだから連勝するのは当たり前だ。こんなに詳しく情報をすっぱ抜かれていると知っていたなら負ける演技も挟んでいた。

負けなしという評価はまずい。否定しておくか。

「いやぁ、ちょくちょく負けてますよ。たまたま監視の目が無かったんじゃないですか？」

「我々の監視の目が無いところでも対人の経験を積んでいた、と解釈して宜しいかね？」

何を言ってもキラーパスを返される。まずいな。完全に手のひらの上だ。

ギルドマスターがスッと笑みを消し、こちらの考えを見透かすような視線を向けてくる。

「これらの事実を踏まえると……君は見習い期間である石級を早々にパスし、身分証として機能する鉄級の身分を獲得。その後は除名処分にならないよう最低限の仕事のみを熟し、銅級以降への昇格はあえて行わなかった。その実力は銀級に比肩するというのに、だ。鉄級に留まる理由は……銅級以降は有事の際に様々な義務が生ずるため。違うかな？」

違わない。全くもってその通りだ。一から十まで完璧で乾いた笑いが出そうになる。

この町は身分証があると割引が利く店や、身分証がないと入れない雑貨屋や宿屋、料理店などが複数ある。そして、それらの店は総じて値段と質のバランスがいい。

エンデで活動するにあたり、鉄級冒険者という身分の確保、及び維持は最優先事項だった。

だが銅級以上には昇格したくない。拘束時間が長い仕事や魔物討伐に駆り出されるからだ。

おまけに有事の際に強制召集され、命令に従う義務が発生する。

事情なくバックレたら一発除名という重い罰が科されるのだ。割に合わない。

沈黙を肯定と見なしたのか、ギルドマスターが低い声で続ける。

「鉄級冒険者エイト。こちらには君に金級の地位を与える準備がある」

何考えてるんだコイツ。無能かよ。

「金級って……冗談きついですよギルドマスター」

「ルーブスと呼んでくれたまえ。君とは長い付き合いになりそうだ」

「冗談きついですよ……ルーブスさん」

金級。五段階ある階級の最上位。そこに至るには強さは勿論のこと、篤い忠誠心と品行方正であることが求められる。けしてやすやすと手に入る地位ではない。

「ふむ、不満かね？　登録から二年で金級ともなれば賞賛の嵐だ。君を悪く言う者も居なくなるだろうね」

「不満と言いますか……そんな横紙破りは反感を買いますよ。むしろ陰口を叩かれそうです」

「私が黙らせよう。そのための権力だ。我々は優秀な人材を遊ばせておく余裕はない。分かるね？」

職権濫用も甚だしい。誰だよこんな横暴なやつを頭に据えたのは。

それに節穴だ。優秀って……俺が出来るのは酔って抵抗力が落ちた人間を抑え込む程度だ。

シラフの状態で剣を抜いてやりあったら銀級相手にいいとこ五分ってとこだぞ。

それを金級？　ねーよ。金級ってのはエンデの要みたいなもんだ。

そんなポジションに鉄錆なんて評価を下されている素行不良の人間を据える？

タチの悪い冗談だ。鼎(かなえ)の軽重(けいちょう)を問われかねない。

「謹んで辞退させていただきたく」

「報酬は弾もう」

割に合わねえっての。

金級はこの町に身も心も捧げ、骨を埋める覚悟があるやつが就くポジションだ。

基本的な業務は勿論のこと、危険度の高い魔物が現れた際には真っ先に矢面に立ち、怪我や老いで引退したら後進の育成に精を出すことになる。

エンデの……というよりは冒険者ギルドの犬だ。死ねと言われたら喜んで死ににいくような忠犬。確かに俺は町で多少やんちゃしてる狂犬だったかもしれないが、嵌める首輪を間違ってる。

「それでも、辞退したく」

「ふむ……そうか」

固辞する俺に呆れたのか、それとも諦めてくれたのか、ルーブスはそっと瞳を閉じて背もたれに体重を預けた。ギッという音を最後に居心地の悪い静寂が広がる。

十秒ほど経ち、ゆっくりと瞳を開いたルーブスが先程と同じ姿勢を取る。

見透かすような視線。笑みを浮かべずに言う。

「大体、分かった。惜しいな……金級という地位に飛びついてくれる愚物ならこちらとしても扱いやすかったのだがね」

雰囲気が一変した。こちらの反応を窺うような態度から、標的を定めた捕食者のような態度へと。

「薄情で小心。忠誠心に期待はできず、刹那主義で欲深いながらも保身に長けている。そして厄介なことに爪を隠す知能があり、未知の毒まで持っている。まいったな……これほど即座に女神様の元へ送り届けたいと思った人物はいないよ」

おう、散々な評価くれやがってこいつめ。だいたい合ってるよ、クソが。

「君が採れる選択肢は三つだ。一つ、心を入れ替え真っ当な冒険者としてこの町に尽くす。二つ、今ここで鉄級冒険者の身分証を返却し、晴れて自由の身となる」

ルーブスはそこで一区切りして溜めをつくった。指を絡ませて口元へ添える。

眉間に深いシワを刻んだ表情で口端を歪めた凶悪なツラ。

「三つ、君は突然篤(あつ)い信仰心に目覚め、女神様の御許で仕えるべくその身を天に差し出した」

「一つ目の選択肢でお願いします」

どっかの筋モンみたいなギルドマスターのおかげで散々な目に遭った。

何が酷いって、本日の成果を取り上げられたってことだ。

『心を入れ替えた真っ当な冒険者である君は、喧嘩で奪った金銭を唐突に持ち主に返したくなった。そうだね？』

嫌みったらしい顔と声が瞼(まぶた)の裏と耳にこびりついている。有無を言わさぬあの態度……苦手なタイプだ。俺はルーブスを脳内ブラックリストに放り込んだ。

印象最悪な対面ではあったが、こちらとしても収穫はあった。

俺が補助魔法の使い手であることはバレていないという事実。それが分かったのは大きい。

補助魔法は敵を倒すのには向かないが、便利なものが多いので見つかったらこき使われることになる。

【隔離庫(インベントリ)】なんか使ってるところを見られようものなら、即座にひっ捕らえられて貴族か商人の腰巾着として一生を使い潰されるハメになることだろう。

その分金は貰えるだろうが束縛されるのは性に合わない。

補助魔法の使い手であることはばれていない。ゆえにまだこの人格は使える。首の皮一枚ではあるが繋がっている。鉄級冒険者という地位はやすやすと手放したくない。

石級から再スタートとなると、また一ヶ月以上も雑用を熟さなければならなくなる。

加えて、ギルド側があれだけ詳細な記録を取っていると分かった今、最速で鉄級になって悪目立ちするのは避けたい。

となると、めんどくさい雑用を二ヶ月か三ヶ月ほど熟して鉄級に上がる必要がある。冗談じゃない。

それに新しい人格をポンポン生み出すのも避けたい。

他ならぬ俺自身が管理と把握に追われて面倒だし、見覚えのないやつが喧嘩で冒険者を打ち負かすというのは不自然だ。目を付けられる。

鉄級冒険者エイトという立ち位置は絶妙に美味しい立場だったのだ。今後は少し控える必要があるが、まだまだ甘い汁は吸わせてもらう。

「何か変なコト考えてねぇだろうな?」

ノーマン。【六感透徹(センスクリア)】の使い手。こいつも当面の障害だな。なるべく関わり合いになりたくないものだ。

「いや、そんなことないっすよ。また【六感透徹(センスクリア)】っすか?　よく疲れないっすね」

「今のはただの勘だ。あれは……常に発動しておけるほど簡単な魔法じゃねぇよ」

俺はノーマンを脳内ブラックリストから削除した。

こんな短時間で切らすようなら脅威度はそこまででもない。

ブラフの可能性もあるが、苦い表情からは嘘をついている気配はない。使えるだけで適性は低いってとこかな。そしてそれがコンプレックスである、と。分かりやすいやつだ。

ちなみに俺は常時発動できる。【偽面(フェイクライフ)】と併せても可能だろう。じゃなきゃいよいよ勇者の立場が危うい。ただでさえ魔法を二つしか並行発動できないってのに。

「付き添いはここまでだ。分かってると思うが、今後はくれぐれも問題を起こすんじゃねぇぞ」

「ああ、もちろんでさ」

俺はへへへと諂(へつら)うような笑みであしらった。

踵(きびす)を返したノーマンを尻目に扉を開く。むせ返るような酒気と耳を塞ぎたくなるような喧騒が身体を包む。

再びロビーに戻ってきた俺は酒を頼もうとして、懐が寂しいのを思い出してやめた。

今日は大人しく帰るか。まっすぐに出口に向かったところ、背後から声が掛けられた。

「鉄級のエイトさん、お話があります」

口調こそ丁寧なものの冷え切った声。さっきの仏頂面の受付嬢だ。

反転して受付に向かうと、同じく冷え切った視線が出迎えた。鋭く細められた三白眼を睨み返して言う。

「なんすか」

「前回の依頼達成日から期間が空いています。除名処分まであと五日です。何か任務を受けていかれては？」

あと五日……まだ引っ張れるか？

……いや、今日のところは大人しく受けておくか。今は波風を立てない方がいい。

冒険者は最後に任務を達成した日から一ヶ月経つ前に再度任務を請け負う必要がある。

負傷したり、特別な事情があったりという場合は免除されるが、そうでない場合は厳守しなければならない鉄の掟だ。

破れば即刻除名である。役立たずを養う余裕はないということだ。

さて、なんの任務を受けるか。まあ選択肢なんてはなっから一つなんだがね。

「薬草納品で」

「……もう一度お願いします」

「薬草納品で」

「……魔物は狩りに行かれないので？」

「来月やるよ。多分な」

薬草納品はいい。危険もないし何より楽だ。

報酬は低いが、冒険者という身分を維持するにはうってつけの任務である。

討伐任務はやらない。雑魚も積もれば山となる。功績を積んだら銅級になってしまうからな。

やはり薬草納品。基礎にして究極の依頼だ。

「おいおいエイトさんよぉ！　また懲りもせず草むしりかぁ？　腕だけじゃなくて脳みそまでサビちまうぞ？」

「魔物と戦えねぇなら冒険者なんて辞めちまえや！　腰抜けはこの町にゃいらねぇんだよッ！」

うるせぇ馬鹿どもだ。嫌いじゃない。

こんなものは勇者ってだけで変な期待を寄せる連中の声に比べたら子守唄のようなもんだ。

エンデでは強さこそが正義である。ゆえに町を率先して守るやつが尊ばれる。

魔物を狩りに行くってのは、自分はこの町に貢献しているぞという分かりやすい自己主張なわけだ。それをしないやつの扱いは推して知るべしってとこだな。

未だにこちらを睨んでる受付嬢。仕事をしないでぼーっとしてるそいつに俺は続けて言った。

「薬草納品で」

◇

町を出て森に入った俺は短剣で首を掻き斬った。

◇

小さい農村。その教会の告解室から生えてきた俺は、露店で売られていた薬草の束を格安で購入し、それなりの質の安宿の浴室で汗を流し、仮眠を取ってからチェックアウトして人目のないところへ行き短剣で首を掻き斬った。

◇

エンデの教会の告解室から生えてきた俺は、【隠匿(インビジブル)】で存在感を消してバレないように町を出て、森に入ってから補助魔法を切って悠々と帰還した。

そのまま冒険者ギルドに直行し、薬草を納品して任務完了の報告を行う。

「……早いですね」

「手慣れてるもんで」

「その調子で魔物を狩ってきては？」

「善処するよ」

ちくちくと刺すような嫌味にも慣れたもんだ。

……しかし、これ以上目を付けられるのも面倒だ。次は小鬼あたりを討伐してくるかね。またルーブスの野郎に呼び出されるのは勘弁だ。

受付嬢が俺の納品した薬草を念入りに検めている。何とかして粗を探したいようだ。

「……いま採ってきたにしては、少々新鮮さに欠けていませんか？」

「疑うのか？　ならこの町の店と冒険者に確認してみればいい。店から購入してそれを直接納品するなんて不正はしてないし、俺が森に入ったのを見てるやつもいるだろうさ」

当たり前だが、町で売られてる薬草を買ってきてそれを納品するのは違反行為だ。まるで意味がないからな。おそらくバレたら除名だろう。

だがまぁ、バレなきゃいいのよ。見抜けない方が悪い。自己責任を掲げてるんだ、そういうことだろ？

粗を見つけられなかった受付嬢がそっと薬草を置いた。

諦めたように溜息を吐き、睨みを利かせて口を開いた。

「鉄級冒険者エイト。この薬草はあなた自身が採取したものであると、女神様に誓えますか？」

【鎮静（レスト）】。

クリアになった頭で思考を回す。命令を下す。笑みを作れ。声を出せ。

「もちろんです。私の潔白は女神様が証明してくださることでしょう。女神様に感謝を」

三　鑑定師イレブン

冒険者ギルドを後にした俺は、さてどうしたものかと思案する。

本来なら禿頭の男から頂戴した金で美味いメシを食っていたはずなのだが、憎きギルドマスターに取り上げられてしまってそれも叶わない。

【偽面】で顔を変えて再度同じことをやってもいいのだが、手口が同じだと足が付く。

まさか冒険者ギルドがあそこまで情報を蓄えているとは思わなかった。今の今まで泳がされていた可能性も無くはない。今後は【心煩】、【酩酊】を活かした盗みは控える必要がある。

夜まで待つか。夜になると冒険者どもの警備は薄くなる。総数は昼の二割か、それ以下だ。

夜に出歩く不用心なやつのために割く人員は多くない。それは取りも直さずスリのチャンスとなるわけだ。

『勇者様！　勇者様！　魔物の群れが現れました！　フリシュの町までお越しください！　勇者様！』

うるせぇ。出番だぞ姉上、何とかしてやれ。

告解室は死んだ勇者が生えてくる部屋であり、勇者に呼びかけるための部屋であり、勇者が転移するための部屋である。

勇者は女神像に祈ることで距離を無視して教会間の移動ができる。まあ俺は使わないがね。首を斬る方が手っ取り早い。

頭に鳴り響く救援要請を無視して進んでいると、ギルドを出てほど近くのところで騒いでいる連中を発見した。

「だから言ったんだ！　あんな禍々しい腕輪が使えるわけ無いって一目で分かるだろう！」

「何よ突然手のひら返してッ！　最終的にパーティーで決めたことでしょ！　それを今更ネチネチと！」

「落ち着けって！　銀貨十枚くらいまた稼げばいいだろうが！」

「あぁ⁉　だったらテメェの取り分から捻出するか⁉」

「んでそうなるんだよボケがッ！　頭沸いてんのか筋肉ダルマがッ！」

おーおー、あのパーティーはもう駄目だな。あそこまでヒートアップしちまったら今後の活動に響くだろう。

魔物討伐は、当たり前だが危険が伴う。常に付き纏う死の影をどう払うかというと、数を恃むのが一般的だ。

一人では切り抜けられない状況でも二人いたら助かるという場面は少なくない。そして三人ならば、四人ならばと増えていき、丁度いい塩梅のメンバーが出揃ったらパーティーを組み相互に助け合う関係を育む。それが冒険者たちの常道だ。

パーティーを組めば死のリスクは減るが、もちろん利点ばかりではない。

人頭が増えるということは即ち取り分が減るということだ。

楽になった分の埋め合わせとばかりに儲けが減る。人手が増えれば効率も良くなるが、だからといって四人集まれば儲けが四倍とはいかない。ここらの匙加減が難しいとこだ。

それに人が集まればトラブルも起こる。どうしても馬が合わないやつはいるし、惚れた腫れたの恋愛沙汰も珍しくない。

最も多いのは金銭トラブルだ。

報酬は貢献度による分配なのか、一律で分け合うのか。装備の金はパーティーで出し合うのか、個人で賄うのか。飯代は、道具代は、貯蓄の割合は。

一度入ったヒビは瞬く間に亀裂へと変わり、間を置かず散り散りになるだろう。

あの三人組もその手合いだな。

装備の文句。銀貨十枚。……呪装の鑑定トラブルか。よくある話だ。

魔物は魔力が溜まる事で生まれるとされている。そんな魔力溜まりは、災いだけではなく恵みももたらす。

魔物の体内に結実し、あらゆる動力の源になる魔石。そして呪装だ。

遥か大昔に膨大な魔力を用いて作られたと言われているそれらは、消滅してなお魔力の残滓(ざんし)にその記憶を保持しており、ふとした瞬間にポロリと現世に蘇る。

それらの多くはクズ品だが、稀に途轍もない力を有している逸品もある。

エンデの近辺は呪装が多く見つかるため、一山当ててやろうと意気込むやつは多い。伝説に語られるような武具を見つけ出すのは全冒険者の夢だろう。

しかしながら美味い話ばかりではない。呪装の中には使用者に特大の災いをもたらす品も多々あるのだ。

着けると石化する指輪。斬ったら同じ分だけ所有者の血を抜く剣。耳が聞こえなくなるピアス。老化速度を数倍加速するネックレス。

それに込められたのは使用者を蝕む呪いか、はたまた厄災を祓う呪いか。

博打要素が強い呪装は冒険者を虜にしてやまない。

そういうわけもあり、呪装を拾っても早速着けてみようと試みるやつはそう居ない。危険を冒すことが本分の荒くれどもとはいえ、効果の分からぬ呪装を使うのは無謀だからだ。

ギルドもやめるよう勧告している。下手すると死ぬし。

そこで冒険者ギルドの出番だ。

ギルドは呪装の鑑定を一律銀貨十枚で行っている。命の値段と考えれば安いものだが、判明した効果が使えないものだった場合は悲惨だ。

期待していたのに空振ったという落差は、失った額面以上に心を陰らせる。

ちょうど、あんなふうにな。

「もういい！　あんたたちと組んだのが間違いだったのよ！」

「んだとヘボ魔術師が！　成績不良で爪弾きにされた半端者のくせによぉ！」

「突っ込むことしかできねぇ筋肉バカが吠えんなよ！　テメェのせいでどれだけの金が薬代に消えてると思ってやがる！」

「魔物が怖くて遠くからしか攻撃できねぇヘタレ弓士が言うじゃねぇか！」

「んだオラァ！」

「うるさいッ！」

面白いくらい典型的なパーティー崩壊の瞬間だぜ。

俺は近場の露店で安酒を購入してグビリと喉を潤した。クゥーッ！　酒がウメェなぁ！

更なるヒートアップを重ねた結果、筋肉ダルマが弓使いをぶん殴り治安維持担当に取り押さえられた。俺はつまみの煎り豆をポリポリしながらその様子を見送る。

呪装の鑑定をギルドに頼らないといけないってのは不便だねぇ。俺はあらゆる補助魔法を使えるのでもちろん呪装の鑑定もできる。余計な出費がかからなくて助かるってもんだ。

しかしギルドも阿漕（あこぎ）な商売をしやがる。

冒険者が呪装の被害に遭うのは自分らにとっても好ましくないってのに、命の値段と称してキッチリ取るもん取っていきやがる。

死にたくないならこのくらい払えるだろ？　払えないなら死ぬかもしれないけどいいの？　ときたもんだ。殿様商売ここに極まれりだな？

一日に持ち込まれる呪装は五十か、六十か、それとも百か。百も来たらそれだけで金貨十枚分だ。

羨ましい商売してんねぇ。

――――！

その時、天啓が舞い降りた。なるほど、なるほどね？

俺は路地裏に引っ込んでから【偽面(フェイクライフ)】を発動した。

◇

「鑑定！　鑑定するよー！　呪装の鑑定を銀貨五枚で引き受けるよー！　ケチって死んだら元も子もなし！　死人に開ける財布の口無し！　命のお値段銀貨が五枚！　さあさあ寄っていきなよ！」

どこでも露天商セットを組み立てた俺は新たな人格イレブンをつくって目抜き通りに店を構えた。

鑑定屋。読んで字の如くだ。

ギルドの半値で呪装の鑑定をする。それだけの店だが、確実に需要はある。

そのはずだが、俺の店には客が来なかった。

ま、当然だろうな。エンデという町は自己責任が付き纏う町。詐欺に騙(かた)りは日常茶飯事だ。

この水はかの有名な聖女が祝福したなんちゃらで〜なんて口上を並べ立て、ただの水を売るのがエンデという町である。引っ掛かっても泣きつく場所などありゃしない。

余程の馬鹿でもない限り、自分の命を左右する呪装の鑑定をぽっと出の怪しいやつに頼むようなことはしない。

魔法というのは才能と研鑽が必要だ。鑑定のための魔法なんて専門の機関で学ばなければ身に付かないだろう。

そして優秀な能力を持つ者は機関と繋がっているパイプに吸い上げられて市井に下ることはない。

故に怪しい。賢いやつは警戒して近寄りもしないだろう。

だから狙うのは余程の馬鹿だ。

「おうおうおう！　書物大好きなモヤシっ子が随分な口上垂れてくれるじゃねぇか！　ろくでもねぇ落ちこぼれでもなきゃこんな道端に追いやられてねぇよなぁ？　随分な大風呂敷を広げてるがよぉ、カネと一緒に俺らの命まで包んで持って行っちまう気じゃねぇだろうな？　おぉ？」

馬鹿みたいにでかい声を上げた冒険者の登場に注目が集まる。

そう、鑑定は命を預かる仕事と言っても過言ではない。騙していました、結果が間違っていましたとなれば最後、待つのは女神様との面会だ。

故に今まで鑑定屋を名を騙ったやつはいない。

いたのかもしれないが、少なくとも俺は見たことがない。騙るにはリスクが勝ちすぎるのだ。

故に物珍しく、遠巻きに成り行きを見守っている野次馬が多い。

俺は壮年の冒険者を人好きのするような笑顔を浮かべて迎え入れた。

「この国の役に立とうと一念発起してエンデに来たものの、悲しいことに私には冒険者としての才能が無かったのですよ。ですが、たまたま見つけた呪装を手に取ったときにハッと見えたのです！　呪装に込められた思いが！　願いが！　歴史が!!」

大言壮語を吐きながら、俺は勿体ぶって一つの指輪を取り出した。

内側に複雑で無秩序な線が刻まれた、宝石の一つもついていない指輪。それを陽に晒すように掲げる。

「着けると魔法が発動できなくなる呪装です。当時最優と呼ばれた女魔術師にその座を追い落とされた男の、憎悪と嫉妬の籠もった指輪。上辺を取り繕って女へとすり寄った男は婚姻に際してこの指輪を贈り、女を無能へと変えたその隙に付け込んで嬲り殺しにしました。今なお宿る昏(くら)い情念は、着けたものを暗愚へと貶(おとし)めるでしょう。幸い着け外しは可能なのでどなたか試されてみては？」

足を止めてこちらを眺めている野次馬をぐるりと見渡す。

露骨に目を逸らす者。ニヤニヤと笑みを浮かべている者。トラブルのにおいを嗅ぎつけてきた治安維持担当。

そんな人垣の中から一人の細身の男が歩み出た。

注目の的になった男は、周囲に空の手を見せつけたあとに拳を握って唱えた。

「【砂礫(サンドショット)】」

男の手からサラサラと砂が零れ落ちる。

あれは砂を飛ばす魔法だ。威力は無いが、目潰し程度にはなる。

「俺が使える魔法はこれだけだ。扱いが下手なもんで一切役に立ったことがねぇ。こんな俺の魔法で良ければ、辛気くせぇ過去の亡霊にくれてやるよ」

ヒュウと茶化すような口笛が鳴る。賞賛と嘲弄(ちょうろう)で半々といったところか。

勇気ある名乗りへの賞賛。まんまと乗せられやがってという嘲弄。

そう、こんなのは少し考えれば分かるやらせだ。前もって鑑定しておけば組み立てられる茶番。

即興劇。

加えて、俺が特大の災いをもたらす指輪を誰かに嵌めようとしている頭のおかしい愉快犯の可能性も捨てきれない。

乗る意味のない泥船。それに飛び込んだアホを蔑む目もある。

安心しろって。損はさせねぇよ。俺は人好きのするにこやかな笑みを浮かべた。

「勇敢なる冒険者よ、名をお伺いしても？」

「鉄級のステップス。しがない斥候（せっこう）だ」

「ステップスさんへ惜しみない拍手を！」

両手を広げて促してやると、ノリと勢いだけの馬鹿どもがヒューヒューと囃し立てた。

満更でもない様子のステップスが俺から指輪を受け取り、革のグローブを外して人差し指に嵌めた。

俄（にわか）に静まり返る周囲。ステップスは後方にいるやつらにも見えるよう指輪を嵌めた手を掲げて見せた。いいねぇ、分かってる。いい役者だ。

勿体ぶるように握りこぶしを作り、たっぷり注目を集めてから深呼吸。絶妙な間をつくって一言。

「【砂礫（サンドショット）】」

果たして魔法は発動しなかった。開いた手には何も握られていない。

「【砂礫（サンドショット）】。……【砂礫（サンドショット）】！　【砂礫（サンドショット）】!!」

無駄だ。俺は嘘を言っていない。指輪の効果もさっき語った話も本当のことだ。

あの魔法馬鹿の姉上をだまくらかすために購入した品。既に一回使ってしまい、もう騙し討ちが通じないため【隔離庫（インベントリ）】の肥やしになっていた呪装である。

「驚いたな……おい！　本物のクズ品だぜこりゃ！　本当に魔法が出せねぇ！」

「勇気あるステップスさんへ再度惜しみない拍手を！」

今日一番の喝采が飛び交う。手など軽く振って応えたステップスは、指輪を抜いて俺に返そうとした。俺はやんわりと手のひらを向けて拒絶する。

怪訝な表情を浮かべたステップスに安心させるよう言う。

「それはお譲りいたしましょう。冒険者にとってはまるで使えないクズ品とはいえ、文官ならば何か使い道を見出だせるかもしれません。ギルドに持っていけば銀貨四、五枚にはなるでしょう。勇気を示したことへの金額としては寂しいかもしれませんが、平にご容赦を」

「おいおい兄さん随分と気前いいじゃねぇか！　んじゃ遠慮なく貰ってくぜ！　ははっ！　おい！どうだビビり散らかしてた野郎どもよぉ！　おめぇらの顔見ながら飲む酒はウメェだろうなぁ！」

今日一番の喝采が早速塗り替えられた。

労いと罵声と奢れコールが飛び交いちょっとした騒音になっている。だが暴力沙汰にはならない。余興としては上出来もいいところだ。こういう空気に水を差す無粋な輩は嫌われる。

だからこそ、その男の声はよく響いた。

「つまんねぇやらせはそこまでか？　こんなの事前に鑑定した呪装を使えば誰でもできる茶番だろうが！　テメェの才能は鑑定じゃねぇ。役者か、それでもなければただの詐欺師だな！　狡っ辛い客引きだなぁ。反吐が出るってもんよ！」

誰もが分かっていて、誰もが口にしなかった事実。それを言っちゃおしまいよ、ってな一言。

水を打ったようになる目抜き通り。暗黙の了解を真っ向からブン殴って周囲から白眼視される男。

顰めっ面を浮かべながら腕を組んでいるそいつは、真っ先に俺の商売にケチをつけてきた壮年の冒険者だった。

四　千金の秤

エンデの町ってのは馬鹿ばっかりだ。冒険者なんて馬鹿じゃなきゃ務まらない。

ボタンの掛け違い一つでポロッと命を落とすってのに、嬉々として魔物の群れに飛び込んでいく。

町を守るのは俺達だ！　俺達は勇敢な戦士だ！　誇りを胸にいざ戦え！

実に単純だ。集団心理で脳の一部を麻痺させたら、あとは勝手に町を回してくれるやつらの出来上がりよ。ルーブスは笑いが止まらないんじゃないか？

そんな彼らは周囲に流されやすい。よく言えば豪放磊落(ごうほうらいらく)だ。

騒ぎがあればなんだなんだと野次馬根性を発揮し、盛り上がったらその場のノリで俺も俺もと盛り上がる。今この瞬間、死とは無縁であることを噛み締めるように。

そういうお約束の流れを読めない賢しらぶった馬鹿ってのは、まあ嫌われる。

バケツになみなみと注いだ冷水をぶっ掛けて、まぁ冷静になれよと言い放つようなもんだ。上がった熱も冷めるというもの。

皮肉屋が浮かべるような笑みを張り付けた男が言った。

「この剣を鑑定してみろよ。お前さんが鑑定屋だってんならできるよな？　引退した先輩から譲り受けた品だ。適当な評価つけてくれやがったら……分かってんだろうな？」

急転の展開に野次馬があちゃあと言わんばかりの顔をした。

せっかく娯楽の場を用意してくれたというのに、それを潰しやがって。そう言いたげだ。

「そうだ、証人がいないと話にならねぇな。おい、ステップスさんよ！　テメェがこいつとグルじゃねぇってんならちょいと証人になってくれや。俺があんたにこの剣の能力を伝える。そんでこの胡散くせぇ鑑定師が当てられるのかどうか確かめる。それでいこう」

勝手に仕切りだした男は一人で納得しながら周囲を巻き込んで話を進めた。

男は冷ややかな視線を知ったことかとステップスに歩み寄る。馴れ馴れしく肩を組み、絶対にこちらに聞こえないよう限界まで声を潜めてステップスに耳打ちしている。

話は終わったようだ。男は酷く冷めた表情のステップスに目もくれずこちらへと戻ってきた。

「さて、お手並み拝見といこうか？」

口を歪めて笑う男の顔は嗜虐心に満ちている。全く、とんだ野郎だ。役者に向いてるってのはお前みたいなやつのことを言うんだよ。

「深い智謀を持つ冒険者よ、名をお伺いしても？」

「鉄級、ブレンダ。お前も名乗ったらどうなんだ？」

「これは失礼致しました。元冒険者志望、現鑑定師のイレブンと申します。以後お見知り置きを」

慇懃に答えた俺の態度が気に食わないと言いたげに鼻を鳴らすブレンダ。

俺は無視して仕立てのよい剣に手をかざす。それっぽい演出のために目を閉じておくか。

魔法は発動しない。する必要がない。

「ふむ、見えますね。作った人の想いまで。……速く、疾く。そう願いを込めて作られた剣ですね。これを持つ冒険者の剣閃は——驚くほど軽く、鋭い。使い手に与えるデメリットも……ありませんね」

【追憶（スキャン）】。呪装の記憶の残滓を読み取る魔法だ。

作られた過程、関わった人間の体験、製造者の込めた情念など、分かることは様々だ。

「羽根のように軽い剣。しかし威力には些かも陰りなし。非常に強力な呪装です。重心の移動が少々特殊になるため、それまでの訓練が流用できないのが難点、といったところでしょうか。違いますか？」

俺は敢（あ）えてブレンダではなくステップスに問いかけた。

大きく見開いた目と馬鹿みたいに開いた口が、言葉よりも雄弁に結果を物語っている。

「合ってる……聞いた、通りだ。間違いねぇ」

どよめきが走る。いいね。いい広告塔だよほんと。よくそんな真に迫った震え声が出せるもんだぜ、ステップスさんよ。あんたも役者向きだ。

俺は釣り上がりそうになる口の端を意識して抑え、柔和な笑みを浮かべた。

もしかして本当に？　とざわめき出した周囲の空気を切り裂くようにブレンダが大声を上げる。

「デタラメだっ！　そうか、分かったぜイレブンさんよぉ。テメェ【聴覚透徹（ヒアクリア）】を使ったな！　そうに決まってるッ！　俺の話を盗み聞きしてやがったんだ！」

鼻息荒く突っ掛かってくるブレンダは脇目も振らずに剣を取り上げると、着けていたグローブをダンと叩きつけた。

「次はこれだ！　こっちも譲ってもらったものだ！　今度は誰にも漏らさねぇ！　だが、俺も嘘は言わねぇよ。女神様に誓ってやる！」

女神に誓う。それはこの世界における最上位の誓いの文言だ。

この世界の救世主に対して誓いを立て、反故にする。それは自分なんて生きている価値もないゴミクズであると宣言するようなもの、らしい。

転じて、絶対に約束を守るという意思表示であり、嘘は言わないという潔白の証明として機能する。

踏み倒そうと思えば簡単に踏み倒せる無意味な誓いだ。

演技にしたって熱が入ってるじゃねぇの、ブレンダさんよ。

「では、こちらも」

短く答えて手をかざす。下準備は済んだんだ。ここから先は勢いで通す。

先ほどと同じく魔法は使わない。

「ふむ、おや……これは……？」

俺は思わせぶりな態度を披露してから大笑いした。

なんだなんだと目を見張る群衆にまで響く声で言う。

「あっはっは！　ブレンダさん！　そう来ましたか！　こんなの私では分かりませんよ！」

分からない？　やはり騙りか。そんな声が聞こえた。

不穏な流れにはしない。このまま勢いで押し流す。

台を叩いて音を立てる。視線が集まったのを確認してから言う。

「これはただのグローブだ。【追憶（スキャン）】は呪装以外には……効果がない。私にはこれがどこで作られたのか、どんな人物の手に渡ったものなのか、一切分からない。これで、満足ですか？」

どんな呪装なのか。その一点にのみ意識が向いていた野次馬どもがハッとしてブレンダを見つめた。

女神に誓った人物の一言。嘘偽りを削ぎ落としたそれは、絶対の信頼を寄せるに足るものとなる。

「……ああ。それは、呪装でもなんでもない、ただの……グローブだ。適当こいたらシメてやろうと思ってたんだが……認めるよ、あんたは、本物だ」

群衆が再びおおと歓声を上げる。気が早いやつなんかは既に財布の紐を解いて待っていた。

計画は順調、どころか上手く行きすぎて怖いくらいだ。

段取りはこうである。

俺の胡散くさい商売にいちゃもんを付ける役を買収する。まあ、ブレンダだな。

そして小芝居を交えて場を盛り上げる。飛び入り参加のステップスが思いのほか名役者だったので笑いをこらえるのに必死だったぜ。

盛り上がった空気を、再びいちゃもん役が盛り下げる。お前実は鑑定してないだろう、と。

そして再び小芝居を挟む。誰も俺が本物の鑑定師だなんて思っちゃいなかったが、どうやら本物らしいと判明して大興奮ってな寸法だ。

やらせだなんだと騒ぎ立ててる馬鹿が本物のやらせだなんて誰も想像してないみたいだな？

入れ食いかよ。秘境の魚だってもう少し釣り針に引っかからないよう気をつけるぜ。

だがまだ終わりじゃない。ブレンダに持ちかけた条件、それは報酬として銀貨五枚の前払いに加え、タダで呪装を鑑定してやることだ。

俺が本当に【追憶(スキャン)】を使えるということは、ブレンダの例の軽い剣を前もって鑑定して証明してある。あとは流れで俺がやつの未鑑定呪装を鑑定し、それで契約終了。

ブレンダは銀貨十枚分得する。俺は儲かる。顧客は半値で呪装の鑑定をしてもらえる。

おいおいみんな幸せかよ。参ったねこりゃ。

「わりぃな、疑っちまってよ。こんな上手い話があるわけねぇだろって思っちまってな」

ほんとにな。

「謝らないでくださいよ。私も胡散くさかった自覚はあります。……そうだ、もし宜しければ未鑑定の呪装を鑑定して差し上げましょう。ブレンダさんが記念すべきお客さま第一号です。特別にタダで鑑定致しましょう！」

野次馬が今日何回目か分からないほど盛り上がる。

俺の気前の良さを称える馬鹿。良かったじゃねぇかとブレンダを励ます馬鹿。俺のもタダで鑑定しろとほざく馬鹿。本当に、つくづく馬鹿しかいない良い町だ。

「マジかよ、そりゃ助かるが、いいのか？」

白々しいやつめ。俺は人好きのする笑みを浮かべて右手を差し出した。

「勿論です。今日の出会いに感謝を」

「ああ、こちらこそ！　感謝するぜ！」

一歩寄って握手に応じるブレンダ。

他のやつからは見えない立ち位置のブレンダは、ちょっと人に見せられないような凶悪なツラを浮かべていた。

ブレンダが取り出したのは禍々しい闇色の宝石があしらわれたネックレスだった。

陽光を呑み込むような暗色。なるほど、未鑑定のまま取っておいたわけだ。

呪装は第一印象と性能が一致することが多い。

この剣なんかカッコいい！　強そう！　って思ったら実際強かったりするし、こんな気色悪い装備は絶対に害がある！　って思ったら本当に呪われてたりする。

なんか普通だな、って装備は普通なことが多い。

まことアホらしい感想だが、実際にそうなのだから何とも言えない。

込めた魔力と情が実体を歪ませるのだとか、そういう印象を抱かせることで効力を底上げしてるのだとか言われている。眉唾な話だ。

実印象とかけ離れた性能の呪装が出る確率はいいとこ二割だ。逆を言えば、どんなに不吉な物でも二割程度の確率で有用なものである可能性はある。

中には色んな意味でとんでもない性能の物も見つかっている。

装飾華美なくせして、柔肌一つ切り裂けないなまくら。

未知の知識をもたらすことで国宝となった、頭蓋骨があしらわれた気色の悪い指輪。

呪装にまつわる悲喜劇は枚挙にいとまがない。

そして、そんな前例があるからどれほど不吉な呪装であっても捨てられない冒険者は多い。

金に余裕ができたら鑑定してもらおうと、倉庫の肥やしにしておくのだ。

二割の確率というのは絶妙なもんで、もしかしたらという射幸心(しゃこうしん)をどうしようもなく擽(くすぐ)る。

ちょうどさっきそれでトラブルになってた三人組もいたしな。つくづく阿漕な商売だ。

まぁその阿漕な商売に俺も乗り出したわけだが。

俺は不気味な色の宝石があしらわれたネックレスを【追憶(スキャン)】した。

永遠　永久　不変　不朽　褪(あ)せぬ躯(からだ)を　染まらぬ美を
でないと貴方は離れてしまう　私の元から去ってしまう　嫌　嫌！　嫌!!
私はこのままでいるから　人間であることだって辞めるから
だからお願い　私を見捨てないで――

おいおい……勘弁してくれよ。冗談にしてはタチ悪ぃぞクソが。

コイツ、とんでもねぇもん持ってやがった。俺は思わず嘔吐(えず)きそうになった。

「……やっぱり、クズ品か？」

表情に出ちまったかな。

俺の反応から良くない空気を察したのか、さっきまでの威勢が嘘のように大人しくなったブレンダが問いかけてくる。まぁ最初から期待してなかったしな、とでも言いたそうな表情だ。

取り巻きも察したらしい。そう上手くはいかねぇよな、と誰かが言った。

さてどう切り出したもんかね。少しだけ悩み、俺は神妙な顔をして答えた。

慇懃ながらも芝居がかった鑑定師イレブンであるが故に。

「今お集まりいただいてる方の中に金級、もしくは銀級の冒険者さまはいらっしゃいますか？」

「は？　イレブンさん、あんた何を」

「静かに。事情は、冒険者の方がいたら説明します」

状況を組み立てていく。最も効果的な手法は。言葉選びは。

適当言ってあのネックレスをくすねることもできたが、万が一があったら事だ。

ならば利用する方向へ舵を切る。

再度問いかけるように群衆を見回すと、治安維持担当と思われる金属鎧を着たおっさんが手を挙げた。

「俺ぁ銀級だ」

続けてもう一人、黒いローブの女が一歩前に出た。

「私も、銀級だけど」

「こちらへ」

両手を広げてブレンダの両脇を固めるように促す。銀級同士が顔を合わせ、小首を傾げたあとに言われるがまま従った。

銀級という戦力に囲まれ、何を勘違いしたのかブレンダが喚き出す。

「おい……それ、そんなヤベェ品なのか⁉　単純所持で捕まるような、そんな品じゃねぇだろうな⁉　俺ぁ何も知らねぇぞ！　本当だ！」

つくづくいい役者だ。わざとやってるんじゃないだろうな？

溜めはもう充分。あとは上り詰めるだけだ。

「逆ですよ、ブレンダさん。あなたは、この二人に護衛を依頼するべきだ。冒険者ギルドまでね。ヤケを起こす方が出ないとも限らない」

「……は？」

百点満点のアホ面。外野も大体同じ反応だ。

こうなったらとことんまで利用してやる。俺は瞑目し、大仰な仕草で両手を広げて語った。

「今より遥か昔、ある人間の女性が見目麗しいエルフの王子に恋をした。女性は無謀にも王子に告白し……身分や種族の壁を乗り越え、見事彼の心を射止めました」

鑑定が終わったと思ったら冒険者を呼び付け、かと思えば唐突に語りだす。

二転三転する状況に付いてこられないやつが大半だ。無視して続ける。

「だが王子にはある欠点があった。王子は美しくないものが嫌いだった。自身が気に入らないと思ったものは常に捨ててきた。例えば、そう、老いに呑まれてしまった元伴侶の人間の女性」

目の前の黒ローブの女がムッとした顔をした。別に俺の意見じゃねぇっての。俺が【追憶(スキャン)】で見たいつとも知れねぇ過去の話だ。

「それを知った女は慌てふためいた。このままでは私も捨てられてしまう。嫌だ。それだけは嫌だ。彼女は王子に捨てられたくない一心で、エルフの秘法を用いてとあるネックレスを作り上げました。そのネックレスには、いかなる変化も拒絶する闇のような色の宝石が嵌められていました」

勘の良いやつが目を見開く。目の前の黒ローブが喉を鳴らす。恐らく効果に当たりをつけたのだろう。そしてそれは概ね間違っていない。

「かくして彼女は永遠の美を手にし、死ぬまでエルフの王子と添い遂げましたとさ。めでたし、めでたし」

俺は柔和な笑みを作ってパチパチと拍手をした。

誰もがそのネックレスの価値を測りかねていて、声を上げることすら忘れていた。黒ローブなんてネックレスをガン見してやがる。

俺は露店の台を叩いて取り巻きを正気に戻し、鑑定結果を朗々と告げた。

「容姿の保存……いえ、無粋でしたね。永遠の美を与える。そのネックレスの効果です。副次効果として身体能力までそのままのようですね。着脱は可能。寿命には勝てないようですが、流石に永遠の命までは望みすぎでしょう」

運動をしたわけでもないのにブレンダの息が荒れている。まあそうなるわな。

ダメ元で出した品が伝説に語られてもおかしくない逸品だったのだから。

「ギルドとの交渉次第ですが……金貨五百は確実かと。王侯貴族ならどんな手を使ってでも手に入れたがるでしょうし、勇猛な豪傑に持たせれば老い知らずの強兵の出来上がりです。争いの火種にならないか——心配なほどですよ」

俺の言葉に周りが一斉に沸く。

五百は盛りすぎだろ？　安いくらいよ！　男はこれだから！　やっぱりあいつ偽物なんじゃねーか？　いや、でも　遊んで暮らせる　俺はただの呪装じゃないと見抜いてたぜ　黙れ馬鹿
じっとりと汗をかき、瞬きをしきりに繰り返すブレンダが低い声で絞り出すように言った。

「マジ、なのか？」

「おや、まだ私の腕を信じていただけないので？　でしたらこのネックレスは私が金貨一枚で買い取りましょうか？」

冗談交じりに俺がネックレスに手を伸ばすと、ブレンダがひったくるような勢いで手を伸ばしてネックレスを掻き抱いた。

黒ローブの視線が完全にネックレスに固定されており、グリンと首がまわった。どんだけ欲しいんだよ。

「ふッ、ふぅ……護衛、してくれよ、二人とも。ギルドまで、頼む」

「ッ……え、ええ。行きましょう！　ほらどいて！　道を空けて！」

「おら！　妙な真似したら叩き斬るからな！　どけ！　付いてくるやつは窃盗未遂を疑われても文句言えねーぞ！」

人垣の一角に穴が開き、覚束ない足取りのブレンダが連行されるかのように両脇を銀級の冒険者に固められて出ていった。

向かう先は冒険者ギルドだ。ギルドは鑑定と同時に有用な呪装の買取りも行っている。

そして独自のパイプを使ってそれ以上の値段で売り捌き儲けを出す。

はてさて、あの呪装は最終的にどれほどの値がつくのか。

金儲けのために見繕った適当なカモがまさかあんなお宝を抱え込んでいるとはな。冗談にしてはでき過ぎだ。

野次馬は魂が抜けたような表情でブレンダの後ろ姿を眺めている。

それは羨望の視線。冒険者共通の夢を鷲掴みにした者への憧憬。

なに他人事のような顔してんだ？　次はお前らの番だってのによ。

俺は平手で台をぶっ叩いた。

「いやはや、呪装というのは本当に奥が深い！　あんなに禍々しいネックレスが、よもや伝説に謳われるような極上品であったとは。さて、次は誰が彼の後を追うのでしょうね？」

出すモン出せや。俺に貢げ。

正気に戻った取り巻きは爆発したかのように俺の店に殺到した。

金持ちや大店（おおだな）の経営者、最上位の冒険者が利用するような高級店で、上物のワインが注がれたグラスをクルと回す。
血のような赤がふるりと波を立て、その芳醇な香りが鼻孔を擽った。

鼻を近づけ軽く嗅ぐ。スッと鼻を抜けていく品の良い香りは上等な素材をふんだんに使用した上物の証。思わず自然の雄大な景色を幻視する。

まずは一口。舌の上で転がし、そのまろやかさを堪能してから嚥下する。目を閉じて喉越しと余韻を楽しむ。

興奮さめやらぬうちに二口。少し多めに含み、楽しむのもそこそこに飲み干す。

軽く息を吐き、シミ一つない純白のテーブルナプキンで口を拭う。

同じようにそうした対面の男が高級店に似つかわしくない凶相で笑った。

「金貨七百枚で落ち着きましたよ」

ほぅ、と俺は感嘆のため息を吐いた。どうやら随分うまいことやったようだ。

だが、考えてみればそれだけの価値はあるだろう。

ギルドは一体どのくらいの値段であのネックレスを売り捌くのか。……金貨千枚は下回らないだろうな。

永遠の美は女の夢であるし、男だって己の伴侶には永遠に美しくあってほしいだろう。

どれほどの金がうず高く積まれることになるやら。ギルドは今頃貴族の懐に狙いを定めているだろう。

俺はあの後取り巻き連中の鑑定を捌くのに必死だった。次から次へと現れる冒険者は、こぞって未鑑定の呪装を持ち寄った。

銀貨十枚というのは高い。石級の一日の稼ぎは銀貨一枚に満たない事の方が多いし、鉄級ですら

二、三枚だ。
そこから諸経費を差っ引けば手元に残るのは雀の涙。

どうやりくりするかで頭を悩ますのは駆け出し冒険者の宿命のようなものだ。

呪装を拾っても鑑定を依頼できずに荷物の底で腐らせていたやつらは多かった。銀貨十枚はポンと出せる値段じゃないのである。

それが、半額。しかも腕は確かときた。

まあ殺到するわな。大成功を収めたブレンダの姿に自分の未来を重ねたのもあるだろう。

自分ももしかするのでは、という色眼鏡で目を曇らせたやつらは想像以上に多かった。

集まった全員は捌き切れず、明日も開店することを約束してお帰りいただいたところ、ブレンダに誘われて高級店でご相伴に与っているというのが事の運びである。

「随分と吊り上げましたね？」

「いやいや、遠慮してやったくらいですよ。やろうと思えばあと五十枚はいけたでしょうね。真偽判定のために鑑定をした女性の、驚きと物欲しそうな気持ちが綯い交ぜになった表情をイレブンさんにも見せてあげたかったですよ。くっく」

「悪い顔してますよ、ブレンダ氏」

「はて、そんな気は無かったんですがねぇ」

くつくつと嫌らしく喉を鳴らしたブレンダは、あまり慣れていない手付きで肉を切り分け、フォークで刺して口に運んだ。俺も続く。

絶妙な噛みごたえ。溢れ出した肉汁は濃厚で、しかし脂っこさを感じさせない。

この肉を食べ慣れたら屋台で売られている串焼きなんて喉を通らなくなってしまう。食べ物としても認識できなくなりそうだ。

「ブレンダ氏はまだこの町で？」

「ええ。一応は冒険者ですからね。ギルドからも出ていかないでくれと頭を下げられましたので」

「はは。払った金はこの町で落としていけ、とでも言いたいのでしょうね」

「穿った見方をなさる。ただ一戦力を引き留めたかっただけでしょう。ええそのはずです。勿論、私も冒険者の端くれ。今まで通り魔物討伐はこなしますよ。まぁ、頻度は下がるでしょうが、ね」

ブレンダはそう白々しいセリフを吐いて悪どい笑顔を浮かべた。

大金を手にすると人はこうも面白く変わっちまうらしい。私、なんて一人称を使ったのなんて初めてなんじゃねえか？

「イレブン氏はこのまま鑑定を？」

「そのつもりです。しばらくは私にできる範囲でこの町のお役に立とうかと」

鑑定数、百二十点。銀貨六百枚。金貨換算で六枚。一日、いや、夕方前から始めたので半日の売上だぞ。しかも明日もそれなりの売上が確約されてると来たもんだ。

くっそボロい商売だよなぁ!? えぇ、オイ!!

なぜこんな美味い話に今まで気付かなかったのか。リスク冒して冒険者に喧嘩を売ってたのが馬鹿らしくなってくるってもんよ。

金貨数枚と銀貨が入った財布？　返す返す。そんなのもはや端金よ。

しかし冒険者ギルドさんも人が悪い。こんな濡れ手で粟を引っ掴むような商売を独占してるなんてな？

銀貨十枚。ちと足元を見過ぎてませんかね？　俺は良心的な値段でお勉強させていただきますよ。

この町を守る冒険者様の命、この鑑定師イレブンが支えましょう！　くっはっは！

「それはそれは。イレブン氏のますますの活躍を祈って」

ブレンダは犯罪者にしか見えない笑みを浮かべてワイングラスを掲げた。俺も答える。

「では私は、ブレンダ氏の輝かしい未来を祝して」

「乾杯」

グラスを軽く合わせて音を鳴らす。そのまま口元へ運び一口。

旨い酒を飲んでいるときほど心が洗われる瞬間はない。

芳醇な香りとコクで心を満たした俺は、いつものように人好きのする笑みを浮かべた。

「おやおや、悪い顔してますよ、イレブン氏」

はて、そんな気は無かったんですがねぇ？

◇

翌日。昨日と同じ場所に足を運んだ俺を出迎えたのは列を成した冒険者達だった。

どうやら一夜にして噂が広まったらしい。どいつもこいつも期待に胸を躍らせたアホ面で俺の到着を待っていた。

最後尾のやつが俺の姿を見かけるなり指をさして歓声を上げた。狂騒が伝播していく。

おいおい、ただの鑑定師風情に向ける熱じゃねぇぞ。

騒ぎ出した連中を治安維持担当が怒鳴りつけるが、集団は一向に黙る気配がない。

それどころか勢いを増す始末だ。列に近づくに連れその声が聞き取れるようになる。

「来た！　来たぞッ！　イレブンさんだ！」

「千金の秤が来たぞ！」

「早くしろ！　俺は四つも呪装を持ってきたんだ！」

「ちょっと！　一人一個までってルールは守んなさいよ！」

「俺にも夢を見させてくれよなぁ！　頼むぜおい！」

なんというか、甘く見てた。馬鹿だ馬鹿だと思ってたが、ここまで馬鹿だとは思わなかったぞ。

ブレンダの後に鑑定した百二十点の品の中で、売れば金貨に届きそうな品は二点しか無かった。

たった二点だ。それも、良くて金貨数枚だろう。

一発目のインパクトがデカ過ぎて麻痺しているようだが、呪装ってのは大体そんなもんだ。

どんな運命のイタズラなのか知らないが、本当に、たまたま一発目が伝説級の当たりだったというだけのこと。

それをコイツラと来たら……俺を幸運の使者かなんかだと勘違いしてやがるな？

まあ勝手に盛り上がる分にはタダだ。夢を見たいなら……その分の金は貰うまでよ。

興奮に沸く群衆に片手を上げて応えた俺は、一つ咳払いしてから人好きのする笑みを浮かべて言った。

「お集まりいただいてありがとうございます。では本日も、皆様の夢の値段を量りましょう」

千金の秤。どうやら、それがイレブンに付けられた仇名らしい。

その場のノリやら勢いで生きている冒険者連中は、酒場の席や井戸端で話すときに針ほどのことを棒ほどに言う生態をしている。

噂話に尾ヒレだけでなく背ビレも付ける。なんなら化粧で整えてからアクセサリーも着ける。最後にリボンでも飾れば実物とかけ離れた化け物の出来上がりって寸法だ。それが今の俺である。

何だよ銀貨一枚にもならないクズ品を金貨千枚に変えた男って。噂にしたって限度があるだろ。【追憶（スキャン）】は錬金術じゃねぇんだぞ。馬鹿かよ。馬鹿だったわ。

まあ本気で思い込んでいるやつはいないだろう。クズ品と査定したら突っかかってきたやつは一人、二人いたが、すぐに周りの冒険者に取り押さえられて道端に転がされた。

今の俺を敵に回すということは、すなわちここに並んでいる全ての冒険者を敵に回すということと同義なのだ。布陣は盤石である。

鑑定は滞りなく進んだ。三十ほど鑑定し、それなりの品が二つあったので盛り上がりは上々である。

中には再整列して残りの呪装も見てもらう気のやつも居た。しばらくは金に困らないなこりゃ。

内心が表情に出ないよう留意しながら鑑定を進める。

赤黒い不吉な色をした柄と捻（ね）じくれた刃を持つ短剣。

およそ真っ当とは思えないシロモノを差し出したのは魔法使いと思われる女だ。拳が白くなるほど握りしめ緊張の面持ちを浮かべている。

この緊張具合……初鑑定か？

相方なのか、後ろで槍を背負った男も固唾を呑んで見守っている。こんな毒々しい短剣に何を期待しているやら。

俺は内心呆れながら【追憶（スキャン）】を発動した。

刃は骨　柄は血肉　魔力は楔
降ろす奇跡は女神の一撫で　終わる命に吹き込む再起の熱
血よ湧け　肉よ躍れ　どうか今一度の隆盛を
——こんなところで終われないんだ
隻腕隻脚の男が赤黒い短剣を心臓にぶっ刺した

なるほど、これは……難しいな。有用だ。間違いなく有用だが、ううむ。

「ど、どうですか……？」

「金貨二十から二十五、といったところですかね」

地鳴りのような歓声が上がる。ブレンダに次ぐ二番目の高額査定だ。

金切り声に似た喜声を上げた女がぴょんぴょんと跳びはね、後ろで控えていた男と抱き合った。面白がった野次馬がヒューヒューと囃し立て、ハッと我に返った二人がガバっと離れて目をそらしながら咳払いを一つ。ベタな反応しやがる。

頬を赤らめた女が着席し、気恥ずかしそうに前髪をつまみながら言った。

「すみません、嬉しくてつい……で、どんな呪装だったんですか⁉」

「四肢欠損の治療です。恐らく、難病も完治するでしょう」

絶句する女。沸き立つ野次馬連中。

欠損の治療はどんな高名な治癒魔術師でも成せぬ、まさに奇跡。

それを可能にするとなれば値は張るだろう。

不吉な――もはや邪悪と形容していい――短剣の思わぬ価値に盛り上がる中、一人の冒険者が待ったの声を掛けた。昨日の黒ローブだった。暇なのかこいつ。

「四肢欠損の治療が金貨二十五枚？　安すぎるわ。少なく見積もっても金貨三桁は下らないはずよ！」

チッ。めんどくせぇことしやがる。流石にそこまで高くつかねぇよ。

……まぁ、一般人に分かるわけねぇか。

戯言に触発された周囲がざわつく。ほんと流されやすいなお前ら。

俺は辟易しながら弁明した。

「理由は今からお話ししますよ。この剣は自分の心臓に突き立てて使うのですが……凄く痛いらしいのです。それは、もう」

あんまりな理由だと思うだろうな。俺もそう思う。

「痛いって……そんな、理由？　四肢欠損が治るのよ!?　たったそれだけの理由でそんなに値が下がるとは思えないわ！」

なんで当事者じゃないお前がそんなに盛り上がってんだよ。お前は誰なんだよ。まだ説明の途中だってのに素人知識でイチャモンつけやがって。周りの奴らに俺の鑑定の腕と物を見る眼が怪しまれたらどうすんだ。

自慢じゃないが、闇市に入り浸る俺の眼は中々のものだぞ。何も知らずに水差しやがって。

俺はにこやかに笑って続けた。

「【追憶(スキャン)】は記憶を読めても痛覚の再現は出来かねますので……七日七晩血を吐きながら苦しみ続け、目から血の涙を流し、爪が割れるほど頭を掻きむしり、あまりのショックで髪が抜け落ち、僅かな残りは白髪に変わってしまうほどのそれが、果たしてどれほどの地獄なのか想像つかないのですよ。血が熱で沸き立ち、余りの苦痛に肉が躍るとでも言えばいいんですかね？」

取り巻きたちの見る目が変わる。神聖な物を見る目から、禍々しい何かを見る目へと。

それは女神の奇跡というよりは、苦痛を対価に願いを叶える悪魔との契約に似ていた。

考えなしに飛びつけば、待っているのは業火に焼かれて泣き叫ぶ己の姿である。

「もう一度戦場に立つことを夢見て短剣を使用した戦士は、痛みというものに酷く怯えるようになり二度と戦場に姿を現しませんでした。酒の席では、あんな道具を使った自分が馬鹿だったとうわ言のように呟いていますね。屈強な戦士の心を折る品……縋るにはあまりに脆い希望では、と愚考します」

歓喜の表情が一転し、おぞましいものを見て顔を引きつらせる女。

いちゃもんをつけてきた黒ローブも黙って顔を顰めている。だから言ったろ。

「ですが、まあ、代わりが利かない逸品であるのもまた事実。使えるのが一度きりというのを踏まえても、欲しがる好事家はいるでしょう。ギルドに持っていけば大金になることは保証いたしますよ」

「あ……そう、そうですよね！　ありがとうございました！　早速持っていきます！」

「待って！　私が護衛するわ！　ほらほらどきなさい。変な気を起こしたら燃やすわよ！」

やれやれ。なんとか軌道修正に成功したな。おまけに黒ローブが消えてやりやすくなった。

しかし、四肢欠損の治療ね。

一般人は知らないんだろうな。貴族連中は教会にちょっとしたお布施をするだけで、欠損だろうが難病だろうが、数日後には痛みなくまるっと完治させる方法があるってことに。

淵源踏破の勇者。攻撃魔法と回復魔法のスペシャリスト。

底抜けのお人好しであるあいつは、生臭坊主の小遣い稼ぎに利用されている。

いいように使われているぞと指摘しても、人が助かっているなら良いことだ、で済ませる本物の愚者だ。見ててイライラするったら無い。

っと、どうでもいいことだな。今はこっちの仕事を済ませよう。

俺は頭に響く『淵源踏破の勇者様、救済を必要としている者がおります。ディシブの町までお越しください』という要請を意識して頭の外に追いやって鑑定作業を進めた。

◇

疲れた。だが、成果はあった。

捌いた数は貫禄の三百点。銀貨千五百枚。それを両替してもらい、金貨十四枚と銀貨百枚。

庶民の年収が金貨二から三枚程度ということを考えれば、まさに破格。

これだけ捌いたので明日からは客足も遠のくだろうが、そうしたらしばらくは息抜きして呪装の在庫が溜まった頃にまた店を開けばいい。

俺は金貨の輝きに目を細め、一撫でしてから革袋にしまい店を畳む準備をした。

「おや、もう店じまいか。不躾(ぶしつけ)は承知なのだが、鑑定をお願いできないだろうか」

あぁ？　不躾だって自覚できるならすっこんでろやボケ。

思わずそんな言葉が口からまろび出そうになり――【鎮静(レスト)】。

「自慢ではないのだが、冒険者ギルドのマスターという立場はなかなかに忙しく、どうしても間に合わなくてね。勿論断ってくれてもいいのだが、良ければ一つ老いぼれの我儘に付き合っていただきたい」

冒険者ギルドの頭。ループス。

丁寧で柔らかな物言いとは裏腹に、眼に剣呑な光を宿した捕食者がこちらを睨めつけていた。

クソがッ！　いくらなんでも早過ぎるだろ！

五　量る者、謀られる者

想像する。【偽面(フェイクライフ)】を使う際の基本だ。

この人格はどういう口調で話すのか。どういう仕草で応じるのか。どこまで感情を表に出すのか。どんな物が好きで、嫌いなのか。

功労者を敬う気持ちはあるか。権力に迎合(げいごう)するのか。それとも別け隔てなく否を叩きつけられるのか。悪を許せるか。そもそも悪の判断基準とは。

まだ並んでいた冒険者には帰ってもらったのに、偉大なるギルドマスターに直接請われたなら道理を曲げることができるのか。

そこに俺の意思を挟んではならない。イレブンでなくてはならない。

勇者ガルドや鉄級のエイトという影を落としてはならない。クリアになった頭で思考を回す。

俺は人好きのする笑みを浮かべて両手を広げた。

「これはこれは！　お初に御目にかかります、鑑定師のイレブンと申します。ルーブス殿の才気煥発の御高名はかねがね」

「はは。老いぼれを立てるのが上手い。商才の片鱗を感じるね。既に承知のようだが改めて。ルーブスだ。名ばかりのギルドマスターをやっている。宜しく頼む」

嘘くさい笑顔を浮かべながら差し出してきた右手に嘘くさい笑顔で応じる。

宜しくする気が微塵(みじん)も感じられない威圧を込めた力強い握手。岩でも握っているような錯覚に陥る。このやり取りで何を察したというのか、ルーブスの瞼がひくと震えた。

チッ。情報を落としたくねぇな。【偽面(フェイクライフ)】は顔も声も変えられるが、体形はほんの少ししか変えられない。筋肉質かそうでないか程度だ。こいつとはもう二度と握手をしねぇ。

「それで本題なのだが、鑑定をお願いしてもいいかな？　巷(ちまた)の話題を攫(さら)った千金の秤、その手腕を一目見ておきたくてね。あぁ、勿論断ってくれても構わない。君が並んでいた冒険者に断りを入れて店を畳もうとしていたのは知っている。断ったとて、権力を笠に着た理不尽な仕打ちはしないと誓おう」

どの口が。二枚舌でペラ回しやがって。

「何を仰(おっしゃ)りますか！　平和のために日々粉骨砕身しておられるルーブス殿の頼み、断るなど無礼というもの。それを解せず目くじらを立てるような狭量な者はおりますまい」

「そろそろ本当に骨が折れてしまいそうなのが悩みの種だ。では有り難くお言葉に甘えよう」

ルーブスは懐に手を突っ込んで銀貨を五枚置いた。俺はそれを手のひらで制す。

「御冗談を。冒険者ギルドのマスターから金銭を受け取ったとあっては、明日から非難の的になってしまいますよ」

「ふむ。これは異なことを。狭量な者はいないとは君の言(げん)だろうに」

「立場が違います。ルーブス殿を他の方と同列には扱えません」

「立場が違うからこそ示さなければならぬ礼節がある。これはけじめだ。分かるね？」

　何が仕掛けてあるか分からねぇからいらねえって言ってんだよ。察せ。

「いやはや、察しが悪くて申し訳ない。未だ若輩の身、考えが及ばず恥じ入るばかりです」

「若いことは恥じることではないよ。まだ学べる余地があるということにほかならない。羨ましい限りだ。では、受け取ってくれるね？」

　受け取れ、と差し出してきた銀貨を、俺はとりあえず台の端に寄せておいた。後で適当な露店で使っちまおう。

　嘘くさい笑みで一つ頷いたルーブスが腰に佩いた剣を台にそっとおいた。

「では、これを」

　白一色の剣。それはもう柄から刃身まで偏執的なまでに白い。

　よく見ると、枝の生えた蜘蛛の巣のような模様が奔っている。一つの材質で作ったようなつるりとした外見。

　触らなくても分かる。名剣だ。ギルドマスター室に飾ってあったそれである。これがルーブスの得物か。

「これは、素晴らしい品の予感がしますね」

「ついぞ扱いきれなかったじゃじゃ馬だ。まあ、率直な感想を頼むよ」

　荒くれどもの頭、ギルドマスター。そんな人物が持つ剣がどれほどのものなのか、興味がないといえば嘘になる。

射殺すような視線を向けてくるループスに居心地の悪さを感じながら俺は【追憶】を発動した。

灰色の雲に紛れる白竜　見渡す限りの凍土　氷獄の主
羽ばたけば凍て付き　息を吐けば雪崩　咆哮すれば一帯を氷の霧に変える
災厄の竜　その骨から削り出された一振り
ある男が狂った笑みを浮かべながら力を解放した　一瞬の後　一国が氷の彫像と化した

これは、やばいな。伝説級、という括りすら生ぬるい。これはもっと悍ましい何かだ。

こんなのを鑑定させてどういうつもりだ。釘刺しか？

「どうかね？　金貨何枚が妥当かな？」

試すような口調。きっとコイツの中には明確な答えがあって、それを当てられるか否かで今後の処遇を決定するのだろう。

答えは、簡単だ。

当てるか？　それとも道化を演じてすっとぼけるか？

……いや、見抜かれるな。鋭敏になった感覚に従う。大人しく望む回答を提示してやろう。

「値段は……付けられません。この剣はそういう次元にない」

これは秘匿しておかなければならないモノだ。一個人の手にあっていいモンじゃない。

国を滅ぼした実績のあるこれは、剣の形をした厄災そのものである。

どうやら答えに満足したらしいルーブスが、目尻にシワを寄せて笑みを作る。

「宜しい。愚物では無いようで安心したよ」

主導権を握られたな。ぼんやりとそう思う。

「停滞の剣『空縫い（からぬい）』。どうしても強引に値段をつけるとするならば、末端価格は金貨一万枚を下回ることは無いだろう」

そうだろうな。十全に扱えるのなら、国を滅ぼして金を奪えばあっという間にお釣りが来る。

「この剣は護国のために振るわれるべきだ。故に冒険者ギルドマスターに受け継がれてきた。そして今現在は私の手にある。さて、千金の秤のイレブン。君はもし、この剣と同等の脅威度を有する呪装が持ち込まれていたらどうしていた？」

まだ続くのかよこの問答。完全に潰しに来てるじゃねえか。

正解の輪郭がブレる。さっきみたいに簡単な話じゃない。

正直に話すか、偽るか。力尽くで取り上げるか、諭（さと）すか。

ルーブスが、この男が満足しそうな答えは――

「……その場で即興の嘘を付きクズ品認定します。ですが、自分好みのデザインなので購入させてくれと持ち掛け、後ほどギルドに提出します」

目を見て話す。少しでも誠実だと誤認させるために。

そんな意図を感じ取られたのか、ルーブスが笑った。馳走を前にした獣のような笑み。

「できるかね？　君に、それが」

「できます」

間髪を容れずの即答。目は逸らさない。

椅子に座っている俺が見上げ、やつが見下ろす、というより見下す（みくだ）立ち位置。

数秒の後、表情を消したループスが滔々（とうとう）と漏らした。

「大体、分かった。君は頭が回るし知識もある。人を丸め込むこともできるし、人の望む回答を即座に練り上げて見せる。なかなかできないことだ。それに才能にも恵まれているね。なんてことなくやってのけたが、うちに所属しているエリートでも【追憶（スキャン）】は日に三十回も使えば倒れる。誇るといい、君のそれは正しく天賦の才だ。女神様の祝福を受けているのだろうね」

新情報出すのやめろ。【追憶（スキャン）】ってそんなに疲れるのかよ……人材を各機関が占有しててサンプルがないから知らなかったぞ。

「そんな君の欠点は……俗に染まりすぎていることだ。大局的な視点に立てていない。先程の私の質問に対する回答は素晴らしいものだった。完璧と言っていい。だが、私に質問されてから答えを拵（こしら）えるようでは遅きに失する。そんなものは鑑定師として持っていて当然の価値観なのだ。ほんの数瞬でも答えに詰まるようでは失格だよ」

「……未熟を、恥じ入るばかりで」

「なに、専門の機関で教育を施されていないのだから当然だ。だが、こちらとしてもこれ以上見逃せない事態ではあった、それだけのことだ。千金の秤のイレブン。君は例の不老のネックレスが最終的にいくらになると思う?」

「……金貨、千枚は下らないかと」

金貨五百は下らないというのはあくまで買取価格だ。金に糸目をつけない貴族連中からなら金貨千枚は引き出せるだろう。

じゃなきゃギルドに利益が出ない。それほどの価値は……ある。間違っていないはずだ。

だが、どうやら回答を誤ったらしい。

ルーブスが口端を歪め、限界まで目を見開いた。スラムのガキでもチビりそうな凶相。

一歩前に出て、台に手を置いた。腰を屈め、顔を近づけてくる。

周りに聞こえないように小さな、しかしドスの利いた声で言う。

「ゼロ。ゼロだよ、イレブン。あれは既に砕いた」

「ッ⁉」

ばっかじゃねえのか⁉　あんな、売れば一生を遊んで暮らせる物を、ぶっ壊したっていうのか⁉

「今頃は光となって世界を旅している頃だろう。再び結実するのは数年後か、数十年後か、それとも数千年か……。存在が知られれば火種になる。先程見せた空縫いと同じ。規模の大小ではないのだ。あれもそういうシロモノなのだよ。だから、砕いた」

頭を鷲掴みにされる。割れそうになるほど込められた力は脅しとして十分だった。

「見ろ。見たまえイレブン。私の眼に映る自分の顔を、表情を。それが俗だ」

ルーブスの眼に映る俺の顔はひどいもんだった。眉間(みけん)と鼻根(びこん)にシワが寄り、牙が覗いている。

そりゃそうなるさ。一切理解できない考え方だ。

火種になる？　当たり前だ。だったら、秘密裏に流すとかやり口はいくらでもある。みすみす損してやる必要がどこにあるってんだ。

「人の口に戸は立てられない。そんなことは、賢い君には言わなくても分かるね？」

しれっと心を読むんじゃねぇ。妖怪か。

「専門機関で鑑定技能を修める際、真っ先に言われることがある。呪装の鑑定で儲けてはいけない。分かるか？　どうしても買い上げなくてはならない危険なシロモノがあり、そしてそれを責任持って処分する。力というのは正しく管理されなければならない。そんな極当たり前の基礎を遵守し、鑑定代を銀貨十枚なんて低価格にしていたら、収支は必ずマイナスになるのだ」

そう吐き捨て、ルーブスはギリギリと頭を締め付けていた手をようやく離した。

鈍い痛みが残る頭を軽く振ってルーブスを睨めつける。

「……鑑定をするな、ということですか？」

「言ったろう？　権力を笠に着た理不尽な仕打ちはしない。ただ、全ての物事には理由があると知っておいてほしかった。ギルドの鑑定で金貨数十枚の品が滅多に出ない理由。未鑑定の呪装は絶対に使うなという常識が浸透している理由。そして、ぽっと出の君が金貨数百枚という値が付く呪装にあっさりと巡り合った理由」

「……値が張る、いえ、危険な呪装は、思った以上に多く存在していて、ギルドはそれを秘密裏に回収し、処分している」

ポツリと漏らした俺に、ルーブスは鼻を鳴らして応じた。

「この町での商売は自己責任だ。そして私はこの町の、ひいては国全土に波及しかねない騒動の芽を摘む義務がある。君の言うとおり、骨も身も砕いて奔走する義務がね。私は、冒険者ギルド職員一同は、君が賢明であることを期待する。それでは」

どうやら言いたいことは言い終わったらしい。

ルーブスはそれまでの凶相を嘘のように霧散させて去っていった。

「…………さて、と」

あぁ、めんどくせぇ。まさか二日目でこんなケチがつくとは思わなかった。釘どころか、ぶっとい杭を刺してきやがったぜあの野郎。

やっぱりあいつは天敵に近い。尋常じゃない嗅覚を持っている。

演技するのが大変だったくらいだぜ、全く。

それに、俺がエイトと同一人物であることはバレていない。まだ致命的じゃない。この人格はまだ使える。

物々しい雰囲気を感じ取ってか、遠巻きに眺めていた連中に安心させるように笑みを返して応えた後、俺は拠点にしている宿への帰路についた。

◇

まあなんだ、要は危険物を買い取ってギルドに横流ししろってことだろ?

はいはいわかったわかった。自腹切って回収してやるよ。

だが、今日までだ。今日でイレブンは終わらせる。ギルドに目を付けられた以上、鑑定屋を続けるつもりはない。

何よりあの野郎……ルーブスはとんだ食わせ物だ。あいつの発言、殆どが嘘だ。間違いない。【六感透徹(センスクリア)】。ギルドマスター室では魔法の発動を感知される可能性があったので使わなかったが、今回は【鎮静(レスト)】に反応しなかったので、剣を鑑定した後は常に勘の向上をもたらす魔法を発動していた。

いやはや、海千山千ってのはああいうやつのことを言うのかね?

息をするように嘘に嘘を重ねてそれらしい話を作りやがる。

ネックレスを砕いたって話も嘘。火種になる呪装は全て処分するって話も嘘。鑑定師が儲けてはならないって話も嘘。ギルドの収支がマイナスって話もみんな嘘だ。

大した野郎だよほんと。あいつから嘘を取り除いたら骨と皮しか残らんぞ。

本当のことだと自信を持って言えるのは、鑑定師は三十回ほどの【追憶(スキャン)】で倒れるってことと、この町の商売は自己責任ってことくらいか。

舌先三寸口八丁で会話のペースを握ったら、もっともらしい嘘で相手のペースを乱してそのまま呑み込む。

なるほどギルドマスターの椅子に腰を落ち着けてやがるわけだ。腕っ節だけの冒険者なんて口で丸めてゴミ箱にポイだろう。

俺のことなど、たまたま鑑定の才能に目覚めて調子に乗っている世間知らずの青二才程度にしか思っていなかったに違いない。

恐らくは……あのネックレスで怒りを買ったな。あの品がギルドに持ち込まれていたら、銀貨数枚で買い叩き、金貨千枚以上で売り捌いてボロ儲けするつもりだったのだろう。

それが、ぽっと出の鑑定屋のせいで台無しになった。

いらぬ知識を吹き込まれたせいで一方的に搾取される冒険者が対等な交渉相手に変化してしまった。そりゃ面白くないわな。トップが出張って来るわけである。

要はこうだ。

ギルドが独占していた事業に割り込んできた邪魔者がいる。

邪魔者のせいでギルドの儲けが減り、冒険者がにわか知識で強気の交渉に出始めた。

トップ自ら出向いて邪魔者に脅しをかけ、値の張る商品は秘密裏にギルドへ流すよう仕向ける。

鑑定代で儲けることは許してやろう。だがギルドに逆らったらどうなるかわかるな？

こんなところか？　全く、カタギじゃねぇな。

直接的な制裁に出なかったのは……冒険者達の機運が高まってるからか。

高額査定に夢を見た馬鹿が活気付いてる状況はギルドにとっては好ましいのだろう。後は鑑定師を傀儡にすれば問題解決、と。

なるほどよくできたシナリオだ。だが相手が悪かったな？

【六感透徹（センスクリア）】は珍しい魔法だ。まさか俺が使えるとは思いもしなかっただろう。よく回る口で情報を漏らしすぎたようだな。

ああ、回収する。問題のある呪装は自腹を切って回収するとも。

その品は王都の闇市で捌かせてもらうがな！

十中八九、今日の客にそういう品を持ち込むやつがいるはずだ。ギルドの差し金が何匹か来る。俺が警告の意味を理解しているかを確かめるために。俺が本当に口先で客を丸め込めるか試すために。

そいつらの品もまとめて売り払ってやるよ。これでギルドは大赤字だ。ざまぁ見ろ。

まあ、安心しろって。俺も鬼じゃない。もしとんでもない災厄を招くような品が来たら国に届けてやるからよ。

ループスさんは安心してギルドマスター室で茶でもすすってればいい。

目抜き通りに向かうと冒険者連中が飽きもせず列を作っていた。だが、さすがに減ったな。

昨日とは比べるべくもない。半分より少し下か。撤退するには時機が良さそうだ。

出迎えの歓声にいつものように軽く手を上げて応え、見渡すふりをしながらあらかじめ目星をつけておく。

……あいつと、あいつと、あいつかな。

くくっ、【六感透徹(センスクリア)】様々だな。

思えば、ループスとの橋渡し役のノーマンはこの魔法を警戒されてあのポジションにいるのかもしれない。嘘のメッキでテカテカのループス殿にはさぞ鬱陶しい存在だろう。手許に置いて管理しているってとこか。

早くしろとの催促を受けて思考を断ち切る。

今日で痕跡すら残さず消えるということをおくびにも出さない笑みで定句を告げる。

「お集まりいただいてありがとうございます。では本日も、皆様の夢の値段を量りましょう」

「……これはクズ品ですね。斬った者へ激しい痛みを与えるだけの短剣です。加えて切れ味もそこまで宜しくない。魔物には通じないみたいなので……銀貨一枚にもならないでしょう。ああ、宜しければ私にお譲りいただけませんか？　ちょうど昨日果物ナイフが欲しくて困っていたのです。銀貨一枚でどうでしょう？」
「クズ品です。儀礼用に作られた長剣ですね。そこらの店で買えるなまくらのほうがまだ役に立つでしょう。……ですが、この装飾は個人的に好みです。宜しければ銀貨十枚でお譲りいただけませんか？　もう一声？　はは、商売がお上手でいらっしゃる！　銀貨十五枚でどうでしょう？」
「……この外套は、体重を軽くするクズ品です。身体の動かし方の感覚が変化するため、歴代の持ち主からはあまり好まれていませんね。ああ、良ければお譲りいただけませんか？　身一つでこの町に来たため衣類がまだ揃っていないのですよ。冒険者でない私ならデメリットも気になりません。ええ、銀貨十枚で。いえ、宜しいのですよ。冒険者の方にはお世話になっていますし、平和を守ってくださっている方に還元するのはこの町の住民として当然のことです」
俺は拷問用の短剣と、所有者の魔法の威力を底上げする剣と、飛翔が可能になるマントを安値で買い叩いた。

これでいいんだろ？　ギルドの職員さんよ。

さて、こいつらはどのくらいの値段がつくかね。俺は短剣がいい値段になると予想している。

後ろ暗いことを生業にしてる責問吏なんかに人気が出そうだ。

闇市は素性を問わず売りに出せるのが魅力だが、正規の手続きを踏んで売るよりも値段が落ちる。

だがまあ、全部合わせれば金貨八十枚に届くんじゃないか。やっぱボロい商売だな。ループスの野郎がすぐさま手を打つわけだ。

笑みをこらえながら差し出された剣を鑑定する。黒と金を基調とした厳かな剣だ。

しかし呪装ってのは剣が多い。討ち倒すべき魔物が蔓延ってたのは今も昔も変わらないってことだな。剣が好きな方の姉が喜びそうだ。

「……ッ！」

どうでもいいことを考えていたせいか、思わず表情が歪んでしまった。

……この剣、逸品だ。斬れないものが無い、のか？

木、岩、魔物。すべて一刀のもとに斬り伏せてやがる。

それこそ、空気を斬るかのように滑らかに。

金貨千枚級。闇市で流して、だ。そこらのボンクラを英雄に変える。これはそういう剣だ。

「あっ、あの、どうしましたか……？」

顔を上げる。黒味のある青の髪、青の瞳が緊張を示すように震えている。年は十五過ぎか。

後ろに控えている緑髪の少女はパーティーメンバーか。こちらも緊張からか顔が強張っている。絵に描いたようなルーキーペアだった。ビギナーズラックで済ませられる案件じゃねぇぞ。

誤魔化すように咳払いをし、できるだけ深刻そうな顔をする。

さっき顔を顰めてしまったのは失敗だった。ギルドの連中の目と耳がどこにあるか分からない。

低めの声を作って言う。

「……これは、呪われた剣ですね。非常に強力な呪いです。目を惹く金で誘い、闇のような黒で持ち主を喰らう、そういう剣です」

「えっ！　そんなに危険なものなんですか⁉」

食い付きは上々。あとは手放すよう誘導すれば完璧だ。

青い顔をして後ろの少女を見やる少年。客がある程度捌けていてよかった。

取り巻きに騒がれたらボロが出ていたかもしれない。

「ええ。振るうと肉体が爛れ、腐れ落ちるとても危険な品です」

「ええっ⁉　僕、ちょっと振るっちゃいましたっ！」

後出しやめろや。なんで未鑑定の呪装を使ってんだよ。

どんな危険があるか分からないから使うなってのは冒険者ギルドで口酸っぱく言われる基礎の基礎だろうがッ！

「ん、んっ！　ちょっと程度なら問題ありません。どうやら……二十回ほどから効果が出始めるようですね」

「ええっ⁉　ご、五十回くらい振るっちゃいましたっ！」

後出しやめろっつってんだろッ！　ちょっとじゃねぇだろボケがッ！

「いえ、いえ、これは……所有している時間、のようですね。すみません、呪いの品は珍しいので読み違えました。非常に危険な品なので手放すことを推奨します。よければ、私が預かりギルドへ提出しておきますよ。あなた方はそろそろ呪いの影響が出始めるかもしれない」

「あの……この剣、初めて手に入れた呪装なので、その、家に飾ったりとかしたら駄目ですかね？手に持たなければ大丈夫だったりしませんか？」

コイツわざとやってんのか⁉　呪いの装備だって言ってんだろうがッ！

「……爛れ死にしたいのならご自由に。次に提案を受け入れないようなら私からはもう何も言いませんよ」

「あっ、いやっ、冗談です！　引き取ってください、お願いします！」

最初からそうしろや。何だったんだこのふざけたルーキーどもは。近いうち死ぬぞ。

それっぽい雰囲気を出すために剣を直接触らないよう適当な布で受け取り、それっぽく包んだら買い取ったその他商品と同じところへ転がしておく。

先の三品もこの剣の前では霞む。国を滅ぼすほどの力こそないが、間違いなく国宝級だ。

ようやっと運が向いてきやがったぜ……後は残る数人を捌いてドロンだ。

もしかしたらこの町はもう用済みになっちまうかもな？

◇

終わった。これでイレブンは終わりだ。

本日の鑑定作業は滞り無く終了。昨日と一昨日で在庫を吐き出したのか、鑑定数は百にも満たなかった。少し早いが、客が居なくなったので店じまいだ。

硬貨と買取品でずしりと重みを増した背嚢(はいのう)を背負う。

後は誰も見てないところで【隔離庫(インベントリ)】に放り込んでから、首を斬って王都に移動して闇市で捌くだけだ。

数年は遊んで暮らすとするかね。

「あ、あのっ！　まだ間に合いますか？」

掛けられた声に反応して振り向く。そこに居たのは荒事とは無縁そうな小娘だった。

恐らく冒険者じゃない。店を間違えているのかと思ったが、手に何かを握っていた。

「引退したお父さんが持っていた指輪を鑑定してほしいんです。銀貨十枚は高いけど、五枚で鑑定してくれるならって、お父さんが……」

なるほど。引退しても一攫千金の夢を捨てられなかったってわけね。

千金の秤なんて呼ばれる男の締めの案件としては丁度いいか。

「ええ、では拝見致します」

鈍く銀に光る指輪。ふむ、これはなんの変哲もなさそうな品だ。

【追憶（スキャン）】。……ほう。ほう？　これは、これは。

嘘を見抜き、奇襲を防ぎ、毒の入った杯を察知する……。勘の向上。【六感透徹（センスクリア）】に近い力が得られる指輪か。

欲しい。希少度的には黒金の剣とは比べるべくもない品であるが、俺としてはこっちの指輪のほうが欲しい。

常時身につけておきたい品だ。売れば金貨に届くのは確実だが、売らずに身に着けておくのが賢いだろう。

一縷（いちる）の望みを託すような面持ちで手を胸の前で握りしめる小娘。

こいつと引退した冒険者には似つかわしくない品だ。俺は心底気の毒そうな顔を浮かべた。

「残念ながらクズ品です。ご存じかもしれませんが、このように特徴のない呪装は効果が控えめなことが多い。少し怒りっぽくなる指輪、ですね。正直つける理由がないかと」

「そんな……」

「ですが、精神の修養には使えそうです。デザインも私好みだ。銀貨十枚で買い取らせていただきますよ？」

「………では、お願いします」

小娘は銀貨五枚も得する。俺も得する。やっぱり良い商売だな？

腰の革袋から銀貨を追加で五枚取り出し、鑑定代で渡された五枚と合わせて十枚を小娘に手渡す。

衝撃と轟音。明滅する視界と、鈍くなっていく身体の末端の感覚。赤に染まる視界。舗装された地面の冷たさ。

対面の女に腕を引かれ、顔面を台に叩きつけられて板をブチ割った勢いそのままに押さえつけられたのだと理解するには少々の時間を要した。

「賢しい下衆が一番厄介ですね」

冷水を浴びせるような声。取り付く島もない態度。何回か聞いたことがある声……クソっ！

【六感透徹（センスクリア）】に引っ掛からなかったから油断したッ！

「『遍在』……ッ！」

「知られていましたか。この町へ来て日が浅いとの情報でしたが……やはり不穏分子のようです」

金級冒険者。『遍在』のミラ。

治安維持担当の頭を張っているギルドの犬。それも、とびきり厄介な猟犬。

【偽面（フェイクライフ）】で町に潜み、ギルド、及びこの町にとって都合の悪い存在を断頭台へ送る処刑者。

俺のブラックリストの一番目に記入されている存在だ。

「ギルドからの警告の意味を理解する頭はあるようですが……最後に欲を出しましたね。善良な民から益を掠め取るような害悪は……この町に必要ありません」

列に並んでた三人の冒険者はブラフ……本命はコイツかッ！

「千金の秤のイレブン。守るべき民を欺き私腹を肥やさんとする大罪人。女神様の許でその罪、存分に雪ぐと良いでしょう」

◇

「離せッ！　俺は凡百の鑑定師とは比べ物にならない才能を持っているんだぞッ！　クソがっ！　クソがーッ！」

「これより、鑑定師を騙り有益な呪装の詐取を目論んだ詐欺師イレブンの処刑を執り行います」

首枷を嵌められた俺は断頭台に掛けられていた。

「ギルドが！　それを言うのかッ！　お前らだって同じ穴のムジナだろうがぁ！　冒険者どもっ！　お前らだって騙されてんだよッ！　ギルドは、わざと、お前らの有用な呪装を安く買い叩いてるッ！」

「誇大妄想癖からくる煽動も追加ですね。これ以上罪を重ねるのは如何(いかが)なものかと」

「クソが！　おいテメェら！　騙されたままでいいのか!?　命の値段なんてもっともらしい理由で吹っかけられてんだぞ！　反旗を！　翻せよッ！」

俺は集まった冒険者や町の住人に翻意を促した。こうなったら道連れだ。ギルド諸共めちゃくちゃにしてやる。

「黙れ詐欺師が！」

「よく回る口だな。そうやって俺らから利益を奪ったのか！」

「嘘つきに相応しい末路ね！　ざまぁ見なさい！」

あのクソどもは……ギルドの回し者の三人組じゃねえか！

クソ！　このためか！　このための仕込みだったのかッ！　ギルドは初めから俺を逃がすつもりなんて無かったってことかよッ！

「そいつらもグルだ！　騙されるな！　ギルドの犬どもめッ！　俺は騙されねぇぞーっ！」

「みんな騙されるな！　あいつは、僕の剣を呪いの品だって嘘をついていたんだ！　ホントは凄い品だったのに！」

クソガキィ……！　テメェ余計なことしかしやがらねぇなオイ！

わざとやってるんじゃねぇだろうな！

「騙してるのはテメェだろうが！」

「やっぱ怪しいと思ったんだよな」

「サイッテー」

「ざまぁみろ！」

クソどもぉ……！　これだから流されやすい考え無しの馬鹿はどうしようもねぇんだ！

「最期に何か言い残すことはありますか？」

最期？　最期だとッ!?　こんな惨めな最期があってたまるか！

何か、何か解決の糸口はないのか……。ハッ！　あそこにいるのは……！

「ブレンダ！　ブレンダァ！　俺を庇え！　助けろ！　釈放金を払えッ！　時間さえありゃギルドの悪行の全てを白日の下に晒してやれる！　そうすりゃ俺とお前は一躍ヒーローだ！　……おいブレンダなんで何も言わねェんだ！　テメェ誰のおかげでそんな仕立ての良い服着てうめぇ飯食える

と思ってんだ！　あぁ⁉　ブレンダアァァァァ‼」

顔を顰めたブレンダがチラと目を逸らした。その先に居たのはグレーの髪を後ろに流した男。捕食者のような目。軽い笑み。

ブレンダ……あの馬鹿ッ！　買収されやがったなッ！

「ルゥウゥブスゥウゥウゥウゥッッ‼」

ガコンと音がした。歓声が沸く。

蛮族のようなこの町の住人は処刑を娯楽として愉しむ癖がある。クソどもめ。知性の欠片もありゃしねぇ。

視界が舞う。それはとりもなおさず首と胴体が泣き別れしたということで――

ギロチンってこんな感じなのか。そんな場違いな感想を抱いて俺は死んだ。

六　胴元トゥエルブ

目抜き通りを歩いていると人垣が目に入った。

この町の馬鹿どもは何かあるってぇとすぐ野次馬根性を発揮して寄り集まって騒ぎやがる。

どれ、何があったのか俺も確かめるとしようか。

はいちょっと失礼しますよっと。お、膨らんだ革袋をぶら下げてる馬鹿がいるな。

【触覚曇化（プレスジャム）】。鈍チンになった野郎の革袋をしゅるしゅると紐解いてやれば臨時収入発生よ。

全く、不用心に人混みに紛れるなんて金を盗ってくださいって言ってるようなもんだぜ。

ま、授業料としては良心的な価格なんじゃねぇの？

ん？　腰のあたりに違和感……チッ！　スラムのガキか！

クズめ！　人の金をパクろうとはいい魂胆してやがるなオイ！

ふてぇやろうだ。きたねぇ飯食いすぎて脳まで腐ったか？

【膂力透徹（パワークリア）】を使用してガキの首根っこを掴まえて放り投げる。

投げた先は、恐らくこの人垣に交ざっているため店主が不在の屋台だ。

物盗りってのは頭を使うんだよ。そこで飯なり金なり漁るといい。

スリなんて身の丈に合わないことしてんじゃねえ。できることをやれ。ガキめ。

騒いでる連中の間に肩を入れて押し退けて進み最前列に出る。そこに居たのは三人の男だ。

冒険者と思われる二人がムスッとしたアホ面を晒しながら至近距離で向かい合い、その間に仲立ち役と思しき猫背の胡散くさい男が突っ立っている。

ふむ。決闘か。よくあることだ。

冒険者はとにかく喧嘩っ早い。縄張り意識が高いのか舐められたくないのか、はたまた頭が弱いのか、やれ目が合った肩が触れたで口角泡を飛ばして罵り合い、最終的に拳が飛ぶ。

そこまで行くと治安維持担当が飛んできて取り押さえられ、騒いだ罰として金が飛んでいく。

色々とブッ飛んだやつらだ。頭のタガまで飛んでいる。

そんなやつらが行うのが決闘だ。

両者の合意のもとに成り立つそれは、言ってしまえば治安維持担当の横槍を排した喧嘩である。

武器の使用は無し。相手が気絶するか降参するまで己の身一つで打投極の限りを尽くし、どちらが強いかを純粋に決めるというやり取りである。

相手を殺すのも、打倒した相手から金銭を取るのも無し。

引くに引けなくなったやつら二人で行うステゴロのタイマン。それが決闘だ。

メンツだの矜持だのといったものを腹に抱え込んだ連中は、それを刺激されるとすぐ爆発する。

腹に据えかねるとでも言うのかね。

今回の催しもそういったもののようだ。

痩せぎす対マッチョの構図。どちらも相手を見る目が厳しい。役職で揉めたか？

斥候役と戦闘役の軋轢は今に始まったことじゃない。やれどっちが楽だ、危険だという議論は熱が入るに連れて荒れていき、終いには殴り合いになる。

求められる役割がまるで違うって事実が、歩み寄るという姿勢を根っこから剥ぎ取っちまうらしい。度し難い連中だ。俺は酒とつまみを頼んだ。

「さぁさぁどっちが勝っても恨みっこは無しだ。殺さない、奪わない。魔法による補助と呪装の使用、金的は無し。お二方とも、自分の誇りに誓えるな？」

「誓う」

「あァ」

猫背の仲介人が発破をかける。

黒衣を纏った痩せぎすが首を左右にクイックイッと動かして骨を鳴らす。

対抗心を燃やしたむさくるしいマッチョが丸めた右手を左手で握り込み、威圧するようにボキボキボキリと骨を鳴らす。俺はつまみをポリポリした。

高揚を肌で感じ取った野次馬連中が盛り上がる。主な話題はどちらが勝つかだ。

【聴覚透徹(ヒアクリア)】で下馬評を集める。……見た目でマッチョが人気か。

分かってないな。勝つのは痩せぎすだ。恐らく、勝負にすらならねぇ。

戦意充分と見た猫背が両者の背をひっぱたいた。開始の合図。

ガバッと両腕を広げたマッチョが覆いかぶさるように痩せぎすに迫る。

まあそうなるわな。あの体格差、腕を掴まれただけで試合は傾く。

打より極。合理的だ。だから読まれる。

マッチョの両腕は、トンと軽い調子で跳んで距離を離した痩せぎすの黒衣をかすめただけで終わった。

逃げたとは言うまい。アレと真っ向から殴り合うのは誇り云々の前にただの馬鹿だ。

鋭い切り返し。足元まで延びる黒い外套は歩法を隠して攻めの起点を読ませない。

そう、俺が注目したのはそこだ。

あんな足が絡みそうな外套を着たままタイマンに臨むという強者特有の余裕。経験に裏打ちされた自信。そしてそんなことすら読めない対戦相手の愚昧さ。

勝負の結果は火を見るよりも明らかってもんよ。

宙を掻いた両腕、狙いは右腕、その先端。

五指に向けて振り上げられた蹴りは、地から天へと昇っていくギロチンのような閃き。

まともに食らったマッチョが顔に苦味を走らせて身を引く。

ありゃ何本かイったな。俺は酒で喉を潤しながらマッチョの負けを確信した。

痛みに呻くマッチョは防御が疎かだ。警戒しているように見えるが、右の指を庇っているせいで隙だらけである。どうぞ攻撃してくださいと言ってるようなもんだね。

痩せぎすが挑発するようにゆらゆらと体を左右に揺らして距離を詰める。

マッチョは痩せぎすの足元をチラと見て、動きが読めないと見るや身体に視線を向けた。

揺れる身体の動きを律儀に目で追って、故に唐突に振り上げた右手に目を奪われる。

ごく初歩的な視線誘導。バカめ。胴体がガラ空きだ。

痩せぎすが急襲を仕掛けた。身体を屈めた獣のような疾駆。

静から動への切り替えの速さが上手い。【敏捷透徹（アジルクリア）】を使った俺に迫るな。

視線誘導も相まって、マッチョにはまるで消えたかのように見えたことだろう。

無防備な鳩尾（みぞおち）に肘がめり込む。決定打だな。

くの字に折れ曲がったマッチョの身体。丁度いい位置に下がってきたと言いたげな痩せぎすは、くるりと身を翻して顔面に回し蹴りを放った。

派手に吹っ飛ぶマッチョ。身体は勢いよく屋台に突っ込み、木片に変わった屋台に埋もれた。

慌てた猫背がマッチョの両足を引っ掴んで引きずり出して安否を確認する。瞳孔を確認し、首元で脈を測る。観衆が息を呑んで見守る中、猫背がバッと手を挙げた。

「気絶！　命に別条なし！　勝負あったぁッ!!」

歓声が轟く。見事下馬評を覆した痩せぎすは観客に背を向けて歩き出し、片腕を上げてカッコつけつつ去っていった。

その背に惜しみない賞賛と悪罵の声が掛けられる。

「ヒュー！　やるねぇー！」

「カッコよかったぞー！」

「格下相手に粋（いき）がってんじゃねぇぞー！」

「てめぇのせいで丸損だ！　バッキャロー！」

何やら白熱していると思ったら賭けの対象になっていたらしい。

ホクホク顔のやつもいるが、顰めっ面をしているやつのほうが多い。投票券を地面に叩きつけて踏みにじっているやつまでいる。俺は酒をグビッと呷った。プッハァ～！

しかしあれだな。賭けってのは胴元が勝つって相場が決まってんのにどうして学ばないかね。

程々に楽しめばいいものを、感情的になって悪し様に罵るなんて醜いったらありゃしねぇ。

今回の賭けだって実力を見抜けないマヌケが悪いってだけなのにな？

――――！

その時、天啓が舞い降りた。なるほど。なるほどね？

俺は賭けを仕切っていた猫背の男を気付かれないように尾行した。

◇

用意が良すぎる。俺が疑問に思ったのはそこだ。

冒険者同士の喧嘩ってのは突発的に起きるもんだ。喧嘩の延長である決闘も例外じゃない。

熱しやすく冷めやすい冒険者連中は、カッとなったらすぐに喧嘩をおっ始める。

しかし、じゃあ今度改めて決闘しようぜとはならない。

頭を振ったらカラカラと音がしそうなほど脳みそが小さい冒険者共は、少し歩くと怒りなんて忘れる。なんかもういいやとなるのだ。

明日の昼に決闘を約束した冒険者がどうでもよくなって約束をすっぽかしたら、実は相手も約束をすっぽかしていたというのは有名な笑い話だ。

いい意味でも悪い意味でも今日に生きている連中なのである。

では、なぜ賭けなんて成立したのか。それも、わざわざ投票券を使った本格的なものが、だ。

決まってる。事前に用意していたのだ。

あの猫背の男は適当な獲物を見繕い、決闘を持ち掛けて野次馬を賭けに巻き込んだ。そして儲けを得てホクホクというわけだ。良い商売してやがる。

だが俺に目を付けられちまったのが運の尽きよ。

節穴共を餌に好き放題やってるみたいだが、俺ならどっちが勝つか簡単に見分けられる。

猫背が馬鹿どもから巻き上げ、それを俺が巻き上げる。美しい階層構造だな。

弱肉強食ってのはなにも腕っ節だけで決まるもんじゃない。それを分からせてやるとするか。

【偽面(フェイクライフ)】を使って印象に残らないような凡人顔に化けた俺は、今にも喧嘩しそうな冒険者二人の間に割って入る猫背の男を見ながら唇を舐めた。

今回のカードは似たような体形の二人だ。筋骨隆々というわけではないが、服の上からでも分かるほど引き締まった肉体は猛者の風格を纏っている。

両者は腰に剣を佩いていた。剣士二人、か。果たして何で揉めたのやら。

まあ、理由なんて考えるだけ無駄か。点火したらすぐ燃えるおがくずみたいな生態をしているのが冒険者だ。火種の特定はちょっと難しい。

さて、どちらに賭けるか。

銀髪細目は使い込んだ装備と余裕の表情。年はこちらが上だな。二十半ばか。

対する茶髪吊り目はムッとした表情で銀髪を睨んでいる。年齢は二十を過ぎた頃か。

今日はオフだったのだろう、軽装の普段着で構えている。緊急の時のための剣だけは所持していたってところか。

これは勝つのは茶髪だな。間違いない。

銀髪のあの余裕は命取りになる油断の類だ。対する茶髪、やっこさんは燃えてるな。何か癪に障ることでも言われたのか、相手を絶対に打ち負かすという強い意思をひしひしと感じる。

モチベーションの差は実力差を覆すに足る要因だ。俺は茶髪に銀貨三枚をベットした。

当たれば倍になる。せいぜい稼がせてもらうぜ、猫背さんよ。

「さぁさぁどっちが勝っても恨みっこは無し。殺さない、奪わない。魔法による補助と呪装の使用、金的は無し。お二方とも、自分の誇りに誓えるな？」

「誓うよ」

「誓う」

あの猫背、やはり慣れてる。さっきの決闘と焚き付け方が同じだ。

さも偶然居合わせて仲立ち役を買ったように見せてその実、念入りな準備と最適な口上を事前に用意していたのだろう。

喧嘩しそうな冒険者たちのプライドを刺激して口車に乗せて餌にする。

そして寄ってきたカモから財布の中身を拝借する。それが猫背のやり方。

くくっ。狩る側ってのは狩ってる最中が一番無防備なんだぜ？

カモだと思って慢心してたら猛禽にパクっと頭からいかれちまうかもしれねーな？

まあしばらくは猫背の商売も安泰だろう。下馬評では銀髪の方が圧倒的人気だ。

装備と余裕の表情という外面だけしか見れないボンクラは、内面の差による番狂わせの可能性を見透かせないらしい。

ま、こういう賭けってのは騙されるアホが居てこそ成り立つものだ。

甘い汁を吸って肥えた猫背を俺が骨までしゃぶり尽くしてやるとするかね。

「始めッ！」

猫背が両者の背をひっぱたいた。

先に動いたのは茶髪。背を叩かれた瞬間に弾かれたように右手を繰り出した。

小細工なしの右ストレートは相手の鼻っ面までの最短経路を走る。

ヘラヘラと余裕の表情を浮かべていた銀髪はこれに虚を突かれたようだ。細目を見開き、すんでのところで首を傾げて躱すも、拳が掠った頬がピッと裂けて一文字の傷を作った。玉の血が舞う。

「チッ、ガキが！」

余裕のメッキが剥がれた銀髪のボディブロー。

パンチに勢いを乗せた茶髪は躱すことができずにこれをまともに食らう。

苦しそうな表情。まともな防具を着てない茶髪は相応のダメージを負ったことだろう。

銀髪に賭けたやつらがワッと喝采を上げた。馬鹿め。これで終わるわけがない。そうだろ？

「ッ……ああぁッ！」

右ストレートの余勢を駆って茶髪が銀髪に組み付く。何が何でも打ち倒すという憤怒の形相。

脇腹に執拗に拳を叩きつけられても勢いは衰えず、そのまま足を刈って押し倒した。

形勢逆転。すかさずマウントを取ると、茶髪はその身体を弓なりに反らした。

ド派手に決めるつもりだ。いいね、見せてやれよ。お前を見下した連中に、そして相手に、てめぇの根性ってやつを。

ギリギリと音がしそうなほど引き絞られた身体が弾ける。勢いの乗ったそれはさながら隕石の如し。

ヘッドバットッッ!!　自傷を厭わない漢の一発ッ！

会場が大歓声に包まれる。ぐったりと伸びた銀髪を尻目に茶髪がゆらりと立ち上がり吠えた。

最後に立っていた者にのみ上げることが許される勝鬨。額から流れる血が野性味を掻き立て、それはもはや獣の咆哮であった。

猫背が銀髪に駆け寄る。

先程の決闘と同じように安全を確認し、同じようにバッと手を挙げて宣言した。

「気絶！　命に別条なし！　勝負あったぁッ!!」

投票券が宙を舞う。今回は随分と銀髪に賭けた奴が多いらしく、罵声の量が半端じゃない。

俺はそんな中を悠々と歩いて猫背の男に投票券を差し出した。

そして返ってくるのは六枚の銀貨。真っ当に魔物を狩ってるのがアホらしくなっちまうな？

そのまま路地裏に赴き（おもむき）【偽面（フェイクライフ）】を発動して顔を変える。

名もなき住民に変化した俺は安酒をちびちび飲みながら猫背の男が再び動き出すのを待った。

しばらくの後、稼ぎ場所を探すために歩き出した猫背の後を俺は存在感を消してから追った。

ボロいな。実にボロい。

その後、二回行われた決闘で俺は順当に金を増やしていった。

三枚が六枚。六枚が十二枚。十二枚が二十四枚。

鑑定屋に比べたら効率は落ちるが、完全に作業だったアレとは違ってそれなりに楽しめるのがいい。何よりもギルドに目を付けられる心配がない。

時たま臨時収入が発生するのも良い点だ。不用心な馬鹿が多いこと多いこと。

ただ、少し賭け金を抑えたほうがいいな。さすがに銀貨十二枚賭けは悪目立ちした。

猫背の男のこちらを怪しむ視線が気に掛かる。勘の良さそうな男だ。バレないように今後は六枚を上限にしよう。

次の対戦カードはマッチョ対マッチョ。

実にむさくるしい絵面だ。早急に終わらせて次の決闘に移っていただきたい。

上半身裸マッチョが胸筋をピクピクさせてアピールした。やめろや。

対抗心を燃やした別マッチョが上着を脱いだ。脱ぐな、着てろ。

そのまま流れるようにサイドチェストを決めた。やめろやめろ！　誰が得するんだよこの戦い！

チッ。くそ、読めねぇ……運だろこんなの。真面目に考えるのが億劫になった俺は服を脱ぎ散らかした方に銀貨六枚を賭けた。

その意気込みを買う。だから服を着ろ。

願い通じることなくおぞましい絵面のまま決闘が始まった。

開始と同時にガッと両手を組み合った両者は、筋肉を魅せつけるように両手を組み合わせたままググッと腕を回して腹の付近に添えた。胸筋が震える。俺の顔が引き攣る。

両者はそこで示し合わせたようにパッと両手を離し、再度手を組み合った。

そしてそのまま身体を捻ったポーズ。際立った背筋を魅せつけるようにピタリと静止。会場の空気も凍る。お前ら真面目にやれよッ！

見ていられなくなった俺は目を閉じて成り行きに任せることにした。賭けには負けた。

納得できるか！

クソがっ！　とんだ茶番のせいでつまんねぇケチがついちまったじゃねぇか。

あんたの筋肉には負けたよ、じゃねぇんだよ。脳みそ筋肉でできてんのかあのアホどもは。

まあいい。過ぎたことにいつまでも引きずられていてもしょうがない。

次だ次。次で勝てばチャラだ。忘れよう。

対戦カードは三十代後半と思われるふくよかと、引き締まった身体と精悍な顔付きをした二十過ぎの黒髪の男。

おいおいこれは……どうなんだ？

順当に行けば後者だ。前者が勝つビジョンが見えない。

腹に一発入れられて無様に沈む未来しか見えねぇぞ。

いや、逆にか？　逆に？

あのふくよかは何か秘策がない限り決闘を受けようとは思わないだろう。手の内を隠してる。

なるほど、そういうことか。なるほどね。俺はふくよかに銀貨六枚を賭けた。

猫背が両者の背をひっぱたいた。

腕を顔の後ろまで引いた隙だらけの大振りなパンチを見舞おうとしたふくよかの腹に黒髪のコンパクトな右がめり込む。ズムッと音がしそうなほどめり込む。一見すると勝負ありだ。

黒髪に賭けたやつらがワッと喝采を上げた。馬鹿め。これで終わるわけがない。そうだろ？

「おっ、お……オフッ」

ふくよかの苦しそうな演技が光る。真に迫るとはまさにこのこと。

涎を垂らして目を剥いたふくよかは腹を押さえて両膝をついた。

なるほどね？　油断させる作戦ね。演技がお上手だ。

そのままゆっくりと頽れるふくよか。ふっ、ふっ、と途切れ途切れの呼吸。

哀れみを込めて見下す黒髪は完全に警戒を解いていた。勝負は決まったとでも言いたげだ。

バカめ。そろそろ行けよふくよか。目にもの見せてやれ。ド肝を抜いてやれ。

ん？　おい、何してんだ猫背。まだ勝負は終わってねぇぞ。

ふくよかのそばでしゃがみ込んで、一言二言交わして？　ほう。両手をぶんぶん振って？

「あー、勝負あり。降参だとよ」

ざっッッけんなクソデブがッッ!!　なんでだ？　なんで喧嘩売ったんだよお前ッッ!!

そんな体たらくでなんで勝てると思ったボケがっ!!

「あー、なんだその、すまん。ちょっと大人気（おとなげ）なかった」

対戦相手に情けをかけられてどうすんだよおい。

はーくだらねぇ試合だったわ。クソ！　水差しやがってボケが。

次だ次！　二連敗して終わるなんて俺の賭け師としてのプライドが許さん。

真っ当な試合なら勝てるんだから色物じゃなくてまともなやつを選んでくれや猫背さんよ。

◇

おい！　なんでテメェ試合始まる前そんな自信満々だったんだよ！

身の程をわきまえやがれボケが！　自分を客観的に見れないやつが粋がってんじゃねぇぞ！

とんだ肩すかしだ。こんな締まらねぇ試合があってたまるか。次だ。次は惑わされねぇぞ。

はぁぁぁ!?　もう少し粘れや！　何が降参だ、でくのぼうがッ！

てめぇの筋肉はなんのためにあるんだよ！　眼の前のいけすかねぇガキをブチ転がすためじゃねェのかよッ！
三、四発もらった程度で音をあげてんなよ！　てめぇそんなんで魔物が狩れんのか⁉
冒険者としてのプライドが少しでもあんなら降参を撤回しろ！　立てやボケがッ！

雑魚で終わってパーティーメンバーに顔向け出来んのかオイッ！

あ、てめ！　何そそくさと逃げてんだよ卑怯者が！　金返せやオラァァァッ！

「るッッッせぇぞダボがッ！　人様の隣でギャーギャーわめくんじゃねぇよ！　恨むならてめぇの見る目の無さを恨めや能無しがッ！」

「あァ⁉　なんだてめぇハゲダルマがよぉ！　すっこんでろやカスが！　賭けもできねぇ貧乏人が人様をどうこう言える立場にあると思ってんのか？　貧乏暇なし！　油売ってる暇があったらケツでも売って稼いできたらどうなんだ⁉　えェ⁉」

「クソが！　てめぇ死んだぜオイ！　決闘だヒョロガキが！　そんだけペラ回しておいて逃げねぇだろうなァ⁉」

「っってやらぁ！　そのハゲ面貸せや！　右ストレートでのしてやんよ雑魚が！」

俺は右ストレートでのされた。

後で知ったのだが、あの入れ墨ハゲは銀級だったらしい。

補助魔法使えなかったらそりゃ勝てんわな。

◇

胴元をやったほうが早いんじゃねぇの？　俺はふと思った。

なぜ不確定要素に惑わされる必要があるのか。確実に儲かる胴元をやればそれで解決だ。

こんな簡単な結論に至らなかった己の考えを恥じるばかりである。俺は投票券を破り捨てながら反省した。

そうと決まれば話は早い。俺は新たな人格トゥエルブを作って賭けを取り仕切る準備を整えた。

手始めに雑貨屋で色のついた紙の束を買い込む。これを投票券としよう。手間がなくて良い。

次にルールやら口上やらを考えた。考えたといっても、あの猫背の男のやり口をほとんど流用する形になる。

あれはなかなかに完成度が高かったからな。下手にいじると改悪になりかねない。

違うところは武器以外の呪装を一つまで着用していいというところだ。

不確定要素による番狂わせの誘発が狙いである。

こいつに賭けておけば絶対に勝てるだろう、って状況が発生するのは好ましくない。

勝ちそうなやつがなんの苦戦もなく勝つべくして勝つなんて展開はつまらん。胴元にとってもだ。

猫背の男はだいぶ儲けていたが、デブ対黒髪の試合は大負けだった。実質一択のようなもんだったからな。

要らん深読みをしなければ俺も勝っていた。それを無くす。

明らかにこいつは負けそうだが、喧嘩を買ったからには強力な呪装を持っている可能性がある。そういう疑念を植え付けることによって票を散らす。

ジャイアントキリングが起きれば良し。順当に負けたとしても大負けは無くなる。

単純な実力のみでは決まらない試合演出。勝てば気分を良くしてリピートし、負ければムキになって更に金を落とす。この理想のサイクルを築ければ上出来だ。

さらにレート制も導入しよう。弱そうだが、勝てばデカいリターンが見込めるとなれば大穴に賭ける輩も出てくるはずだ。

目の前にぶら下げられた人参に食いつかずにはいられないやつらは、賭け金が数倍になって返ってくるという可能性にホイホイ飛びつくことだろう。そこに付け込む。

当面の問題は都合よく喧嘩をおっ始める瞬間に立ち会えるかであるが、これは俺の【心煩(ノイジー)】で解決する。

少しばかり険悪なムードの連中にちょいと魔法をかけてやり、火が付きそうになったら介入して仲立ち役を買って出る。そうすりゃ楽しい賭け試合の始まりって寸法よ。

俺の独断と偏見でレートを設定し、最低賭け額を銀貨一枚からにして射幸心を煽る。

呪装が一つまでありという斬新さは新しいもの好きの冒険者連中に刺さるはずだ。

深い読みが試されるとかなんとか言っておけば、そういうものかと納得した冒険者連中は見当違いの雑魚に賭けて金を落としてくれるだろう。

ざっくりとした計算になるが、日に五回ほど試合をすれば銀貨五、六十枚以上は稼げるんじゃないかと思う。

　そして実際そうなった。

　個室制の飯屋。賭けに負けた連中から巻き上げた金を湯水のように使って飯を注文する。テーブルに所狭しと並べられた肉とツマミはどれも上物だ。

　新たな上客を逃すまいとしてか、飯を持ってきた店員がへつらうような笑みを浮かべてつむじを見せつけてくる。くくっ……いい気分だ。俺は片手を上げて鷹揚（おうよう）に応えた。

　金持ち喧嘩せず。真に賢いやつは他人の喧嘩すら飯のタネにしちまうモンよ。

　俺は口の中を満たす肉汁をキリッとした辛さの高級酒で潤しながら本日の成果を確認した。

　手堅いな。諸経費を差っ引いて日に銀貨六十枚ってとこか。

　鉄級が一日頑張って銀貨二、三枚。大物を狩り始める銅級でも日に銀貨十枚ほどだ。

　しかも武具の手入れや物資の購入が必要となれば自由に使える金は減る。パーティーを組めば更に減る。

　それを考えれば上等な儲けだ。

　どうしても鑑定屋というボロすぎる例と比べてしまうが、むしろあれが異常なだけである。

　ギルドの既得権益と衝突するリスクを加味するとあまり美味しいとも言えない。要はバランスだな。

　その点、賭けの胴元という立場は素晴らしい。

冒険者連中は無駄にしょっぴかれるだけの喧嘩ではなく、正式な決闘として憂さを晴らせて幸せ。

野次馬共は酒の肴に丁度いい娯楽を提供してもらえて幸せ。

俺は儲けて幸せ。

おいおい誰も損しねぇな？　どうやらこの町で立ち回るにあたっての正解を引いちまったようだ。

魔物と命のやり取りをする殺伐としたこの町に、この俺トゥエルブが楽しい一時を演出してやるとするかね。俺はぐいっとジョッキを傾けてお高い酒を飲み干した。

三日目にしてちっとばかりケチが付き始めた。

こいつは負けるだろうな、と思ってレートを高めに設定したやつが番狂わせで勝つ頻度が高くなってきたのだ。

呪装を一つ持ち込み可能というルールが悪い方向で作用している。

賭ける側を惑わせるために導入した制度なのだが、それで俺が判断を誤ってちゃ世話がない。

だが、持ち込んだ呪装が『素手の攻撃の威力を飛躍的に高める指輪』とかいう決闘にお誂え向きな物であったなんて誰が予想できるだろうか。

おかげで今日の収支はマイナスで終わりそうだ。これは由々（ゆゆ）しき事態である。

やむ無し。俺は奥の手を解禁することにした。

対戦カードは銅級のチンピラ風と石級のへっぴり腰の若者の二人。へっぴり腰の相方と思われる少女にチンピラが言い寄り、若者が止めたところ揉めだしたので決闘を持ち掛けた。

実力差は明確。下手な呪装でも覆せないだろう。

レートはチンピラが一・三倍でへっぴり腰が三倍。これだけの差があったらへっぴり腰に賭けるやつはいいない。

そりゃそうだろう。まるで大人とガキの対決みたいなもんだ。

チンピラに賭けるだけで金が増えて返ってくる。これはそういう見世物だ。

つまり、俺にとっての狙い目である。

「さぁどっちが勝っても恨むのは無し。殺さない、奪わない。魔法による補助は無しで、呪装は武器を除いて一つのみ使用可能。金的攻撃は無し。お二方とも、自分の誇りに誓えるな？」

俺は二人の表情を確認してから問いかけた。軽い口調だが厳格そうな表情は崩さない。軽妙ながらも粛々とした胴元のトゥエルブであるが故に。

「誓ってやらァ」

「ち、誓い、ますっ」

このザマよ。喧嘩慣れしてそうなチンピラに比べ、もういっそ清々しいほどにガッチガチな若者。

結果は火を見るよりも明らかだ。明るすぎて目が眩むってもんよ。

そういうわけで、カネに目が眩んだやつらにちょいと痛い目に遭ってもらおうかね。

「始めッ！」

俺は両者の背をひっぱたいた。同時に無言で唱える。

【敏捷透徹（アジルクリア）】

【膂力透徹（パワークリア）】

【耐久透徹（バイタルクリア）】

俺自身にかけられる補助は二つだが、他人には三つまでかけられる。

強力な三種の補助を受けたへっぴり腰の実力はすでに石級のそれではない。

チンピラの繰り出した脇腹への蹴りを腕で受けたへっぴり腰は、その予想外の軽さに驚いているようだった。

【耐久透徹（バイタルクリア）】。その補助を受けた者には、生半可な攻撃ではろくすっぽダメージを与えられない。

チンピラの顔が歪む。今の一発で腕を持っていくつもりだったのだろうが、アテが外れて焦っているのだろう。

へっぴり腰が動く。【敏捷透徹（アジルクリア）】。駆け出した一歩が風のように軽い。

一歩で至近に踏み込んで繰り出す右の拳は不格好ながら破壊力は十分。

【膂力透徹（パワークリア）】。ヤワな石ころのような拳が巌（いわお）に変わる。

腹に深く刺さる一発。チンピラの焦点がブレる。

張り付かれるのを嫌って繰り出した裏拳がへっぴり腰の側頭部を捉えるも、体勢を少し崩した程度でさしたるダメージにはならなかった。

反撃のワンツー。同じ箇所を執拗に狙われたチンピラが腹を抱えて呻く。震えている足に追撃のローキックが入り勝負が決まった。

苦悶の表情で膝を折るチンピラ。興奮に上気した顔で短く呼気を吐き出すへっぴり腰。唖然とした表情で口を開けて固まる観客。

それらをぐるりと見渡す。ゆったりとチンピラに歩み寄って生命の無事を確認し、俺はサッと手を挙げて宣言した。

「勝負あり！　勝者への惜しみない拍手を！」

投票券が宙を舞った。無様を晒したチンピラと、賭けを台無しにした少年への心無い罵倒が飛び交う。

罵声にたじろぐ少年に、観客の中から飛び出してきた一人の少女が抱きついた。決闘の発端になった少女だ。

嬉し泣きする少女に照れ笑いを浮かべる少年。そんな空気に毒気を抜かれた観客たちは、罵声を引っ込めて冷やかしの声援を送った。

今更自分たちが目立っていることに気付いた少年少女ははにかむような照れ笑いを浮かべた。むず痒さを覚えた観客も次第に笑顔になっていった。

俺も笑顔だ。賭け金として差し出された銀貨を数える。結果が見えていた試合にベットされた総数、百八十枚。払い戻し、無し。

大当たり（ジャックポット）……！

七　娯楽と云うは死ぬことと見つけたり

決闘するやつは補助魔法を使用してはならない。当然だ。

使える、使えないとではかなりの差が出る。公平じゃない。

だが、仲介人である俺が使わないとは言ってないんだよな？　要はそこよ。

見通しが甘い。提示された条件を鵜呑みにして詳細の確認をなおざりにした。

それがやつらの敗因。

番狂わせが起きて俺が損しそうな時は勝ち候補のやつに補助をかけ、勝負にならないほどに結果が見え透いていて票が偏った時は、負け候補に補助をかけて番狂わせを意図して起こす。

これが俺の編み出した必勝法よ。

自己責任。実にいい言葉だ。

あらゆる市場に成長の余地を与えると同時に、既存の商売にあぐらをかいている連中を出し抜く機会を得られる。

決闘は平等のもとに行われるという固定観念に囚われた連中は気持ちよく銀貨を吐き出してくれた。

こっちもちょこちょこ負けてやれば疑うやつもいなくなる。順風満帆。

しばらくは食いっぱぐれることもなさそうだ。

さてさて今回はマッチョ対ノッポだ。

どっしり構えたマッチョに比べてノッポは少々頼りない。鋭い目で睨めつけるマッチョに対し、ノッポは気圧されて顔が強張っている。今更後悔し始めたってとこかね。

俺はレートをマッチョ一・五倍、ノッポ三倍に設定した。票が集まるのはやはりマッチョ。だが過去に学んでノッポに賭けるやつも少なくない。

ここは補助を使わずに成り行きに任せるか。あまりおおっぴらにやると警戒される可能性もある。

「左に銀貨六十枚！」

話が変わった。なんかマッチョにアホほど賭けるやつが出やがった。

冗談かと思ったら本当に銀貨六十枚も出して来やがったぞ。

なんだこの女は。ふわっとした服装で着飾った女……いいところのお嬢様かなんかか？

そしてそいつが流れをつくったおかげでマッチョに票が入る入る。期待されたマッチョは上機嫌だ。

「なっはっは！　お目が高いぜお前らぁ！　いい思いさせてやるから期待して待ってろよぉ！」

……マッチョが勝ったら大損だな。

路線変更。ノッポには頑張ってもらうことにしよう。今日の主役はお前だ。

いつもの口上を終え、両者の背をひっぱたいた。同時に唱える。

【敏捷透徹】

【膂力透徹】

【耐久透徹】

万が一が起きないようにマッチョにもかけておくか。やりすぎると怪しまれるので一つだけ。

【膂力曇化(パワージャム)】

これでよし。あとはもう消化試合だ。

渾身のパンチを受け止められたマッチョは呆然としているところに膝蹴りを食らって怯(ひる)み、両手を組んだ大槌のような一撃を頭に食らって無様に沈んだ。

あっという間の出来事だ。ことを為したノッポ本人が一番驚いている。

あんまりにもあっさり倒れたマッチョに対する怒りの声が多く上がる中、俺は粛々とマッチョの生存確認を行う。あとはもういつもの流れだ。

「勝負あり！　勝者への惜しみない拍手を！」

投票券が宙を舞う。いつもの光景。

掃除する石級の駆け出しは大変だろうなーなどとのんきに思いながら、ノッポに賭けた運のいいやつへの払い戻しの準備を進めようとしたところ、俺のもとに一人の女が近づいてきた。

銀貨六十枚も賭けた例の女だ。

その女は俺を素通りして倒れ込むマッチョに近寄り、何かをしたあとノッポにも同じように近寄った。

なんだ、何をしてる？

……宝石、か？

女は大振りな紫水晶をノッポに押し当てた。瞬間、宝石が光を放つ。

妖しい紫光が複雑な切断面からキラリと溢れる。ヤバい。嫌な……なにか嫌な予感がする。

「『見栄張りの証明』。魔法が付与されている人物に翳す(かざす)と発光する呪装です」

その声……その態度……ッ！

【敏捷透徹(アジルクリア)】！　俺は全力逃走を試みた。

「やはり茶番でしたか」

離れた位置に居たはずの女の声が耳元から聞こえた。足を刈られて転がされる。

速い、なんてもんじゃない。魔物を狩り続けて濃密な魔力に晒された肉体は、常人のそれとは掛け離れた性能を誇る。

金級。魔物を屠る(ほふる)者。魔物以上の化け物。

「『遍在』……ッ！」

「おや。少し知名度が上がってしまいましたかね。立場上あまり目立たないようにしているのですが……最近は大捕り物もありましたし、是非もなしでしょうか」

ギルドの犬がッ！　せっかく商売が軌道に乗ってきたってところで邪魔しやがって……！

「ですが、金級の名も悪党に対する抑止力にはならないようで歯痒いものですね。誇りある決闘を汚し、賭けと称して不当に利を貪る(むさぼる)詐欺師トゥエルブ。女神様の許でその罪、存分に雪ぐと良いでしょうっ」

心なしか普段よりも怒気を孕ん(はらん)だ口調。

いつもの口上を言い終えると同時、右手に握っていた大量の投票券がくしゃりと音を立てた。

握られた拳が小刻みにふるふると震えている。

まさかとは思うけど、賭けに負けた腹いせとかじゃないですよね、ミラさん？

「離せッ！　俺はただ冒険者どもの喧嘩を仲裁してやっただけだ！　金を貰うのは当然の権利だろうがッ！　クソがっ！　クソがーッ！」

「これより、補助魔法を悪用して冒険者の誇りある決闘を汚し、あまつさえ金銭の詐取を目論んだ詐欺師トゥエルブの処刑を執り行います」

首枷を嵌められた俺は断頭台に掛けられていた。

「何が誇りだ！　何が詐欺だッ！　俺は戦うやつが魔法を使うことは禁じたが、俺が魔法を使わないなんて一言も言ってねぇぞっ！　お前らが勝手に勘違いしたんだ！　分かったら俺を解放しろッ！」

「決闘に際しては、第三者の直接的な介入を禁ずる。至極当たり前の認識です」

「俺が手を加えなかったらつまんねぇ試合になってた例も少なくねぇ！　俺は娯楽を提供してやったんだよ！　そうだろ、てめぇら!?」

俺は集まった冒険者や町の住人どもに同意を求めた。

民意を束ねればこのふざけた処分も撤回されるかもしれない。

「舐めた口利いてんじゃねぇぞ！　てめぇのせいで丸損だ！　せっかくの勝ち試合を台無しにしや

がってボケが！」

「金返せカス野郎！」

「誇りを汚した報いを受けろ！」

「ざまぁみやがれ！」

クソどもぉ……！　負けた無能の声に掻き消されて擁護の声が上がらねぇ……！

「最期に何か言い残すことはありますか？」

またこんな最期だっていうのか⁉　冗談じゃねぇ！

なんでこんな短期間で二回も首を飛ばされなければならねぇんだ！

探せ……状況を覆す逆転の一手……。

ハッ！　あそこで情けない顔して突っ立っている二人組は……！

「おい、そこの二人組！　俺を庇え！　擁護しろォ！　誰のおかげで勝てたと思ってんだ！　誰のおかげで乳繰り合っていられると思ってんだ！　言え！　言うんだよ！　言って俺を解放しろッ！」

俺はへっぴり腰のガキに狙いを定めた。勝ち目のない相手に勝てたのは誰のおかげなのか、それを声高に主張させれば流されやすい周りのアホどもも納得するに違いない。

「あっ、それ……は……」

言え！　言うんだ！　そして俺の潔白を知らしめろッ！

「おい、何勘違いしてんだ。そいつは補助魔法なんか受けてねぇ。単純に俺がこいつより弱かった、それだけだ」

アイツは……へっぴり腰の対戦相手のチンピラ！

いきなり出てきてどういうつもりなんだ！　何故俺の邪魔をする！

あの腐りきった表情……意趣返しのつもりかッ！

衆目の前で恥をかかされた仕返し、そのための茶番……！

くそ野郎が！　人の足を引っ張るしか能がねぇのかよ！

「お前ぇぇぇぇぇぇぇ!!」

ガコンと音がした。歓声が沸く。蛮族のような冒険者どもは処刑を娯楽として愉しむ癖がある。

クソどもめ。知性の欠片もありゃしねぇ。

町のやつらに娯楽を提供していただけなのに、まさか自分自身が娯楽になっちまうなんてな？

この世のままならなさを噛み締めながら俺は首を飛ばされて死んだ。

八　イカれエルフの生態

王都の闇市を物色している。

都市の開発が進むに連れて見捨てられた区画の更に奥。

寂れた一画は職にあぶれた人間や後ろ暗い商売をしている人間が寄り集まるのに最適で、誰が仕切らずとも順当にスラムを形成した。

治安も衛生環境も最悪に近いが、掘り出し物を探すのには最適だ。闇市を覗けば表ではめったに見ることのできない品が度々見つかる。ぶらついてるだけで暇が潰せるオススメの観光スポットだ。

故買商（こばいしょう）が広げているゴザに乗っている商品を見る。

いかにも悪影響がありそうな意匠をしている靴型の呪装に、盗品であろう豪奢な反物。毒々しい色をしたキノコに、使い方次第では頭がパァになる草の束。

まるで統一性がない上に値が張る。

こんなの買う人間がいるのかと疑問に思うが、店主の顔ツヤはスラム住みとは思えないほど良好だ。

非合法品の需要は高い。太っ腹な客でも抱えているのだろう。そして俺もその一人だ。

「オヤジよぉ、ハッパが一枚で銀貨二十枚ってのぁちぃと吹っかけ過ぎなんじゃねぇのか？　銀貨十五枚が相場だろ？」

「勘弁してくださいやシクスの旦那ぁ。こちとら衛兵の摘発に怯えながら過ごしてるんでさ。最近は締め付けが強いんで、その分ちっとばっかし手間賃がね、へへへ」

今の俺は無造作に伸びた黒髪と剣呑な目付きをしたウラの売人シクスだ。

爽やかさを売りにしてる俺には似つかわしくない人格であるが、王都のスラムを歩くにはこれくらいの風格を出さないとナメられる。

いつ誰がどこで牙を鳴らしているか分からない。用心するに越したことはない。

「手間賃にしちゃボリすぎだと思うがねぇ。この呪装はどんな効果があるんだ？」

無知を装いながら靴を掴み、品を検める振りをして【追憶(スキャン)】を発動する。

効果がなかった。ただの悪趣味なデザインの靴じゃねーか！

「ああ、そりゃそんなナリをしてるが逸品らしいですぜ。履いた者の毒を吸い取ってくれるんだとか何とか。聞いた話なんで定かじゃありやせんがね？　あぁ、返品やクレームは受け付けやせんのであしからず」

この白々しさよ。こんなガラクタが金貨三枚という法外な値段で売られてるんだから驚きだ。

エンデの商売人が可愛く見えるほどの極悪さ。たまんねぇなおい。

「なんかピンとこねぇな。ま、今日は縁がなかったってことで」

「旦那ぁ、冷やかしなんてひでぇですよぉ。ひもじい思いはしたくねぇ。せめてハッパ一枚くらいどうですかい？」

「じゃあな」

俺は手をひらひらと振ってその場をあとにした。強化しておいた聴覚が店主の小さい舌打ちを拾う。

くくっ、下手に出て吹っかけようったって無駄だ。情に訴えたいならもう少し顔のツヤを消したほうがいいんじゃねぇのか？

そんな調子で店を見て回る。どこもかしこも扱ってる品はろくでもないものばかりだ。

法に触れること確実の精神に強く作用する強烈な自白剤。

高揚感をもたらして笑いが止まらなくなるおクスリ。

竜の肉と書かれたよく分からない肉。

悪巧みに使えそうな国の騎士団の正規品の鎧一式。

貴族御用達の高級調味料。

お、いいの売ってんじゃん。調味料の値段は……金貨六枚。

ボリすぎだろ。鑑定師イレブンとして儲けた一日目の売上がすっ飛んじまう。

まぁ買うけどさ。俺は金貨六枚を差し出した。

「まいどあり！　相変わらずお目が高いねシクスの旦那！　いつも助かってるぜ、へへ」

「そう思ってるなら少しまけてくれや」

「いやいや冗談はその凶悪なツラだけにしてくだせぇ」

「よく言いやがる」

軽口を叩き合いながら瓶を受け取る。これは良い。豊かな食は心まで豊かにしてくれる。

屋台で売ってる筋張った肉もこれさえあればそれなりに食えるものになるからな。それだけで買う価値もあるってもんだ。

さて残りは……金貨十五枚ってところか。『遍在』に捕まったときに金を押収されたのが痛かった。

【隔離庫（インベントリ）】は人前で披露できないからな。鑑定や【六感透徹（センスクリア）】なんかよりも珍しく、強力だ。

見られたら最後、処刑されずに自由意志を奪う呪装を嵌められて、生殺しのまま生きた道具袋として一生を使い潰される可能性がある。勇者としての素顔以上に知られたらまずい。

故に、いくら捕まる寸前とはいえ呪装や金銭を【隔離庫（インベントリ）】に突っ込むことはできなかった。まこと口惜しい限りだ。

過ぎたことを悔やんでもしょうがない。今は闇市巡りを楽しむとしようか。

多いのはやはり盗品と禁制品だ。表で売ったら足がつくため裏に流れてきた宝飾類。貴族が独占して市場に出回らない上等なワイン。舌に乗せたらふわっとする気分が味わえる粉末。

見ていて飽きないな。禁制品は所持のリスクが勝つので滅多に購入しないが、欲しがるやつが居たらこっそり横流しして儲ける時もある。

特に錬金術師は金払いがいい。

俺は補助魔法と首切り転移を使えばどんな検問でも突破できるので、運び屋としては他の追随を許さない自信がある。

乱発すると相場が崩れるのでめったに使えない手ではあるが、いい収入源の一つだ。

そろそろエンデにいるイカれた錬金術師に素材を横流ししてやってもいい頃だな。

そんなことを考えながら呪装専門の店の掘り出し物を探す。

箱に無造作に詰められた物は一律で金貨一枚。それ以外の別個で並べられている商品は値段が書いてある。安いものは金貨五枚程度だが、高いものだと金貨五十枚を超えるから驚きだ。

しかしながらお高い品でもゴミであることが稀にあるため油断できない。

金を持て余した馬鹿が戯れに買っていくことがあるとかなんとか。

つくづく鑑定ができないってのは不便なもんだね。

俺は【追憶】を発動してガラクタ入れの箱から掘り出し物を探した。

ヒゲが伸びやすくなるピアス。ゴミ。

呼吸が苦しくなるチョーカー。ゴミ。

何も見えなくなるサングラス。ゴミ。

どんな攻撃も素通りさせる盾。ゴミ。

指鳴らしが上手くなる金指輪。ゴミ。

声がダミ声に変化する首飾り。うーん……ゴミ。

中に入れた物を腐らせる容器。ゴミ。

着けると酒に強くなる入れ歯。なんで入れ歯なんだ……少し使えそうなのが腹立つ。ゴミ。

清々しいほどにゴミしかないな。ほとんどが制作に失敗した呪装だから無理もないか。

当たり前だが、呪装を作ろうとしたはるか昔の人々は狙った効果を必ず付与できるわけではなかった。

髪を伸ばそうと思ったらヒゲが伸びるようになったり、相手の服を見透かそうと思ったら何も見えなくなってしまったりと、歴史には悲喜劇が溢れている。まともな呪装なんて本当に一握りだ。そんなゴミが時を経て現代に結実し、金貨一枚の値段をつけられていると思えば少しは感慨というものが……ねえな。

ゴミはゴミだ。ぼったくってんじゃねぇよ。銀貨一枚でも買わない物が多すぎる。

まあ、こっちは鑑定人にゴミ認定された物が流れてきたゴミ箱みたいなもんだ。

本命は別個で売られている商品よ。こっちには比較的マシな商品が並ぶ。

何を隠そう、俺の自殺用の短剣もここで買った物だ。

痛覚を与えずに殺す。即ち、至極あっさりと自殺できるということ。

重宝するのも当然だろう。あれ以上にいい買い物をしたと思ったことは無い。もはや相棒と言って差し支えないだろう。

今日もそんな品が見つかればいいが……。期待を寄せつつ、使える物がないかゴミ箱を漁る。

「……シクスさんは随分と手際がいい。まるで呪装の効果が分かってるみたいに捌くねぇ」

……勘付かれたか。もしくは疑われている。

チッ。めんどくせぇ。ここのオヤジは寡黙だからある程度黙認してるもんだと思ってたが……どうやら違ったらしい。

まあ、やってることは荒らしに近いからな。しばらくは様子を見るか。

「気に入るデザインのものを探してるだけなんでね。元よりこっちから有用な品が見つかるとは思ってねぇよ」

誤魔化しつつゴミ漁りをやめて別売りの商品を眺める。無知のフリをしておくか。

「そっちの剣、金貨五十枚もする理由は何なんだ？」

「……有名な騎士様が使ってた品だそうだ。鑑定に出したらおそらく取り上げられるってんでそのまま裏に流れてきた。効果のほどは、使ってみてのお楽しみってところだな」

「へぇ。んじゃ、そっちの金貨三十枚の籠手は？」

「力の向上だとさ。有用なんだが、如何(いかん)せんサイズがでけぇ。扱える人物が限られるからその値段だ。汎用(はんよう)的なサイズなら金貨百枚まで伸びててもおかしくねぇ」

意外とおしゃべりだなこの店主。ふかしてる可能性のほうが高いが、大きくは外れていなさそうだ。

俺はなんの変哲もなさそうな針を指さした。

「じゃあそれは？　そんな針が金貨四十枚ってのはちっとゴキゲンなんじゃねぇの？」

「これは自殺用の針だってよ」

!!

「なんでも、秘密を洩らせねぇ諜報機関の連中が携帯してた品らしい。速やかに死ぬ、それだけの品だ。他人には効力がないからあくまでも自殺用……って、なんだシクスさん、こんなんが欲しいのかい？」

欲しい。すごく欲しい。クソがッ！　これだから闇市散策はやめられねぇ！

「あぁ……まあ、何かに使えそうだな、とは思ったな」

「いつだったかの短剣といい、物騒なモンが好きだねぇ。パクられないように気を付けてくれよ？」

唾を呑み込む。自殺は俺の特技と呼んでいい。生活基盤にまで食い込んでいる。そのうちアイデンティティになる可能性すらある。速やかに自殺できるならそれに越したことはない。

この短剣も痛みがないってのは良いんだが、血が飛び出る絵面はふと冷静になった時にちょっとげんなりするのだ。

飛び出た血は死んだら光の粒になって消えるので問題ないのだが、命が徐々に失われていく感覚ってのは精神的にもあまり宜しくない。

それにタイムラグがあるのもいただけない。首を斬ったら即死ぬ、とかなら問題ないのだが、死ぬまでには若干の時間を要する。

視界にモヤが掛かっていき、あぁー死ぬーってなって死ぬのだ。

そして、そのあぁー死ぬーって状況なら姉上の回復魔法が間に合う。間に合ってしまう。

逃走用自殺手段としては少し弱い、という評価を下さざるを得ない。

即死する毒薬もあるにはあるが……希少な素材を使うので値が張る。何度も自殺する以上、費用対効果……コストパフォーマンスに焦点が向くのは避けられない。難しい問題なのだ。

そんな自殺について一家言(いっかげん)持つ俺からすれば、この針は素晴らしい逸品だ。

携行性に優れ、一見してそれと分からない用途。そして速やかに自殺できるという効能。

どれを取ってもパーフェクト。およそこれ以上ない品だ。

金貨四十枚。その価値はある。手持ちは……金貨十五枚。クソっ！　圧倒的に……足りない！

「なぁ、それでも金貨四十枚ってのはちとおかしいんじゃねぇの？　そうだな……金貨十五枚なら買ってもいい」

「馬鹿言っちゃいけねぇよ。使い方と口先一つでどんな相手だって怪しまれずに始末できる可能性がある品だ。そうは卸せねぇよ」

チッ。自殺用の道具なんだから自殺に使えよ。暗殺用って……そんな頭のおかしい使い方するやつがどこにいるってんだ。これだからひねくれた考えのやつはいけねぇ。

クソっ。手に入らないと分かったら余計に欲しくなってきたッ！

何とかして手に入れなければ……。だが、手荒な真似は悪手だ。

王都のスラムの闇は深い。馬鹿な真似をしたら拷問にかけられる可能性がある。早まってもいいことはない。

今すぐに金貨を二十五枚稼ぐ方法は……あるにはある。

だが、あれは……あまり使いたくない手法だ。なんというか、人間としての尊厳がゴリッと削れる。

自殺について思うところが無くなった俺であるが、あれはなんというか……人とそれ以外を隔てる壁のようなものにヒビが入る。最終手段と言い換えていい。

そのカードを切るか。……クソ、脚が震えてきやがった。

俺はダメ元でオヤジに頼み込むことにした。

「なぁ、この針、あと一ヶ月ほど取り置いてくれねぇか？　それまでに金を揃えるからさ」

「いくらシクスさんでもその願いは聞き入れられねぇよ。取り置きは一律で受け付けねぇ、それが決まりだ。そもそも、一ヶ月後にここで店を開けていられる保証すらねぇ業界だ。ダンナなら分かるだろ？」

分かる。分かるが……ままならねぇ！

この機を逃せば、二度とこの呪装には巡り合えない。そんな確信があった。

……仕方ない、か。やろう。やる。俺は身体を売る決意を固めた。

「また、来る」

「またのお越しを」

足早に闇市を立ち去る。逸る心が抑えきれず、俺は走っていた。

スラムの一角にある路地裏に飛び込む。誰も見ていないそこで俺は首を掻き斬った。

俺は女神像が打ち捨てられた大きめの犬小屋からのそりと這い出した。

犬小屋て。よりによって犬小屋ってなんだよ。

相変わらずここに来ると人としての尊厳をヤスリで削られる感覚に陥る。

立ち上がって袖と腹部に付着した土を払う。辺り一面に広がるのはバカでかい木々と、木の上に建設された家屋と、鉄臭いよく分からん物体だ。

雄大な自然の中にポンと文明の結晶が置かれているのはいつ見ても奇妙な光景である。

迷彩結界の維持に必要らしいが、原理を聞いてもチンプンカンプンだったので無視することにしている。

這い出してから間もなくガサガサと葉の揺れる音が樹上から響いた。

来たか。魔力の揺らぎを感知したのだろう。

周りの大木の枝の上にはスラリとした人影がいくつも並んでいた。

エルフ。人に似ていて、しかし人と異なる存在。ここはそいつらの集落だ。

じっと観察するような視線が俺を射貫く。警戒、というよりは好奇の視線に近い。

……ああ。【偽面(フェイクライフ)】を発動したままだったな。

俺は補助を切り、闇市の売人シクスから勇者ガルドとしての素顔に戻った。

それを見てパッと笑顔になったエルフ連中がぴょんと飛び降りてくる。

デカい木の枝の上から飛び降りたというのに、衝撃を全く感じさせない軽やかさ。

並外れた身体力と魔力操作による恐ろしく精緻(せいち)な芸当。成熟してないように見える身体のどこにそんな力があるのか。

エルフどもが怖気の走るほどにいい笑顔で駆け寄ってくる。

「勇者さまだ！」

「勇者さまー！」

「わーい、久しぶりだー！」

見た目十五、六歳くらいにしか見えない男女が、無邪気な幼い口調で集(たか)ってくる。

閉じた社会で完結している彼ら彼女らは精神的な成長というものに乏しい。

見た目に反して俺よりも年を食っているやつでもこんな感じの口調だ。

俺はガキみたいな反応を見せる連中に片腕を上げて「よう」と答えた。うまく笑えているか心配だ。

「今日は何して遊ぶー？」

「爪？　爪？」

「骨？」

「私あれ見たい！　背中の開き！」

顔が引き攣るのを感じる。グイと手を引かれてつんのめりそうになるのをこらえながら、俺はできるだけ優しい声色で——猛獣を刺激しないよう諭すように——話しかけた。

「あー、君たち、悪いけどもう少し待ってくれるか？　ちょっと族長に用があるから話はその後で……あっ、服引っ張るのやめてください、お願いします千切れてしまいます」

◇

「あら、勇者さまではありませんか。心臓ですか？　肝臓ですか？」

泣きそう。なんかもう……泣きそう。俺は思わず左胸を掴んだ。心臓が俺を生かすべくどくどくと脈打っている。もうすぐこいつともおさらばだ……。

俺の決心なんてのは脆いもので、ここにきて早くも後悔し始めている。

本当にこれで良かったのか。他に方法はなかったのか。考え出したら切りがない。しかし、最も手っ取り早く金貨を得るにはこうするのが一番なのだ。

勇者は死んでも生き返る。たとえ肉体の一部を損傷していたとしてもきれいさっぱり元通りだ。

だが……しかし……。

　思考の迷路にハマりかけた俺は、いずれくる必要があったのだから仕方ないと自身を無理やり納得させた。

　キリキリとした胃の痛みを無視して笑顔を作り、物騒な第一声をあえて無視して会話に持ち込む。

「お久しぶりです、族長。今日は以前頂いた麻痺毒の検証結果の報告と、あとは少し金貨の方を恵んでいただきたく」

「肺ですか？」

　めげそう。呼吸が乱れる。それはまるで肺が最後の抵抗を試みているようだった。

　エルフという連中は日がな一日魔法の鍛錬や狩りをして過ごす変わったやつらだ。

　その生活は変化に乏しい。故に、俺のような異物に対して行き過ぎなくらいの興味を抱く。

　好奇心の化け物。俺が彼らを評価するとしたら、そんな感じになる。

　族長の家の外からにぎやかな声が聞こえてきた。エルフ連中が群れているのだろう。

　窓をチラと覗くと、目を輝かせてこちらを見るエルフの一人と目が合った。俺はすぐに目を逸らした。

　会話に応じてくれない族長……エルフの中でも大人びていて、二十歳くらいの外見の女に一方的に告げる。

「あの麻痺毒ですが、他の勇者に対して使用したところ効果は覿面でした。服用後十秒ほどで効果を発揮、魔法の阻害も完璧に近かったです」

「うーん……腎臓ですか？」

ボケてんじゃねぇだろうなこのクソババア。

「………。ですが、一つ報告が。一時間は身動きが取れなくなるとのことでしたが、勇者の抵抗力が予想以上に高かったせいか、二分ほどで喋れるくらいには回復していました。改良の余地は残されているかと」

そこまで言って初めて族長が普通らしい反応を示した。

パチパチとまばたきし、顎に手を当ててコテリと首を傾げる。

実にあざとい仕草だが、実年齢がいくつかわからないせいで可愛いと思えない。

下手すると俺の十倍以上生きてそうだ。

「うーん、あれ以上ってなると……ほんとに致死量一歩手前になっちゃうなぁ。デドリースコルプとフェイタルビーとディザストヴァイパの混合毒、それも麻痺成分だけを抽出したものでも駄目ってなると……コラプスパイダも混ぜる？　でもそうしたら後遺症が出ちゃいそうだし……パッパラ草で代用してみようかな？　下手するとパァになっちゃうけど、死んじゃうよりはまだマシ……かな？」

「あー、すみません族長。改良案については後でじっくりと考えていただくとしてですね……。不躾なんですが、その、少々金貨の方を恵んでいただければと」

俺は長考に入った族長に恥ずかしげもなく金の無心(むしん)をした。

その言葉を聞いて我に返った族長がパァと輝くような笑みを浮かべる。

胸の前でパチと手を合わせ、鈴を転がすような声で言う。

「十二指腸ですか？」

吐きそう。もうやだこのイカレた蛮族。すぐ人の身体で遊びたがる。

心底から遊び気分であるのがタチの悪いところだ。いくら好奇心が強いからってこれはねーよ。

「……あの、できれば、なんですけど……臓器以外の方法ってなんかないですかね。ちょっと珍しい品と交換とかどうですか？」

「えっと……歯ですか？」

心臓が変な鼓動を刻んでいる。

俺はどんな表情をしているのだろうか。いま鏡を見たら心がポッキリ折れてしまいそうだ。

心を強く持て。全てはあの運命的な出会いをした呪装のため。

思考を止めろ。心を殺せ。覚悟をキメろ。俺は惨たらしい死を受け入れた。

「金貨が二十五枚入り用なんです。対価は……身体で払います」

◇

服をひん剝かれて寝台に寝かされた俺は、痛覚を無効化する魔法と気分を落ち着かせる魔法を同時に使用しながらぼんやりと天井の光を眺めていた。

どちらもあまり使いたくない魔法だ。乱発すると自分が自分でなくなる感覚を覚える。

だがしかし、怪物に対抗するためには必要な手続きだ。

この魔法を使わなかったら俺は多分狂っている。

強く照りつける光が眩しくて、俺はふと目をそらした。よくわからない液体がなみなみと注がれた瓶に、俺の身体の一部がふよふよと浮いていて……【鎮静(レスト)】。

「そのまま魔法を維持してて。そうそう、血の巡りを止めちゃダメ」

「こっちは切っちゃダメなの？」

「そこは最後の方に回すから待っててね」

食用の動物を解体するとき、人はそこに感情を挟まない。

長年手ずから育てた家畜だったら思うところはあるかもしれないが、魚を捌くときに感情的になる人間はあまりいないだろう。精々が気持ち悪いな、程度だ。

エルフにとっては人間がそれだ。人間、というよりは、女神様から出禁処分を言い渡されて何度でも地上から生えてくる勇者が対象か。

あまり精神によろしくない水音が響く。見なければいいのに、その音につられて視線を下げてしまった俺は俺を構成する一部……構成していた一部が運び出されるのを見てしまった。

何が面白いのか、ニコニコと笑顔を浮かべたエルフが俺の一部だったものを魔法でキレイキレイしてから液体の注がれた瓶に投入する。そして蓋を閉め、一仕事終えたと言わんばかりに額の汗を袖で拭った。

その顔はとても晴れやかだ。頭おかしいよコイツら。

人ってのは死ぬと光の粒になる。女神様に救われたその日から、人はその役目を終えると女神様の許へと還ることになったのだとか。

動物の死骸が残るのは女神様の庇護下にないかららしい。眉唾な話だ。

光の粒になると当然血や臓器も消えてなくなる。その現象に興味を抱いたエルフどもは、死んだ後も形を保ったままにする方法を研究した。俺の身体で。

結果、生み出されたのが例の液体だ。あれに浸しておくと死後も体の一部が残り続ける。

エルフらは何が面白いのか知らんが、俺の生体パーツコレクションを嬉々として飾っている。

いつ見てもおぞましい光景だ。

「うわー、ねとねとするー！」

「ぐにゅってした！　うわぁ！　面白ーい！」

「コラッ！　人の臓器で遊んじゃいけません！」

ほんとにな。

ゴキゲンな会話だぜ全く。こんな会話を聞いたことがあるのは世界広しと言えど俺くらいなんじゃねぇかな？　ちょっとした自慢話にもってこいだ。はは。

あぁ、思考がおかしくなってきた。【鎮静（レスト）】を乱発しすぎるとこうなる。感情の起伏がなくなっていく。頭蓋の奥が締め付けられる異物感に苛（さいな）まれ、意識が朦朧としてきた。

牙を抜かれた肉食獣は水と草を食（は）むだけで生きていけるのだろうか。

人を憎むことをやめた魔物は隣人たりうるのだろうか。

生に執着しない人間とは……。

「勇者さまー？　起きてますかー？」

ハッ！　俺は……いま、何を……？

「良かった、あと三分くらい頑張ってくださいねー。もう少しですからねー」

うん、俺、頑張る。

「まだこれ維持してないとダメなの？　私も切るほうやりたい！」

「それはまた今度ね。あっ！　こら！」

こぷりと口から何かが溢れる。温かい何かだ。

それは紛れもない生命の残滓。命って、温かいんだなぁ。

「ワガママ言わないの！　もう、今回だけだからね。私が維持しておくから、言うとおりに切ってね」

「わぁい！　ここ？　それともここ？」

「そこはダメ。左側の管を中程から……あッ」

俺の意識はそこで途切れた。

◇

金貨四十枚を揃えた俺は足早に闇市へと舞い戻った。針の呪装は売り切れていた。クソが!!

九　串焼き屋サーディン

お目当ての呪装が手に入らなくて気分が荒れた俺は禁制品の葉っぱやらキノコやらを買い漁った。お値段合計金貨三十枚。ちょっとした散財である。

それもこれもあの店主のオヤジが悪い。

たった三時間程度しか経ってないのになんで売り切れてるんだっつの。

いや、取り置きなしってルールは分かるよ？　でも一日くらい取り置きしてくれても良いんじゃねぇかって思うわけよ。

　商売ってのは信頼が物をいうと言っても過言じゃねぇ。闇市なんて日の当たらねぇところに店を構えてんなら尚更だ。お得意様である俺が欲しがってる品を、ちょっとばかりルールを曲げてでも融通してくれるってのがあるべき姿なんじゃないのかね。利害を超えた関係っていうの？　客だって人間なんだから、ルールだからの一言で突っぱねるのはどうかと思うわけよ。ムッとするというか、後々まで響きかねない溝（みぞ）を生むだろっての。水心あれば魚心。好意を持って迎え入れてもらえたら、俺だってあぁまたこの店で金を落としてもいいかなってなるだろ？　そういう、互いが互いを尊重する関係っていうかな。要は温かみよ。役所仕事じゃないんだから、そこに人情を少しばかり差し挟むってのが大事なんじゃねぇかなと、俺はそう思うね。俺は言ったぜ？　また来るって。

そしたらあいつも言ったぞ。またのお越しを、って。じゃあ何か？　そのやり取りは徹頭徹尾ただの社交辞令だったってわけかい？　どんな客が来てもとりあえずいらっしゃいって言っておく的な、そんなおざなりな対応だったってわけか？　そりゃねぇと思わねぇか？　なぁ。商売人なら分かるだろ。そういう魂胆が透けて見えた時点で客ってのは離れて行っちまうもんよ。積み上げるのは大変だけど、壊れるのは一瞬。これ何か分かるか？　信頼だよ。一生懸命積み上げたところで、チョイと突っつけばガラリと崩れちまう。売り買いってなぁそういう絶妙な塩梅（あんばい）で成り立ってるってのに、そこを軽視しちまう輩が多すぎるね。儲かってるからって天狗になってたんじゃねぇかな。初心忘るべからず。今いる所にあぐらをかいたらそれ以上を目指せないと思わないか？　現に、やっこさんは俺という得意先を失くしちまったわけだからな。機を見るに敏、ってのは目先の利益に敏感ってことじゃなくて、後々まで響く要素をどうモノにできるかってことだと思うわけよ。いや、まあ、あの店主の言うことは分かるよ。三時間で帰ってくるとは思わなかったってのはまあ分かる。俺は誰にも言ってない技があるわけで、それを知らない店主は金貨二十五枚をそんな短時間で稼いでくるなんて想像だにしなかっただろうさ。それにあのオヤジ、呪装が売れたのは俺のせいだと断言しやがった。俺があんまりにも物欲しそうな顔をしたモンだから他のやつらが嗅ぎつけたんだとよ。ふざけた話だと思わねえか？　それが分かってたんならなおさら取り置きを認める柔軟さってもんを

「うるさぁい！　調合の邪魔をしないでくださいよぉ！」

　なんだよ。せっかく人が気持ちよく愚痴ってるってのに邪魔しやがって。

これだから錬金術師って連中は……俺はコイツの心の狭さに呆れた。

「よくもまああそんな目を向けられますね……。普通の神経してないですよ、エイトさん」

「おう、お前が人のこと言える立場かっての。嬉々として禁制品に手を出しやがってこの外道め」

「それを持ってきたのは何処のどなたですか」

しこたま薬っぱやらキノコやらを買い込んだ俺はエンデの路地裏に店を構える錬金術師に会いに来ていた。

アーチェ。蜂蜜色のゆるふわヘアーと虫一匹殺せなさそうなほんわかした顔をしているが、中身は劇毒で構成されている存在自体が詐欺のような女だ。故に気が合う。

腕は確かで、とりあえずこいつに素材を投げておけば手堅く儲けられるので重宝している。

「なら俺を衛兵かギルドにでも突き出すか？」

「そんなことするわけないじゃないですか。私の理想を理解してくれるパトロンなのに。大体、みんな頭が固いんですよ。法律で規制されてるからーって、そんなこと言ってたらいつまで経っても世の中に愛と平和が訪れません！」

狂ってる。その一言に尽きる。

こいつは、錬金術を用いて世界に愛と平和をもたらそうと本気で考えている。

大層な考えだと思うよ。その実態や手段を考慮しなければ、という注釈が付くがね。

「んで、惚れ薬と幸せになれる薬の開発の進捗は？」

「うーん……まだまだ改良の余地ありって感じですね。惚れ薬は強い依存性を発露させるところまでは行けたんですが、理性の歯止めが利かなくなっちゃうんです。ラブが足りないんですよね、ラブが」

惚れ薬という名の洗脳薬の開発状況はあまりよろしくないようだ。

「幸せになる薬は？」

「調節が難しいですね。効果が強すぎるとパァになっちゃうし、後遺症を抑えようとすると効果が弱くなっちゃいます。あと、理性が弱いと依存性に抗えなくて日常生活どころじゃなくなっちゃうみたいで……平和的じゃないですよねぇ」

幸せになる薬という名の危ないクスリもあまりうまくいってないらしい。

誰もが認めるほど優秀な錬金術師であるアーチェは、無自覚なその危険思想故に機関を追放されたはみ出し者だ。

イカれエルフどもに迫る腕を持ち、対価に内臓を要求してこないので良いビジネスパートナーとして利用しあっている。普通のポーションも作れるので、素材を提供してやって完成品を雑貨屋に売りつけるだけでそれなりに儲けを得られる優秀な取引相手だ。毒と薬は紙一重だな、ほんと。

「ま、精々頑張ってくれや。お、これが例の惚れ薬か？」

勘定台の裏に仕舞ってあった無色透明な液体が入った瓶を漁る。

軽く振ってみるとチャポンと音がした。傍目にはただの水にしか見えない。

「それは惚れ薬にする一歩手前の素材ですね。そのままだとただの依存性のある水でしかないですよ」

「へぇ。どれくらい依存性があるんだ？」

「一日経ったらその水を飲みたくてしょうがなくなる、っていう感じですかね。あ、数滴で効果があるので間違っても全部飲まないでくださいね？　用法用量を守ればそこまで強くないので三日もすれば効果は無くなるはずです。理性が強い人なら特に問題ないでしょう。良ければ服用して効果のほどをレポートしてください。できれば複数人の症状が知りたいですね。結構な量があるのでなんとかしてサンプルを集めてくださいよ」

「そう言われて馬鹿正直に飲むやつなんていねぇだろ」

「そこはほら、あなたの口八丁でなんとかしましょう！　さっきみたいにペラ回せば飲んでくれる人もいますって」

　こいつほんといい性格してやがるな。

　座右の銘にラブアンドピースを据えておきながら、人のことをモルモット程度にしか見ていない。目的のためなら手段を選ばないうえ、その目的がどんな影響を世間に与えるかまるで考えていない。いびつに過ぎる精神構造。追放もやむ無しってところだな。

「ま、なんかに使えそうだったら試してみるさ」

「お願いします。あ、あと、次来る時はパッパラ草とトボケ茸は在庫が充分なので生物系のモノをお願いしたいです。コラプスパイダやコンフュフログの毒があれば嬉しいです」

　どっちも禁制品だ。単純所持でしょっぴかれる劇毒。

　まったく、なんてモンを要求してくれやがる。まともな思考回路ってもんを母親の腹ん中に置いてきちまったのかね？

「いくらになる」

「量にもよりますが、金貨二、三十枚ほど」

「善処しよう」

アーチェは完全にイカれちまってるが、普段はその本性を隠してギルドとやり取りをしているため資金が潤沢だ。

即効性の高い回復ポーションは需要が下がることはない。こいつなら遊んで暮らせるほどの金を稼げるだろう。

だというのに、よくわからん夢のため禁制品に大金を積む。正直理解できない考え方だ。

ま、いたいけな女の夢に力添えをするのも勇者の役目ってね。

金貨三十枚で買ったモノが金貨三十五枚になって返ってきたので俺はホクホク顔で店を後にした。

◇

「あぁ？　予約が一杯？　なんでまた今日に限って……」

「申し訳ございません。最近、羽振りのよい冒険者の方々が当店をご利用してくださることが多いのです。なんでも、呪装の鑑定で当たりを引く方が増えているそうで……」

値が張るが旨い肉を提供することで有名な店に来た俺はすげなく門前払いされていた。

どうやら冒険者どもの呪装熱はまだ冷めていないらしい。

ギルドは以前まで当たりをハズレと偽って金を巻き上げていたが、なぜ今になって律儀に買い取りをしだしたんだ?

……この勢いを持続させるためか。

もとより超がつくほどボロい商売だったはず。少し利益を落としても問題ない、か。

冒険者たちに還元することでいい思いをさせ、味を占めた冒険者は積極的に魔物を狩りに行く。

稼いだ金はこの町で落とす。なるほど、好循環の完成というわけだ。

そしてその煽りが俺に来ている。この店には一儲けしたときに必ず来ているのだが、今まで予約で満員なんてことは無かった。

針の呪装といい、巡り合わせの悪い日だ。嫌な流れが来ている。

「明日は空いてるのか?」

「それが、向こう一週間は満員でして……」

「マジかよ……儲かってやがんなぁおい」

「はは……おかげさまで」

苦笑いで答える店員の顔には忙しいからはよ出ていけと書いてある。

どいつもこいつも融通がきかなくて困るね。

この店にはよく世話になってるし、これからも利用するつもりなので揉めると面倒だ。

俺はまた来るとだけ告げて店を後にした。

◇

旨い肉が食いたい。肉を食う寸前で皿を取り上げられた犬のような気分だ。

この飢えは肉を食わなければ満たされない。ということで屋台の串焼き屋に向かうことにした。

串焼き屋は目抜き通りで最も店が多い。適当な肉を焼いてるだけで匂いにつられた冒険者が金を落とすのだ。そして不味い肉にあたって顔をしかめるまでが一連の流れである。

串焼き屋は当たり外れが大きい。一流のグルメである俺が向かうのは有象無象とは違って旨い肉を提供している店だ。

串焼きは銅貨数枚で買えるのだが、その店は串焼き五本と酒のセットで銀貨一枚も取る。単なる串焼きにしては強気すぎる価格設定であるが、食えば納得の味である。点数にして八十点は堅い。

稼ぎ頭の銀、金級の冒険者や金持ち連中は串焼きなんて滅多に食わないし、稼ぎが低い石、鉄級は値段的に手が届きにくい、そんな穴場。

ここなら問題なく肉にありつけるだろう。そう思っていたのだが……。

「おいおいなんだよこの列は……」

「お、兄ちゃん今日はもう終わりだってよ。なんでも仕込んだ肉が足りねぇらしい。店主からこれ以上並ばねぇように注意するよう言われてんだ。わりぃな」

最後尾のおっさんが気さくに声をかけてきた。

どうやらこちらも間に合わなかったようだ。流れが悪すぎるだろ。

「最近までこんな並んでなかったぞ。何があったんだ？」

「ん？　最近ギルドの酒場で話題になったんだよ。高ぇけど味は確かだってな。かく言う俺も噂を聞いて並んでるクチだ！　なっはっは」

くそ。誰だよ余計なこと吹き込んだやつはよぉ。この店は俺が初めに目を付けてたってのに。

この店は行列のできる評判店じゃなくて、知る人ぞ知る名店って感じが良かったってのによぉ。

嬉しそうな顔して肉焼きやがって店主のオヤジめ。お前さん変わっちまったよ。俗に染まりやがって。

仕方ない。新規開拓と洒落込もうかね。

んー。隣の店にするか。こんだけ行列のできてる店の隣で閑古鳥をピーピー鳴かしてる店が実は、って可能性は捨てきれない。ボケっとしてる店主に声をかける。

「串焼き三つ」

「ん」

無愛想な店主だ。いや、職人気質なだけかもな。期待が高まる。

オヤジが不揃いな肉を火にかけた。

うーん、見てくれはあまり良くない。それに若干筋張ってないか？　少し不安だ。

オヤジは焼き上がった肉を塩も振らずに差し出してきた。おう、やべぇなこの店。ハズレだ。

「銅貨三十枚」

特大のハズレだ。なんでそんな高ぇんだよ。どんな自信なんだそれ。

まあ支払うけどさ。確認しなかった俺が悪い。商売ってのはそういうもんだ。

串焼きをかじる。ッ！　この肉は……美味いッ！

なんてことはなく筋張った不味い肉をもっちゃもっちゃと食い進める。例の調味料をかけることすら躊躇われるほどの低品質肉だ。そりゃ閑古鳥も鳴くわな。二十点。

「いやぁ噂通りだな！　この肉うんめぇぇ！」

「プハァー！　酒によく合うぜこの味付け！」

「んー！　クセになりそぉ」

例の旨い串焼き屋に並んでた冒険者がすぐ隣を歩いていった。

ニワカめ。その肉は黙って楽しむもんなんだよ。風味を楽しみやがれ。

「これはリピート確実だな！」

「そのためにはもっと儲けないとな」

「あんまり依存しないようにね。私達にはちょっとお高いんだから」

依存て。食費なんぞで身を持ち崩すようじゃまだまだだよ。

……依存。依存？

――――！

その時、天啓が舞い降りた。なるほど、なるほどね？

俺は人目につかないところで【偽面（フェイクライフ）】を発動した。

「串焼き！　旨い串焼きはいかがかね！　本来なら五本で銀貨一枚する高級肉がオープン記念で一

本無料だよ！　今なら酒も一杯付いてくる！　騙されたと思って食ってきな！　無料なのは今日だけだから早いもん勝ちだ！　おう、らっしゃい！　ほい串焼きと酒だ！」

どこでも屋台セットを組み立てた俺は、新たな人格サーディンを作って目抜き通りに店を構えた。

安物の肉と安酒をしこたま買い込み、串や紙のカップなど最低限の消耗品を揃え、オープンしたのは串焼き屋。

いかつい顔ながら愛想は良いオヤジに化けた俺は、新規開店記念と称して串焼き一本と酒一杯を気前よく振る舞っていた。

祭り好きな気質を持つのは何も冒険者連中だけじゃない。馬鹿騒ぎする冒険者連中にあてられた町の住人たちもみな、騒ぎや人垣を見たら野次馬根性を発揮せずにはいられない。

タダで肉と酒をくれるという噂がまたたく間に伝播していき、俺の店の前はちょっとした行列になっていた。

金貨が一枚あれば、一般的な家庭の質素な食卓であれば一年分の食費を賄える。

俺はそれを肉と酒に換えた。保冷の効果を持つ魔石が使われた箱に肉と酒を詰め、それを荷車に積む。

普通だったら捌ききれずに腐らせる量だが、無料という気前の良さに釣られた連中のおかげで順調に消化されていく。酒も同様だ。

計画は順調。適当に焼き上げた低品質肉にそこらへんで買った塩をぱっぱとまぶして差し出す。

ニコニコ顔で串焼きを受け取った女はそのまま一口かじり、笑みを消して眉を寄せた。

噛み切れないのだろう。そりゃそうだ。捨て値で売られているクズ肉だからな。

俺は見てみぬふりしてほかの客に肉を差し出していく。

酒も忘れない。むしろこっちが本命だ。しっかり味わってもらわないと困る。

「なぁオヤジよぉ、無料で振る舞う気前の良さは認めるんだがな……この串焼き五本で銀貨一枚ってのぁフカし過ぎだぜ。ケチつける気はないけどな、悪いことは言わねぇ。取引先を変えたほうがいいぜ。明日から誰も寄り付かねぇぞ？」

肉の質に文句があったのか、若い冒険者が難癖をつけてきた。

悪質なクレーマーとは違う、本気で心配するような表情で忠告される。

お人好しなやつめ。商売ってのは騙すか騙されるかよ。

俺が騙されていると勘違いしているようだが、果たして策にハマってるのはどっちだろうな？

俺は内心をおくびにも出さずにニカッと笑みを浮かべた。

「おう、ひでぇ言い方しやがるなボウズ。ウチの肉はその酒と一緒に楽しむもんなんだよ。騙されたと思って一緒に食ってみろって！」

「いや、食った上での感想だって。オヤジ、味見はしたのか？　正直この味だとリピートしねぇぞ」

「かーッ！　これだから分かってねぇやつはいけねぇな！　この肉とこの酒が何よりもクセになるってのによぉ」

「そりゃアンタの味覚の問題だろうよ。なぁ、見てみろって他のやつらの態度をよ。美味いって言ってるのなんて誰もいねぇぞ？」

そりゃそうだ。この肉は売ってる側すら売れると思っていないクズ肉。卸売りしてる業者のやつが大量購入しようとした俺を止めたくらいだ。後でケチつけるなよとまで言われたのは初めてである。点数にして十点といったところか。

しかし世話焼きだなコイツ。そんな口叩いていられるのも今のうちだけだぜ。

「それならそれで結構。俺ぁウチの商品が一番美味いと思ってるんでね。ま、今は不味いなんて思ってる連中も明日になりゃ分かるんじゃねぇかな。きっとこの串焼きが食べたくてしょうがなくなると思うぜ？」

「……そっかよ。ま、忠告はしたぜ？　早いうちに違う取引先を見つけておけよ」

「おう！　またのご来店をお待ちしてるぜ！」

また明日、な。

俺と名も知らぬ冒険者のやり取りを聞いて不安げな表情を浮かべていた客二人にそれぞれ串焼きと酒を差し出す。

そんな顔すんなって。食えばわかる。いや、飲めば分かる。

「まいど！　おっ、ボウズ！　肉が欲しいのか？　ほれ、お仲間にも分けてやるといい」

無料という言葉につられて顔を覗かせたスラムのガキにも肉をやる。ガキにはおまけで五本セットだ。気前の良さをアピールしてやりゃ他の客からの心証も良くなるってもんよ。

ただし酒はやらん。金を持ってないやつはお呼びじゃないんでね。

ほくほく顔で肉を受け取ったガキは、路地裏に入る前に肉を口に含み、二、三噛みしたあとに吐き捨てた。

おう、スラムのガキすら食わねぇ肉かよ。味見なんてしてなかったが、さすがにもう少し品質を上げておくべきだったか……？

不穏な空気を察したのか、一人、また一人と並んでいた客が抜けていく。

構わんよ。すでに仕込みは済んでいる。あんまり多すぎても仕入れの目処が立たなくて困る事になりそうだ。

大体、三百人ってとこかな。

そのうち銀貨一枚すら払えなさそうな客や、明日は予定があって来られないであろう客を除くと……明日も来るのは百二、三十人辺りが妥当か。厳しく見積もっても百人ってとこだろう。

依存水。惚れ薬の前身である無色透明、無味無臭の液体。

ホリックと名付けたそれを、俺は安酒に混ぜて提供していた。明日の今頃は美味しい美味しい串焼きと酒の味を忘れられないやつらが、再び俺の店の前に列を成すことだろう。

金貨一枚で買った肉と酒はまだ余っている。酒は買い足す必要があるが、肉は買い足さなくても良さそうだ。

と、なると。

明日で初期投資の八割の回収が完了し、明後日には物資を買い足したとしてもトントン。そして三日後には儲けが出始めるだろう。

それも、行列に触発されたやつらが増えていく事で鼠算(ねずみざん)式に利益が増えていくはずだ。

アーチェはイカれてるものの、錬金術の腕は非の打ち所がない。

新薬を生み出すことに苦戦しているが、効能を断言した薬に関しては信頼を寄せていい。サンプルの提供も求められていたことだし、ちょっとばかり協力してやるとするかね。

この世に愛と平和を広げる。これはその偉大な目的に必要な一歩だ。

俺は串焼きと酒を客の一人に差し出しながら笑みを深めた。愛想と気前の良さが売りである串焼き屋店主サーディンであるが故に。

「まいどあり！　正式オープンの明日もよろしくな！」

最後の客を見送った俺は粛々と後片付けを開始した。

さて、ホリックのお手並み拝見といきますかね。

◇

三日後。大体予想通りになった。

変更点は肉の質をちょいと上げたことだ。費用は上がったが、それでも大幅な収益増が見込めるだろう。

むしろ将来的にはプラスに働く可能性もある。匙加減ってのが難しいな、こりゃ。

立ち上る煙から顔を離し、袖で額の汗を拭う。【視覚透徹(サイトクリア)】を使って眼の前にできた行列を眺める。ざっと六、七十人は並んでるな。

食事が提供されるのを待っている客たちは、何故だろうか、心なしかそわそわしているように見える。

腕を組みながら指をしきりに動かしていたり、つま先でトントンと地面を叩いていたりと落ち着きがない。待ちきれないと言わんばかりだ。

大成功じゃねぇかおい！　餌に群がるアリかよお前ら！

いやぁホリック様々だぜ。そんなに俺の手料理を楽しみにしてくれるなんて料理人冥利に尽きるってもんだな？

メニューは串焼き五つと酒一杯で銀貨一枚の一本立てだ。つまりここにいるやつらがつつがなく会計を終えるだけで銀貨七十枚になる。

本日の仕入れは銀貨四十枚なので既に銀貨三十枚の儲けは確約されている。

それだけじゃない。今はまだ昼前だ。魔物討伐や依頼を終えた冒険者連中が来る夕方のピークタイムが控えている。まだ儲けが伸びるということだ。銀貨百五十枚に届くかもしれない。

しかも、これはまだ三日目の売上だということを忘れてはならない。

俺の店の味が忘れられない客は今後どんどん増加していくことだろう。

予想される利益は青天井だ。またまたボロいビジネスを見つけちまったぜ！

「ねぇ、まだ？　まだなのっ⁉」

「そう焦んなさんなってお嬢さん。ほい、お待ち」

「これを待ってたのよ！　はむっ！　んふっ」

ひったくるように串焼きと酒を受け取った女が、肉汁で服が汚れることすら気にせずに串焼きにむしゃぶりつき、グビッと喉を鳴らして酒を飲み干した。

いい飲みっぷりしてんねぇ。また明日もよろしくな！

お、スラムのガキが何か信じられないものを見るような目でこちらを覗いている。

ガキめ。お前みたいなお子様の舌じゃウチの良さは分からねぇよ。

しかし初日に不味い肉を振る舞ったのは成功かもしれないな。スラムのガキが寄ってこないってのは素晴らしい。

サーディンの性格上、物欲しそうな目で見られたら奢らなければならないところだった。これは嬉しい誤算だな。

「おい、もう焼けてんだろ。早くしてくれや」

「まま、そう慌てちゃいけねぇよ。不味い肉なんて食いたかねぇだろ？　……っと、よし。ほい、お待ち」

「これがなきゃ一日が始まらなくなっちまったよ！　なぁおやっさん、こんだけ儲かってんだからちょいと値下げしてもいいんじゃねぇの？」

「おいおいニーチャン俺に首吊れってのか？　こんな美味い飯を銀貨一枚で提供してるんだから良心的だろう？」

「美味い……美味いっていうか……うーん、なんっかクセになるんだよなぁ」

「それが美味いってことだろう？」

「……ちげぇねぇ。また来るわ」

「へい！　またのお越しを！」

くくっ。順調、順調。

人ってのは行列を見ると並ばなくちゃいけない使命感にでも駆られるのか、次から次へと人が増えていく。どれだけ客を捌いても終わりが見えない。

こりゃ夕方までに肉が無くなっちまうかな？　もっと豪快に仕入れてもいいかもしれんね。

賭けの胴元と違って安定して儲けられるのがいい。しばらくは安泰だな。

目下の問題としては朝っぱらから酒は飲めないなどと腑抜けたことを抜かすやつらへの対処か。

事前にホリックに漬けた肉でも用意しておくかね。営業努力は欠かせんな、こりゃ。

「また随分と派手にやりましたね。何もここまでやれとは言ってませんよ？」

「あん？　おお、アーチェか。あんま気安く話しかけんなよ。関係性を疑われる」

声をかけてきたのはイカれ錬金術師ことアーチェだ。万が一にも誰かに聞かれないように小声で話す。

俺がある程度の補助魔法を使えることは事前にアーチェへ話してある。

さすがに勇者であることはバラしていないが、スネに傷を持っている者同士で腹の探り合いはしたくないので前もってバラしておいたのだ。

裏切られたらこちらも裏切る。バラされたら困る事情を抱えているのはアーチェも同じだ。

互いに心臓を握り合っている。だから宜しくやろうや。

そういう相互利用の関係性が心地よい。俺は死んでも蘇るので、もしも裏切られたなら地の果てまで追い詰めて地獄に叩き落とす所存だ。

それにしてもこいつ意外と目端が利くな。この店の店主が【偽面(フェイクライフ)】を使った俺であることを見抜いたのか。

客の様子でクスリの影響下にあると察したか？

「でもまぁ、貴重なサンプルを得られました。お酒には適量しか入れてませんよね？」

「あぁ。言われた通りに従ってるぜ」

「……だとしたら、お酒とは相性がいいのかもしれませんね。想定以上の効果です。改良の足掛かりになりそうですよ」

「そうかい。ほら、できたぞ」

「あ、私お酒飲めないんで」

アーチェはすました顔で酒を突っ返してきた。白々しいやつめ。ウワバミのくせによぉ。

人は実験台にしておきながら自分は高みの見物と来たもんだ。いい根性してやがる。お里が知れるってもんよ。

「このまま中毒者を増やし続けると少し面倒なことになりそうです。程々のところで手を引いてくださいね？」

「分かってるっての。ほら、営業の邪魔だ。散れ散れ」

「まったくもう……」

アーチェを追い払った俺はその後もひたすら肉を焼き続けた。

やることをやっていたらあっという間に夕暮れである。苦労の甲斐あって売上は銀貨二百枚に上った。鑑定屋や胴元と違って誰にも恨まれることがない飯屋というビジネスでこの快挙よ。これは天職を見つけちまったかもしれねぇな？

頼むから肉を焼いてくれとせがむ冒険者連中に売り切れだから無理だと告げて店を畳んだ俺は、串焼きなんて目じゃないほど美味いメシが食える料理店に足を運んだ。

卑金属を貴金属に変えるのが市井の錬金術師なら、クズ肉で極上の肉を得るのが俺流の錬金術よ。料理も錬金術も匙加減一つってやつだ。実に奥が深いモンだな？

これは絞り甲斐がある。もっと甘い汁を吸わせてもらうとするかね。俺は舌で押せば崩れるような芳潤な肉の味に舌鼓を打ちながら明日の予定を練り上げた。

十　毒を以て毒を制す

事業を拡大する必要がある。

道端に居を構える串焼き屋とは思えないほどの人気を博している俺の店の前には、まだ開店前だというのに長蛇の列が出来ていた。

ざっと数えても百五十人は下らないだろう。お前ら暇人かよ。

客は通行の邪魔も他の露店の妨げも知ったことかと列を作っていて、もうちょっとした迷惑行為に片足を突っ込んでいた。

このままでは治安維持担当や他店の店主に目を付けられかねない。人様に迷惑かけるなよな。

放っておくと面倒なことになる。アーチェの言ったことは正しかった。まさかこれほど理性のタガが緩いやつらしかいないとは思わなかったぞ。

早急に対策を練らなければ。俺は過去の失敗に学ぶ男。同じ轍（てつ）は踏まない。

順調に進んでいるときに細かい部分で手を抜いた。過去の俺はそうやって死んでいったのだ。

差し当たっては店舗の確保をしよう。

大規模な設備と、収容人数重視の内装と、人手の動員。

初期投資として金貨十五枚もあればそれなりの店と設備は揃えられるだろう。

人手は……貧乏で真面目そうな客から適当に見繕うとするか。

仕事終わりにまかないとして串焼きと酒を振る舞ってやり、給料として銀貨一枚とでも言えば一も二もなく飛び付くはずだ。条件としては破格。文句の一つも出ないだろう。

肉も大量買い付けすることで値下げ交渉が利きそうだ。

質はこのままでいい。低品質とは言わないが、高品質とも言えない、中の下品質の肉。

食える、食えるが、そんな美味くはないって肉。

低品質すぎると影響が出そうだが、品質を上げすぎると値が張る。費用対効果はここが均衡点だ。

客は肉の味が目当てじゃなく、酒に混じってるホリックが欲しくて来てるわけだからな。

酒もこのままでいい。安酒。庶民は高級な酒の味なんて知らんだろうし、富裕層はそもそもターゲットから外している。ウチの店はそこそこの価格で美味いメシが食える庶民の味方なのだ。

さてさて、一日の売上はいくらになるかね。

設備で効率を上げたとしても、店舗を構える以上は回転率が落ちるかもしれないな。

そうだな……持ち帰りを可にしよう。腰を落ち着けて食うも良し、商品を受け取ったら外に出るも良し。店舗と屋台のいいとこ取りスタイル。これは流行るな。

となると……一日の客数は五百人は行けるな。銀貨五百枚。金貨五枚。原価率を三割として、それ以外の諸経費を一割と見積もる。それでも金貨三枚の利益だ。

店を構えるほどの初期投資が五日程度で回収できるとか夢みたいだな？

競争の激しいエンデでは、つい最近オープンした店が十日後には別の店になっているということも珍しくない。だというのに、素人同然の俺がここまで大成功を収められるとはな。

持つべきものはイカれ錬金術師ってか。

景気のいい想像をしていても金は入ってこない。早速実行に移そう。実際にやってみないと見えてこない問題点もあるだろうし、思わぬ落とし穴があるかもしれない。

営業中に、これはと思った人間五人に声を掛けて従業員を確保し、簡単な作業を教えて屋台を任せた。店主役と、整列役と、トラブル解消役で上手いこと回してもらう。

その間に俺は店舗を探した。

王都で人気の店の系列店だと鳴り物入りでオープンしたものの、客層の違いで受けずに撤退した大型飲食店。形の残っていたそれをそのまま流用する。

外装も看板も今は適当でいい。モノさえありゃ客は来る。細かい修正は後々に回そう。

設備は使えなさそうな物を売っ払い、串焼き専門の物にすげ替える。

閑古鳥を鳴かしてる屋台のオヤジに金貨一枚握らせて調達完了。首尾は良好。

開店準備は整った。

従業員教育をしている暇は無かったが、メニューは一つだし肉焼いて酒出すだけだ。何も難しいことなんて無い。問題を起こすようなやつは即首を切って人員を補充すればいい。

完璧だ。これはいける。そして実際にいけた。

◇

「おーう、アーチェ！　追加のホリック頼むわ。大至急な。あと三つほど作ってくれ」

首斬り転移で王都の闇市から禁制品を調達してきた俺はアーチェの店に顔を出していた。

要件を告げて葉っぱとキノコを押し付ける。

だいぶ相場が上がっていたが、それでも収支はマイナスにはならない。

店の売上は右肩上がりだ。うまく行きすぎて怖いくらいである。

薬研をゴリゴリと鳴らして何かしらの粉末を作っていたアーチェがピタリと動きを止め、こちらを見上げた。

険のある視線。アーチェはハァと一つため息をついてから不満そうな声で言った。

「エイトさん……私もあんまり暇じゃないんですよ？　せっつくギルドのお偉いさんを黙らせるためのノルマもありますし、私の本来の目的だってあります。依存薬……ホリックばっかり作ってたら時間が足りないんです。それに、他の依頼の納品が間に合わなかったら怪しまれます。少しはこちらの事情も」

「おっと、時は金なりってね。ビタ一文の価値すらねぇ愚痴を聞く時間はないんだ。イエス、オア、ノー？」

「愚痴を聞く暇がないって、どの口が……っ！　ノーです！　ノー！　知識がないエイトさんにはわからないんでしょうけど、錬金術っていうのは繊細で慎重な作業が要求されるんですよ!?　神経も使うし、時間だって相応にかかります！　素材を渡してはい終わり、っていうエイトさんはそこらの感覚が」

おっと話を聞いていなかったのかな？

愚痴を聞いてる暇はないんだ。二度も言わせてくれるなよ。めんどくせぇ。

ヒートアップしだしたアーチェの話を聞くのもそこそこに、俺は二つの瓶を背嚢から取り出してドンと勘定台に置いた。

毒々しい緑の液体が注がれた瓶と、禍々しい濃紺の液体が注がれた瓶。真っ当なモンじゃないという自己主張が激しすぎる品だ。これが薬と言われても信じるやつはいないだろう。

怒りの表情を浮かべていたアーチェの目が見開かれる。口までポカンと開けた見事なアホ面だ。鏡を見せてやりたいね。

「エイト、さん？　もしかして、それは……？」

「デドリースコルプの毒とコラプスパイダの毒。どっちも原液だ。次はいつ手に入るか、俺でもちょっと予測がつかない品だぜ？」

「……っ！」

王都の闇市は品の移り変わりが激しい。時と場合によっては表では得られない需要も満たしてくれるし、流せない供給も受け入れてくれる。まさに一期一会。

今回は運が良かったのか、めったに売りに出されない毒が二つも見つかった。

まあ、やろうと思えばイカれエルフからいつでも入手できるのだがそれは言う必要はないだろう。

何より、俺自身が多用したくない手だ。あの光景はたまに夢に出る。あれは、良くない。

ゴクリと唾を呑み込んだアーチェの鼻息が荒れた。イカれ錬金術師であるコイツは、滅多に目にすることのできない禁制品を前にすると興奮しだす特殊な癖を所持している。

にへらと締まらない笑みを浮かべ、瓶を掴もうと震えた両手を伸ばすアーチェ。その手が瓶を掴む寸前、俺はサッと両手で瓶を引っ掴み、【隔離庫(インベントリ)】へと収納した。

「あッ……」

「ん？　どうした？　そんな餌を取り上げられた犬みたいな顔して」

眉尻を下げたアーチェがこちらを見上げる。さっきまでの威勢はどこへやら、ひどく情けない顔だ。

空を切った両手が危ないクスリにやられた中毒者のように震えている。効いてんなぁ。

「エイトさん……？　そんな意地悪やめましょうよ……？　あんまり良い趣味とは言えません……。ろくな死に方しませんよ？」

おう、ろくな死に方してねぇよ。ほっとけ。

「おいおい俺はこれをわざわざ高い金払って買ったんだぜ？　タダでやるわけないでしょうよ」

俺は再び瓶を取り出した。それをアーチェの手の届かない位置に置く。

瓶に向いた視線を遮るように手をかざす。軽く勘定台を叩いて音を鳴らし、意識をこちらへ誘導する。

目が合う。今にも泣き出しそうな目。瞬きしたらその瞬間に涙が溢れちまいそうだ。

腰を屈めて視線を合わせる。俺がかつてそうされたように。

脅すときにはこれが効く。学んだ技術は活かす。それが俺の流儀だ。

まつ毛の本数が数えられるほどの至近に顔を寄せてから、俺は穏やかな笑みを浮かべた。

アーチェの瞳孔が窄まる。俺はアーチェの瞳に映る俺と目を合わせるように覗き込み、たっぷりと余韻を含ませてから言った。

「もう一度だけ聞こう。イエス、オア、ノー？」

「い……いえす」

くっそちょろ！

「オーナー、こちら本日の売上になります」

「うむ、ご苦労。ちょっと待ってろ」

「はい！」

俺は従業員の責任者……串焼き屋を始めた初日に難癖をつけてきた若い冒険者から袋詰にされた金を受け取った。

やつはもうすっかりウチの店の忠実な下僕だ。精力的に働いてくれる素晴らしい部下である。

俺は革張りのチェアに足を組んで腰掛け、本日の成果を確かめた。ふむ。金貨六枚と銀貨が……五十枚。素晴らしい売上だ。

「客の入りはどうだった？」

「昼前から夕方過ぎまでずっと盛況でした。閉店の時間まで行列ができていて全員への提供はできませんでした。客の一部から夜も営業してくれと要望が上がっております。営業時間を延ばせば売上も伸ばせそうですが、いかがいたしますか？」

「いや、夜は営業しない。仕事を終えた冒険者の溜まり場になるのは避けたいからな。店内の治安が悪化する恐れがある。それに夜の酒場の客までさらったら面倒な輩が邪魔しに来るだろう。揉め事の種は持ち込まないのが成功の秘訣だ」

「参考になります」

なにより夜は俺が飲み歩きたいからな。朝は仕入れのために市場に赴く必要があるし、遅くまで店の面倒なんて見てられんよ。

ま、あと数日もすりゃ従業員たちに店を任せられるようになるだろう。

そうすりゃ自由な時間も増える。盤石な下地を用意してやったんだ、任せきりでも失敗しないだろう。

しかし、まだ伸びしろがあるとはな。閉店の時間まで並んでるとかどんだけだよ。

ホリックは理性の強いやつであれば抗える程度の依存性であるとアーチェは言っていた。

この状況はつまり、町の住人の頭のタガが外れちまってることの証明に他ならない。知ってた。

となると、この勢いがあるうちに稼いでおくのも手か。営業時間を延ばさずに儲けを増やすとなれば……まあ、策は一つだな。

「新店舗を用意しよう」

「もう、ですか？　この店がオープンしてからまだ三日目ですが……」

「商機をモノにするために必要なのは冷徹な判断力と大胆な行動力だ。わかるね？」

俺は今思いついた商売哲学をしたり顔で披露した。

本当に必要なのは頭のタガが外れた錬金術師へのツテと禁制品だけどな。

「はい、それはオーナーの普段の行いから学ばせていただいてます」

どうやら俺の商売のセンスは無自覚のうちに発揮されていたらしい。天職かよ。

俺もとうとう腰を落ち着ける場所を見つけちまったようだ。こりゃもう冒険者エイトは廃業するかもしれねぇな。

やはり食。冒険者なんて腐るほどいるんだし、人々の生活に色を添えるサービスの提供を生業にするのも悪くない。

まあその過程でこっちもちょっとばかりオイシイ思いをしてもバチは当たらないだろ。

役得ってやつね。

さてさて、そうと決まれば話は早い。早速新規開店にふさわしい店の選定と機材の調達を……と、思ったが……めんどくせぇな。

明日の朝も早いし、これから飯を食いに行きたいし、昼は店にいる必要があるしで時間がない。

店舗経営者って意外と不自由か？

いや、考えを変えよう。俺がいなければ回らないって状況がおかしいんだ。

従業員の教育は上の立場の人間の役割。俺が遊んでいても万事安泰なのが本来の姿だ。

ならばやることは一つ。

「そこで、だ。君に二号店開店に際しての全権を委ねたい。どうかな？」

丸投げだ。どうやっても成功するんだから後は頑張れ。

「全権……ですか？　それは、雇われて数日の身分である私には少々荷が勝つかと」

勝たない勝たない。適当にやった俺がこんだけやれてるんだから誰がやったって一緒だっつの。

まあそんなこと口に出せるはずもなく。俺は大仰にため息を吐き、デスクに両肘をついて指を絡ませて口に添えた。刺すような視線を作る。

イメージするのはあの憎きギルドマスターの姿だ。人を自然体で従わせるカリスマの体裁。

冒険者の男が息を呑んだ。真一文字に結ばれた口が緊張のほどを物語っている。

いい傾向だ。精神に揺さぶりをかけ、開いた突破口に致命の毒を流し込む、それが効果的なやり方。

俺はフッと軽い笑みを浮かべた。緊張と緩和。男の強張った表情が安堵でほぐれる。

張り詰めた糸が緩んだ瞬間、俺は仕掛けた。

「給料十倍」

「やります」

くっっそちょろ！

◇

二日後には新店オープンの目処が立った。あの冒険者の男、意外とやり手であった。

冒険者時代のツテで人員を確保し、屋台で商売していた人間を引っこ抜き、これはと思う物件を迅速に見繕って開店にこぎつけたようだ。

俺が見込んだだけはある。開店資金として渡した金で十二分の成果を上げてくれた。

もうあいつが経営者でいいんじゃないかな。

そう悟った俺は資本金を全て彼に委ね、実務面を任せることにした。

俺は禁制品とホリックの確保に注力する。適材適所ってやつよ。

このままの業績を維持できれば三号店のオープン日も近そうだ。ストックはあって困らない。

アーチェのやつはノルマがきついだの文句を垂れていたが、俺の商売が軌道に乗れば潤沢な資金を活用してもっと珍しい毒を提供してやれる。両得ってやつだな。死ぬほど頑張ってもらおう。

「おーう、クスリ貰いに来たぞー」

景気のいい挨拶で店に乗り込んだってのに返事がない。どうした？　ほんとに死んだか？

と思ったらアーチェは勘定台に突っ伏していびきをかいていた。

おいおい不用心だな。路地裏というクソみたいな立地で客が滅多に来ないから油断してるんじゃねぇのか？　泥棒のいい的だぞ。

「おら、起きろ。ブツの受け取りに来たぞ」

「やぁ……もうデドリースコルプの毒は飲めませんよぅ」

飲んだら死ぬわ。どんな寝言だよ。

「起きろっての。仕事の成果をよこせ、おら」

「ぅぁ……やめ……」

チッ。話にならねぇ。よだれなんぞ垂らして夢の中だ。

夜通し調合でもしてたのか？　体調管理がなってねぇなぁ。

仕事ってのは適度に手を抜くもんだぜ。気を張り詰めて倒れるなんて愚の骨頂よ。

ん？　なんだよモノは出来上がってるじゃねぇか。

しかしあれだけ渡してたった二瓶かよ。素材ちょろまかしてねぇだろうな？

いや、まだ作り終わってないだけか。忙しいらしいし、少しくらいは大目に見てやるかね。

とりあえず二号店用に一瓶だけ貰っておこう。後で来て事情を説明すればいいだろ。

「また来るぞー」

俺はぺちぺちとアーチェの頬を叩いた。アーチェはほんの少しうめいた後、気持ちよさそうにいびきをかいて眠りこけてしまった。だめだこりゃ。

ま、ブツさえ手に入りゃこっちとしては何も問題はない。おいとましますかね。

と、思ったが……。俺はふと思い立ちアーチェのローブに手を突っ込んだ。

「んぅ……」

そしてポケットにしまってあった鍵束を取り出す。

店の外に出てから入り口の鍵を閉め、窓から鍵を店内に放り投げておいた。

万が一あんな状態でギルドの連中なんかが来たらボロが出かねない。まだまだあいつには働いてもらわないと困るのだ。それはもう馬車馬のようにな。

んー、良いことをすると気分が良い！　一つ伸びをして身体をほぐした俺は、足取り軽く店を後にした。

◇

「ん……ふわあぁ……。あれ、寝てしまいましたか……。……ん？　瓶が一つ減ってる……？　ん、作ったのって一つだけだったかな？　うーん……寝ぼけてたのかも。さて、じゃあ希釈作業をしましょうか。このままだと依存性が強すぎますしね」

◇

二号店の首尾は上々だ。本店に収まりきらなかった客が分散して訪れたので開店から閉店まで客がひっきりなしに押し寄せてきている。

かといって本店の売上も落ちていない。売上が単純に二倍近くに増えたわけだ。

このまま行けば鑑定屋の儲けを追い越すかもしれない。ボロい商売だな！

「お疲れ様でした、オーナー」

「うむ、ご苦労。大成功だったじゃないか。やはり俺が見込んだ男だ」

「はい！　ありがとうございます！」

適当な言葉で労ってやれば心底嬉しそうな笑顔を浮かべる優秀な部下もいる。

従業員も問題を起こしそうなやつはいないし、万事快調だ。ケチを付ける箇所がない。

「では本日の給金だ。これで少し遊んでくるといい。くれぐれも、明日の営業に支障がない程度に、な」

「ありがとうございます！　明日も頑張らせていただきます！」

男は小気味よい返事をすると同時に優雅な所作で最敬礼をした。

銀貨十枚。俺は儲けているので金銭感覚が狂ってきているが、一日の稼ぎとしては破格だ。こんな金をポンと払うなんて普通はありえない。気前がいいにも程がある。この男は最大限の敬意を払うことで俺にアピールし、今の地位から降ろされまいとしているのだろう。

降って湧いた幸運。それに縋り付こうと必死な様は俺の優越感を心地良く刺激する。

俺は一日でお前の数十倍儲けてるんだぜ？　くくっ。

「それでは失礼します！」

「ああ、また明日も頼むよ」

にこやかな笑顔で出ていった男を尻目にワインを取り出す。

一本で金貨五枚もする超高級品だ。安酒で満足するような庶民では一生手の届かない代物。

俺はそれを一息に飲み干した。

「ん〜。勝ち組の味だ」

酔えればそれでいいと言わんばかりの雑味が強い安酒と違い、産地から製法まで選別された上物のワインは飲むものに安らぎを与えてくれる。愉悦。何よりも酒に合う肴(アテ)だ。

「最近は仕事しっぱなしで疲れたな。アーチェみたいにだらしない姿を晒したくねぇし、今日は出掛けずにここで寝るかね」

この店を立ち上げたのはあの冒険者の男……名前なんだったっけ？

まあいいや。立ち上げたのはあいつだが、所有権は当然オーナーの俺にある。

私物化しても文句を言うやつなんていない。

ほろ酔い気分の俺はふわと一つ欠伸をし、革張りのソファーに寝っ転がった。

明日はどれほど売上を伸ばせるか。今から楽しみでならない。

◇

「……ろ！　……せ!!」

「お……！　はや……ろ！」

「……らぁ！　……ぇぞ!!」

あぁ？　うるせぇなぁ。どっかの馬鹿が喧嘩でもしてんのか？

尋常ではない騒ぎが聞こえたので、俺はイラつきながら身体を起こした。

窓から見える空はまだ真っ暗だ。こんな深夜に騒いでる馬鹿はどこのどいつなんだよ。

もう少し心にゆとりを持ったらどうなんだ。貧乏人はこれだから……。

水が飲みたくなったので事務所を出る。と、そこで違和感を覚えた。

喧騒がすぐ近くで聞こえる。この方角……店の入り口の方だ。

まさか……めんどくさい連中に目を付けられたか？　内心を過った不安は、しかし意外な形で裏切られることとなった。

「早く店を開けろ！　肉を食わせろッ！」

「おらッ！　いつまで寝てんだボケがッ！　酒を出せ!!」

「早く！　もう待ち切れないの！　ああああああああッッ!!」

俺は絶句した。なんだ、これは……。

俺の店の前では暴言と叫喚が飛び交っており、入り口や店の壁を叩きつける音が鳴り響いている。

人の皮を被った魔物が押し寄せてきたと言われても信じてしまいそうな光景だ。

なんだ、なんだこれは？　俺は悪夢でも見てるのか？

「肉を食わせろおぉぉォォッ！」

「酒を出せッ！　オラッ！　早くしろクソがッ！」

「いいいいイイいいぃぃぃぃィィィッッ!!」

呼吸が荒れる。暴徒と化した住民たちは今にも店の壁と窓をぶち割って侵入してきそうだ。理性が微塵も感じられない。

理性……理性？

「ッ！　あの馬鹿、調合ミスりやがったなッ!!」

アーチェのヤツ……寝ぼけてやらかしたに違いない。

クソッ！　せっかく全てがうまく回ってたってのに水差しやがってッ！

「聞いてんのかオイ！」

「金なら払うから店を開けろォォ！」

「オアアアアァァァァァァ!!」

若干名やべぇやつもいる。もはや新種の魔物だ。俺の手には負えない。俺は事務所に引っ込んだ。

「酒……酒……」

「ヒッ！」

事務所の窓に目をギラつかせた男が張り付いていた。怪奇現象やめろ！　夢に出るわ！

ここはもう……駄目だ。直に突破される。

アーチェの店に行かなければ。解毒薬、ないし対処法を聞き出さないとマズいことになる。

このままではギルドに目を付けられるだろう。そうなったら、また……いや、不穏な想像はよそう。

まだ間に合う。アーチェに適当な仕事をしやがったツケを払わせなくては。

俺は路地裏に通じる裏口から外に出た。

「いたぞッ！　こっちだ!!」

「酒をちょうだい！　早く！」

「イエアアアアアッッ!!」

クソ！　あんな連中に捕まったら殺される！　【敏捷透徹(アジルクリア)】!!

身体能力を強化した俺は亡者の群れを三角飛びで躱して駆けた。脇目も振らず路地裏を駆け抜ける。止まったら死ぬ。そんな本能的な恐怖に突き動かされて。

走りやすい大通りで速度に物を言わせた強引な引き離しを敢行し、追い縋ってきた猛者は入り組んだ路地裏をデタラメに駆け回って撒いて逃げる。

心臓が早鐘を鳴らす。こんなに全力疾走をしたのはいつ以来だ……？

クソッ。どこで間違えた？　どこで狂った!?　どうして俺がこんな目に遭わなければならないんだ!!

「ハッ……ハッ……がッ!?」

死に物狂いで路地裏を駆けていたら、目にも留まらぬ速さで割り込んできた人影に足を刈られた。ろくな受け身も取れずにゴロゴロとすっ転ぶ。

回る視界。もつれる足。それでも必死に足掻こうとしたところ、腕を掴まれ押し倒された。

細い腕。華奢な体形。その身体のどこにそんな爆発力が秘められているのか。

俺を見下す瞳はどこまでも冷酷で、そこに人間らしい感情を認められない。

ギルドの犬。またか。またお前かッ!

「『遍在』……ッ!」

「……」

無機質な瞳が闇の中で剣呑な光を放つ。俺程度の睨みでは小揺るぎもしない精神力。

これだけ動いても息を乱していない。バケモノめ。

ギリギリと俺の腕を締め付ける細腕が震えている。

『遍在』は反対の手を懐に突っ込み、何かを取り出した。

引き倒された俺の眼の前にそれを置く。鈍く光る円形。それはどこからどう見ても銀貨であった。

「串焼きと、酒のセット一つ。大至急」

ミラさん。あなたもですか。

◇

「離せッ！　俺は何度でも食いたくなる美味い飯を提供してただけだッ！　毒を盛ったなんて言い掛かりはよせッ！　クソがっ！　クソがーッ！」

「これより、違法な薬剤を悪用して集客をした挙げ句、市民に大規模な混乱をもたらした詐欺師サーディンの処刑を執り行います」

首枷を嵌められた俺は断頭台に掛けられていた。

「何が違法だッ！　何が詐欺だッ！　あの薬はなぁ、個人の意思一つでどうとでもできるモンでしかねぇんだよ！　お前らの意思が薄弱だったのが悪いんだろうが！　分かったら、俺を解放しろッ！」

「人の精神に作用する薬の使用は国の法律で禁止されています。孤児でも知っている常識ですよ」

「いいのか!?　俺が死んだら二度とあのメシが食えなくなっちまうぞッ！　おい！　黙って見てねぇでお前らからも何とか言えよ！」

俺は集まった冒険者や町の住人共がクスリの影響から抜け出せていない可能性に賭けた。

暴動の一つでも起きてくれればこのふざけた処分もうやむやになり逃げきれるかもしれない。

「いや……大して美味くなかったし、なんかもういいかなって」

「お前、あの肉と酒また食いたいか？」

「いらねぇ。味は並み以下だし」

この味オンチどもが……！

高級な肉なんて味わったこと無いくせして、何をしたり顔で語ってやがる！

「無駄ですよ。優秀な錬金術師に解毒剤を提供してもらいました。あんなゲロ以下の飯を食べたいと思う人間はもういません。薬で洗脳された従業員の保護も済んでいます。悪あがきは止めたほうが懸命でしょう」

アーチェぇ……俺を利用しやがったなあのアマ！　クソッ！　どこにいやがるあいつ！

一体どこに……いねぇ。裏切りやがったな！

「最期に何か言い残すことはありますか？」

ざけんな！　人の首をポンポン飛ばそうとしやがって！　命を何だと思ってるんだクソどもが！

いや、まだ諦めるな。何か……何かあるはずだ。

俺は集まった群衆をぐるりと見回した。探せ……状況を覆す逆転の一手……。

無かったわ。

ガコンと音がした。歓声が沸く。俺はまな板の上の魚のように素頭を落とされて死んだ。お粗末！

十一　孤児遣いフォルティ

「串焼き三つ」

「あいよ！　銅貨十五枚ね！」

俺は愛想のいいオヤジから串焼きを受け取り、肉を串から引き抜いてもっちゃもっちゃと食い進めた。

やっぱこれだね。安い、早い、それなりの味。庶民の味方だ。六十点。

旨い肉もいいが、そればっかりだと飽きてくる。舌が肥えるといえば聞こえは良いが、実際のところは舌が馬鹿になってくるといったほうが正しい。

その味が自分の中で当たり前になった瞬間、食に楽しみを見出だせなくなる。

人ってのは良くも悪くも順応する生き物だ。贅沢に慣れ親しんで感覚が馬鹿になっちまったらそこが終着点。定期的に美味くない飯を楽しむってのも必要だと思うね。

これはけして店の資本金を取り押さえられて文無しになったので安いメシしか食えなくなってしまった負け惜しみなどではない。酸いも甘いもってやつよ。

普段から美味い肉を食ってるやつが感じる幸せと、くせぇメシしか食ってこなかったやつが美味い肉を食ったときに感じる幸せはどっちが大きいか、っていう問題だ。

下限を知ることで上を見上げることができるし、そこへ上り詰めたときの感動も増す。

つまり、そういうこと。負け惜しみではないのだ。

無理やり自分を納得させて目抜き通りを歩く。空が茜色に染まりつつある時間帯。

ぼちぼち店をたたむ露店が増え、治安維持担当が大幅に減り始める。

そこから少し経てば酔い潰れた冒険者や無用心な連中が出歩き出す頃合いだ。ちょいと勉強代を拝借するのに最適な時間になるってわけよ。寒い懐を温めるにはスリが手っ取り早い。

夜に出歩くようなアホの面倒は見きれない。治安維持を一手に担うギルドの方針だ。

自己責任。実に素晴らしい。

俺はその恩恵に浴するのみ。当たりを引いたら旨い肉でも食いに行こう。

頭の中で皮算用をしていると目の前に人影が立ち塞がった。

十歳前後の薄汚れた外見。着ている服は端が擦り切れてところどころに穴が開いた襤褸(ぼろ)切れ。

無造作に伸びたくすんだ茶髪が黒ずんだ顔と片目を隠していた。黒の瞳が焦点を失って揺れる。覚束ない足取りでふらふらとしている様は、ともすれば餓死一歩手前に見えた。

「あっ……す、すみません……」

スラムのガキだ。そいつは俺にぶつかりそうになるとびくりと震えてすくみ上がり、俺の顔を見上げて弱々しくかすれた謝罪の言葉を口にした。

その視線が俺の持っている串焼きを捉える。半開きだった目が大きく見開かれた。

中空を泳いでいた焦点ががっちりと定まる。ガキがはぁと吐息を漏らし、ゴクリとつばを呑み込んだ。口が半開きになっているのは、それを食べろと本能が命令しているからだろうか。

まあどうでもいい。俺は無視した。

「っ！」

脇を抜けて立ち去ろうとしたところ、ガシと脚を掴まれた。スラムのガキの仕業だ。

首だけで振り返って睨むように見下ろす。びくりと震えたガキの視線があちこち泳ぐ。

そして眉を八の字にして弱々しい声で絞り出すように言った。

「あっ……その、すみません……つぃ……」

けっ。なぁにがつぃ、だ。

まあいい。そっちがその気ならこっちもちょっとばかり付き合ってやろう。

ガキに教育を施すのも大人の役目だ。俺は紙袋の中から新しい串焼きを取り出した。

「なんだボウズ。串焼きが欲しいのか？」

優しい声色を作って安心させるよう問いかける。

ぱぁと笑顔になったガキがコクコクと首を縦に振った。

そうかそうか。そんなに串焼きが欲しいのか。

俺は手に持った串焼きで後方の屋台をビシと指し示した。

「あの店で買えるぞ。一本銅貨五枚だ。店主のオヤジは愛想がいいし、味もまあそれなりだ。オススメの店だぞ」

ガキの笑顔が曇っていく。

笑みで細められた目が見開かれ、わざとらしく上がっていた口角が下がっていく。笑みで弧の形をしていた口はポカンとした丸いものへ。アホ面のいっちょ上がり。

満足した俺は脚を掴む手を強引に振り払って歩き出した。

「ッ……！　ちっ！」

後方から響くのは舌打ち一つ。

ざっと地を蹴る音が聞こえたので、俺は左手で持っていた紙袋をひょいと上げた。

串焼きを奪わんと振るわれた小振りな手が空を切る。ガキめ。本性を現しやがったな？

ひったくったらそのまま逃走するつもりだったのだろう。勢いそのままに俺の前方へ躍り出たガキは、バカにされた事に腹を立てたのかキッと俺を睨めつけた。

そこに先程までの餓死寸前の雰囲気はない。

「おーおー。さっきまでフラフラだったってのに随分元気いいじゃねーの？　んー？　まさかとは思うが、演技だったなんてこたぁねぇよなぁ？」

「っ！」

分かりやすい反応だ。ま、初めから分かってたがな。

俺だって鬼じゃない。本当に餓死一歩手前のガキだったなら肉の一欠片くらい奢ってやるさ。

だが、俺を与し易しと踏んでお粗末な演技でタカろうとするやつにくれてやる慈悲はない。見る目の無さを恨むんだな。

俺はそこらの冒険者と違い、スラムのガキであろうと騙してくるなら相応の態度で返す。

善人ぶっても腹は膨れない。そんなことは、お前らが一番分かってんだろう？

ニヤニヤと神経を逆撫でする笑みを浮かべてやると、分かりやすく不快に顔を歪めたガキが無策で突っ込んできた。感情に任せた突撃。読み合いの妙をかなぐりすてたそれは知能の低い魔物の一撃とさして違いはない。

腹を狙って放たれた拳を手のひらで受け止め、ちょいとひねって道端に放り投げる。

ゴロゴロと転がったガキはめげずに立ち上がり、親の仇を見るような目で俺を睨みつけた。

完全にやる気じゃねぇの。そんなに癪に障っちまったか？

「シッ……！」

馬鹿の一つ覚えのような突貫。

エンデの町の住民は馬鹿が多い。そんな馬鹿の背を見て育つガキもまた馬鹿ってことかね？

拳を振るう、と見せかけた脚への蹴り。避ける必要すらないな。

俺は蹴りを受け止め、軸足をちょいと払ってやった。すってんと尻餅をつくガキ。

まったく、弱いやつを片手間にあしらうのは楽しいぜ。

「無駄な努力はよせって。余計お腹が空いちまうぞぉ？」

自慢じゃないが、俺は補助魔法を使わなくても鉄級上位程度の力はある。魔物を倒したこともなく、専門の訓練も受けていないガキに後れを取るほど落ちぶれちゃいない。

ムキになったガキが俺の優しい忠告を無視していきり立つ。憎々しげに牙を剥いた様はまるで飢えた獣だ。ふむ、コイツは意外とまともな冒険者になりそうだ。

冒険者として活躍するやつらの中にはスラム出身の者も多い。

相手が盗みを行うスラムのガキであっても過度な制裁を禁じているのは、ひとえに未来の労働力として期待されているからである。

飢えを凌ぐために鍛えた諸々の能力は、そのまま狩りに活かせることも多い。

スリのために気配や足音を殺す技術は斥候に流用できるし、屋台から物を盗んで逃げる生活を繰り返していたら最低限のスタミナも付く。

そして、このガキのように格上に噛みつけるのも資質の一つだ。

死が影のように付きまとう冒険者稼業では、狩り場で怖気づいた瞬間、その闇に呑まれる。

死地に直面したときに足を止めるのではなく、活路を見出さんと足掻くものだけが明日の朝日を拝めるのだ。

どれ、有望株にちょいと稽古でもつけてやるかね。

五指を揃えて手のひらを上に向け、クイクイと動かし挑発する。

こんなありきたりな挑発を真に受けたガキは目をひん剥き、待てを解除された犬っころのように勢いよく向かってきた。

感情に突き動かされた愚直な軌道。それが急激に加速した。

「なっ！」

目測を見誤った俺はガキの拳を受け止めそこねた。固く握りしめられた拳が腹に直撃する。

ガキの拳とはいえ、鳩尾は人体の急所だ。まともに受けたら死なないまでも膝を折っていたかもしれない。

まともに受けたら、であるが。

「どうだオッサン！　……え？」

「オッサンだぁ？　戯（ざ）れてんじゃねぇぞクソガキ。お兄さんと呼べ」

【耐久透徹（バイタルクリア）】。こちとら酔いどれ相手とはいえ喧嘩慣れしてるんだよ。

咄嗟の事態に補助を発動させる程度は造作もないこと。残念だったな。

「くそ、コンのっ！」

ポコポコと腹を殴り、それでもまだ足りないのか蹴りまで寄越すガキ。人様を何だと思ってやがるんだこいつ。

しかし……ふむ、遅いな。さっきのはまぐれか？

いや、強い感情に付随して補助魔法が発現するのはよくあることだ。ちょっと調べてみるか。

「ッ！　おい、やめろ！　離せよオッサン！」

「学ばねぇガキだな。お兄さんと呼べや。ちょっと付き合え。知りたいことがある」

俺は【膂力透徹（パワークリア）】をかけてガキをひょいと肩に担いだ。

手足をジタバタさせるガキに串焼きを咥（くわ）えさせて黙らせる。そのまま路地裏へ向かったところ治安維持担当の男が突っかかってきた。

「おいお前！　孤児への制裁は禁止だ！　それ以上は見過ごせねぇぞ！」

何を勘違いしているのか、今にも剣を抜き放ちそうな剣幕でガラの悪い男が大声を上げた。

この様子……こいつもスラム上がりか？　ガキに仲間意識でも持ってやがるのか。めんどくせぇ。

「おう、勘違いすんなや。別にこんなひょろガキをどうこうしようとなんて」

「助けてお兄さん！　変なオッサンに殺される！」

おいおいおいゴキゲンなクソガキだな。

くれてやった串焼きの恩はねぇってのか？　育ちの悪さがにじみ出てやがる。

治安維持担当が剣の柄に手を掛けた。

騒ぎを大きくするんじゃねぇよ。俺はそっとガキに耳打ちした。

「串焼き三つやるから大人しくしろ」

「五つ」

現金なガキめ。嫌いじゃない。

「いいだろう」

「あ、冒険者のお兄さん、ボクこの人と知り合いなんで大丈夫ですよ。ちょっとふざけてただけですから！」

このたくましさよ。大物になるぜこいつ。

不承不承といった顔で持ち場に戻った治安維持担当を尻目に俺は串焼き屋に向かった。

ガキは俺が買ってやった串焼きの袋をひったくって路地裏に逃げ込んだ。

活きのいいガキだ。そうこなくっちゃな。

【敏捷透徹(アジルクリア)】。逃げられると思うなよ？

◇

「くそ！　離せよオッサン！　しつけぇな！」

「わかんねぇガキだな。お兄さんと呼べ」

「やめろ性犯罪者！　小児性愛者！　社会悪！　人類の敵！　魔王！」

キャンキャン喚くな。どこで覚えてくるんだそんな言葉。あと魔王は女だ。

あんまり騒がれても面倒だ。ちょいと興味を引きそうな話題で黙らせるとするかね。

「おいクソガキ。お前、さっきなんで俺に演技がバレたかわかるか？」

分かりやすくびくりと震えたガキが黙り込む。

スラムのガキにとって物乞いは基礎技能の一つだ。これができるとできないとでは過ごしやすさに大きく差が出る。危険な思いをせずにメシにありつけるわけだからな。

目を瞑ってむむと唸るガキ。考え込んでも答えが出なかったのか、ぶっきらぼうにポツリと呟いた。

「…………なんでだよ」

傾聴の姿勢を見せたので肩からガキを下ろして座るように促す。

ある程度の賢さはあるらしく、ガキは逃げることなく素直に腰を下ろした。

後ろ暗いことをして糊口をしのぐこいつらにとって飯の種は多いに越したことはない。

使い物にならない演技がマシになるなら耳を貸すのもやぶさかではないのだろう。

俺は肉がついてない串をビッと突きつけて言った。

「わざとらしい、それに尽きる。正直に言うが……お前に演技は向いてねぇ。諦めろ」

俺の一言が予想外だったのか、それともあんまりな理由だと思ったのか、ガキはポカンとした顔を浮かべた。その顔がみるみるうちに赤くなっていく。ギリと歯ぎしりをして吠えた。

「わざとらしいって……どこがだよ⁉　こんなに準備してきたってのに！」

「どこがって……そこがだよ」

俺は串をビッと襤褸切れに突きつけた。

「お前、その服わざと傷つけただろ。穴の開き方も擦り切れ方も不自然すぎる。傷がついてない部分との差異が酷すぎるぞ。節穴じゃない限り騙されねぇよ」

「うっ……」

図星だったのか、言葉に詰まるガキ。それだけじゃないぞ？　俺は串をビッと顔面に突きつけた。

「その黒ずんだ顔もだ。炭でも塗ったのかしらんが……指で塗った跡が付いてるぞ。同情を引くための演出なんだろうが、怪しすぎてむしろ警戒される」

「ぐッ……」

「おまけに、そんな顔してるってのに手が清潔ってのはどういう料簡(りょうけん)なんだ？　衛生的で結構なことだが、ちぐはぐ過ぎて違和感しかねぇ」

「び、病気しないために……」

正しい。実に正しい考え方だが、物乞いするのにそれじゃあ駄目だろ。

俺は突きつけた串をクイクイと動かした。

「ま、総合すると中途半端なんだよ。やるなら徹底的にやれや。孤児でも着ないような服を漁って、ドブ川に浸して臭ぇニオイを染み付かせたのを着て、卑屈な態度で縋り付けば成果は今の三倍は目指せるだろうさ」

「イヤだよ！　何でわざわざそんなことしなきゃならねぇんだよ！」

「何で、だぁ？　おいおい食いもんを恵む側の立場の考えを読めよ。施す側ってのはな、自分より下の立場の人間を見て安心したいんだよ。そして優越感を得るんだよ。善意だけで動けるやつってのはほんの一握りってことくらい分かるだろ？　人を見下すことで己の地位を確認したいやつが殆どだ。惨めで哀れな存在に慈悲を与える自分はなんて徳が高いのだろう、ってな具合よ。相手の自尊心を心地良く撫で付けてやれるやつが成功を収めるんだ。だから進んで泥を被る必要がある。分かったか？」

「えぇ……人って、そんなもんなのか……」

何を当たり前なことを。俺は串を指でくるくると弄びながら言った。

「まあ、スラム住みってのはぶっちゃけ底辺に近いからな。そこらの機微(きび)に疎(うと)いのもしゃあない。なぁガキ。人ってのはどうして頼み事をするときに頭を下げるんだと思うよ？」

「頭を下げる理由……？　そんなの、誠意とか真面目さとかを示すためなんじゃねぇのか？」

「ほら見ろ。相手の立場に立ててねぇ。いいか？　頭を下げるってのは、『私はあなたよりも格下の存在です』ってアピールなわけよ。究極まで簡略化された太鼓叩きだ。そこにあるのは誠心誠意のやり取りじゃない。どれだけ媚びへつらって優越感を与えられるかの駆け引きだ。しゃちほこばった顔で腰を直角に曲げられてみろ。まぁ、そこまでするなら言うことを聞いてやってもいいかってなるわけよ」

「な、なるほど……」

「それをお前はどうだ？　中途半端に整えた体裁で妥協しやがって。さっきの例だと、お前の態度は『頼み事する時は頭を下げるのが普通らしいし、とりあえず下げておくかー』って感じに映るわけよ。それじゃ下卑た感情を満たせねぇ。成果も得られねぇ。ないない尽くしよ。ゲットナッシング！」

ぐ、ぐ……と呻いたガキは何か反論をしようと口を開き、しかし何も言い返せぬままため息を吐き出した。ガリガリと頭を掻いて言う。

「自分でも柄にもないことしてんのは分かってんだけどさぁ……この前ドジ踏んでケガしたときに他のやつらに世話になっちまったから、できるだけ安全策を採りたいんだよ。これ以上迷惑はかけたくねぇ」

なるほどね。

エンデのスラムは王都のそれと違って闇は深くない。生活困窮者や孤児が流れ着く区域だ。

弱者が身を寄せ合うスラムでは、ガキどもは持ちつ持たれつの集団を形成する。迷惑をかけた分、なんとかして貢献しなければならないと奮起しているのだろう。

だがやり方がぬるい。プライドを秤に掛けてる時点で二流三流よ。

「迷惑をかけたくないってんなら、なおさらやり方にこだわってる場合じゃねぇだろ」

「いや、そうかもしれないけどさ……さすがにそこまでやるのは抵抗があるっていうか……」

どっちつかずの反応だ。まぁ気持ちは分かる。俺もやれって言われても絶対にやらないしな。

そこで俺の出番ってわけだ。串を放り投げて立ち上がり、無言でガキに迫る。

「っ！　な、なんだよ」

【敏捷透徹（アジルクリア）】。反応を許さない速度で踏み込み、ガキの頭を引っ掴む。油断した一瞬、心の隙に魔法をねじ込む。

「【寸遡（リンベート）】」

直前直後の記憶を飛ばす魔法。ボケっとした虚ろな目に変化したのを確認し、新たな魔法を発動する。その希少さゆえ、使えることが知られたくない魔法。

「【孜々赫々（レイディアント）】」

才能の精査。可能性の探求。

年を食うたびに効果が薄れていき、二十を超えたあたりで殆ど効かなくなる魔法だが、このくらいのガキなら適性を調べることができる。

自分に合った成長の方向性を知れるというのは大きなアドバンテージだ。

どれどれ。

【歌唱】【転写】【敏捷透徹】【聴覚透徹】

お。やっぱりあるじゃねぇか。しかも【聴覚透徹（ヒアクリア）】まで持ってやがる。

こいつ斥候に向いてるな。いいスリ師になるぜ。

「んぁ……あ？　あ、れ……いま、何が……」

「ガキ。おいガキ。いつまでボケっとしてんだ」

俺はしれっと元の位置へと戻ってガキへと呼びかけた。

目をしばたたかせたガキが正気に戻り、眉を吊り上げて叫ぶ。

「ガキガキ言うんじゃねぇよオッサン！　ティナって名前があんだよ！」

「そうかよガキ。んじゃ、早速練習するぞ」

「は？　練習？　何を言ってんだあんた」

「おいおい、あんまりにも嬉しくて記憶飛んじまったか？　さっき言ったことをもう忘れたのかよ？」

俺はとっさに存在しない記憶をでっち上げた。何がなんだかよく分かっていないガキに笑みを向けて言う。

「お前には補助魔法の才能がある。さっきの戦いで分かった。俺がそれを伸ばしてやるって言ってんだよ」

◇

魔法を上達させるには専門の機関に通うのが手っ取り早い。

才気溢れる教師陣に体系化された教育過程。専門の道具。知識の蔵。

それらが用意された学び舎で自身の適性を測り、判明次第伸ばしていく。それが常道。

まぁ俺の手にかかればそんな煩わしい過程はまるっとスキップできる。総当たりで適性チェックなんて低効率極まる。無駄な回り道をカットして最短経路を突き進む。これが俺流。

そんなわけでガキに補助魔法のコツを教えてやることにした。

教えるのは【敏捷透徹(アジルクリア)】だけだ。あんまり詳しいと色々と疑われかねない。

なんで才能があるなんて分かるんだと訝(いぶか)しがるガキの追及を、似たような冒険者を知っているの一点張りで突っぱねて指導する。

一時間もすれば、はしっこくて鬱陶しいガキの完成よ。

「すげぇ……！　自分の身体じゃないみたいだ……！」

「魔力量もそれなりだな。これなら飢えには困らねぇだろ」

「うっ……そう、上手くいくかな……」

なんだなんだ？　失敗したのがトラウマにでもなってんのかね？

しかたねぇ。俺は少しばかりレクチャーしてやることにした。路地裏から顔を出し、人が疎(まば)らになりはじめた目抜き通りを覗き込む。

ガキが俺に続く。俺は古物商の露店を指さして言った。

「あいつは狙い目だな。警戒が薄い。運動慣れしてなさそうだし、財布をパクって走り去れば簡単に撒ける」

「うーん……恨みはあんまり買いたくないからできれば飯だけを狙いたいんだよなぁ」

あまちゃんめ。まあ、将来冒険者として活躍するつもりならあんまりやんちゃしない方がいいか。

俺は反対側の串焼き屋を指さした。

「ならあっちの店だな。ロケーションがいい。すぐそこにある路地裏は狭いから追ってきにくいだろう。欲張らずに即離脱すれば手堅く取れる」

「スラム上がりじゃないのに詳しいな……。オッサン、もしかして路地裏全部把握してんのか？」

「当然だろ。逃走経路の確保は基礎の基礎だ」

相手が金級じゃないなら余裕で振り切る自信がある。

金級はちょっと人間やめてるから無理。目を付けられたら終わりだ。

「そう緊張すんなって。補助魔法が使えるようになったお前は昨日とは違ぇ。おら、行け！」

俺はガキの背をひっぱたいて路地裏から押し出した。恨みがましい視線を寄越したガキだったが、一呼吸したあと目標に向かって歩き出した。

店主のオヤジが客に金を渡した瞬間ガキが仕掛ける。風のような疾走。死角からの急襲に店主の反応が遅れ、拳を振り上げた時にはそれを振り下ろす相手は路地裏に消えていた。

忌々しげに舌打ちをした店主はそれを追わない。追えない。店を空けたら売上金も狙われる可能性があるからだ。冷静さは失っちゃいない。盗まれたのは一度や二度じゃなさそうだ。

戦果は串焼き三つ。パーフェクトだ。あれだけ動ければちょっとした有名人になれるぜ。将来は冒険者ギルドからお声が掛かるかもな。いやはや、いいことをした後ってのは気分が良い。

しかしあれだな。ガキってのぁいいご身分だよな。盗みをしても逮捕されねぇし、トチっても殺されることはない。好き放題やっても許されるなんて羨ましい限りだ。成果を分けてもらいたいね。

――――！

その時、天啓が舞い降りた。なるほど、なるほどね？

俺は路地裏に引っ込み【偽面(フェイクライフ)】を発動した。

◇

エンデの町は、良く言えば思い切りのいい造りをしている。悪く言えば適当だ。

初めにでかでかと目抜き通りを整備して、その後は建てられるところにとりあえず家を建てていったという風体だ。成り立ちからして豪快な町である。

お粗末な都市開発はエンデに数多くの路地裏を生み出した。メインストリートを少し外れるだけで薄暗い路地裏にぶち当たる。陽の当たらない陰鬱とした通りは慣れない者に息苦しさを与えるだろう。

家主がいなくなった廃屋に囲まれた薄暗い広場。俺はそこで一人のガキの頭に手を添えて魔法を発動した。

「お前には……槍使いの才能があるな。正直、町ん中で使えそうな技はねぇ。絵画の才能があるが、中途半端に伸ばしても使えなさそうだ。今から冒険者になるべく鍛えとけ。それだけでだいぶ違う。真面目にコツコツやってりゃ稼ぎ頭になれっかもな」

「わかったよオッサン！」

「わ、私は何かありますか……？」

「どれ。……おぉ、回復魔法の才能があるな。俺は指導してやれねえが、適当な冒険者を見つけて指導を乞うてみろ。運が良ければ教えてもらえるかもな。後は踊りの才能……これはまぁ、オマケみたいなもんだ。まずは回復魔法を狙ってみろ」

「は、はい！　頑張ります！」

「運良く覚えられたら怪我してる冒険者に治療代をふっかけろ。銅貨二十枚とでも言っとけば喜んで払ってくれるだろうさ」

「はい！」

「オッサン！　次俺な！」

「俺も！　俺も頼むよ！」

「騒ぐなガキども。一列に並んで大人しくしとけ」

新たな人格フォルティを作った俺は、スラムのガキどもに【孜々赫々(レイディアント)】を使って各々の適性分野を調べていた。

才能を埋もれさせている人間ってのは想像以上に多い。踏み出す道を一歩間違えただけで平坦な道を歩めるはずだったやつが谷底の闇に真っ逆さまなんてのはありふれた話だ。

そして逆もまた然り。ある日突然何かしらの才能に気付き、塗炭(とたん)の苦しみを味わっていたやつが甘い汁を吸っておいしい思いをすることだってある。

一寸先は闇とはよく言ったもんだ。

落ちたら終わりの崖になってるか、光り輝く栄光の道かは踏み出してみなきゃ分からない。

そこで俺の出番だ。

資質の看破。これさえあれば成功間違いなし……とは言わずとも、光の当たる歩むべき道を示してやることはできる。

ま、その先であぐらをかいて人の道を踏み外す可能性もあるが、そこまで面倒見るつもりはない。

俺は何も唐突に博愛精神に目覚めてガキどもを導いているわけじゃない。そこにあるのは利害の一致だ。ビジネスライクな関係ってやつよ。

「お前は……【触覚曇化(ブレスジャム)】使えるじゃねぇか！　かけた相手の体の感覚が鈍くなる魔法だ。これさえありゃスリ放題だぞ！　食いっぱぐれることはなくなるんじゃねぇか？」

「お、俺にそんな魔法の才能が……？」

「すげぇ！　やるなぁ！」

「いいなぁ……私も魔法使いたい」

「へへっ！　ま、上手くいったら串焼きくらいは奢ってやるよ！」

ちょっと持ち上げてやったら上機嫌になったようだ。早くも成功したつもりでいやがる。

ったく、調子に乗りやがって。約束を忘れちゃいねぇだろうな？

「おうガキンチョ。今後は儲けたらまずは俺に三割流す。それが掟だ。分かってんだろうな？」

「分かってるって！　俺らはこう見えても義理堅いんだぜ！」

人材発掘。俺が目をつけた新たな事業だ。

俺がスラムのガキどもの才能を見抜き、ガキどもはその才能を伸ばす。

そして得た利益の一部を俺に還元し続ける。そういう契約だ。

ガキどもは埋もれていた才能を知ることによって指針を得られる。示された進路に従うことで必ず何かしらの技能が身に付く。それは将来にわたって輝き続ける財産にほかならない。

とりわけこのエンデでは冒険者稼業に関連する技能を身に付けられたら職には困らない。具体的には武器運用や各種魔法の技能だ。

魔物の脅威に対抗できる存在は居ても居すぎるということはない。腐らない技能というのは、場合によっては金銀財宝以上の価値を持つ。

若いうちから才能を磨き続けたやつと、食うに困って流れ着いたならずもの崩れ。

どちらが重用されるかなんてのは火を見るよりも明らかだ。

俺はガキどもにそんな輝かしい未来を指し示してやってるんだ。

ちょっとした心付けを貰ったところで誰も咎めやしないだろう。

なに、俺も鬼じゃない。一生金を支払い続けろなんてみみっちいことは言わないさ。

十五歳。冒険者登録できる歳だ。それまではこちらに還元してもらう。何より、町で盗みを働いても見逃されるのはその辺りまでだからな。そこから先は縁を切る。足が付くと面倒だし。

ぐるりと集まったガキどもを見渡す。集まったのは二十人。適当に目を付けた小グループだ。

なんの偶然か、昨日のガキ……名前なんだっけか……ツナだったか、そんな名前のやつもいた。

こいつらが才能を十全に振るえば日に銀貨十枚ほど稼ぐのは難しくない。それだけで俺は何もしなくても銀貨三枚手に入るわけだ。慣れればもっと上を目指せるし、運が良ければ金貨をパクって来るかもしれない。そうすれば俺もウハウハよ。

当然ながら、スラムのガキはコイツラで全員じゃない。同じようなグループはまだ複数ある。そいつらにも同じ事をやれば取り分は倍々に増えていく。完璧な計画だ。

不労所得。なんと素晴らしい響きか。労せず得する、贅沢の極みだね。

当面の心配事としては、このガキ共が裏切らないとは限らないってことだ。

儲けを少しばかりちょろまかす程度なら大目に見てやってもいいが、結託して襲いかかってきたり、【孜々赫々(レイディアント)】のことをバラされたら困る。

口封じのための補助魔法もあるが、正直あまり使いたくない。故にこうする。

「俺はお前らの自己申告なんて信じてねぇ。だからお前らには相互監視をしてもらう。身内の裏切り行為を発見したら俺に密告しろ。それが事実だったら、報告したやつの負担を三割から二割へと軽減してやる。裏切ったやつは目覚めた才能を全て消し去るからそのつもりでいろ」

才能を消し去る魔法なんてないがな。脅しとして機能すれば十分だ。

「信頼されてねぇなぁ。俺たちは受けた恩は忘れないぞ」

「恩は押し付けるもの、借りは踏み倒すもの。人ってのはだいたいそんなもんだ。仲間意識を持つのは結構なことだが……信頼なんてのは場合によっては枷にしかならねぇってことを覚えとけ」

「オッサン……生きてきてなんか辛いことでもあったのか……？」

うるさいぞツナ。断頭台に送られた経験のある人間にしか分からない感覚ってのがあんだよ。

「俺はお前たちがヘマしたら切り捨てる。お前らもそうしろ。これは助け合いじゃねぇ。ビジネスだ。無能は切り捨てる。俺がお前らに求めるのは忠義じゃねぇ。利益だ。ギブアンドテイクでいこうや」

「……ま、そっちがそう言うならいいけどさ」

「話は纏まったな？　じゃあ続きだ。次はどいつだ？」

釘を刺し終えた俺は作業を再開した。

武器運用の技能や攻撃魔法は小銭稼ぎには向かないが、それなりに育てば狩りに向かわせてもいい。適当な石級よりは稼げるだろう。

主力はやはり補助魔法を使ったスリ部隊だろう。

当たりを引けばでかい。今後の活躍に期待である。

「お前は……風魔法と、視覚強化(サイトクリア)、後は踊りの才能か。難しいな……風魔法を教えてくれるやつが見つかるまではペア組んで補助魔法を活かせ」

「はい！　ありがとうございました！」

「よし、これで全員終わったか？」

「あ、オッサン、こいつも頼むよ」

ツナが連れてきたのは白髪のガキだ。俯いていて表情は暗い。服を握りしめた拳が小刻みに震えている。ふむ。対人恐怖症か？

「こいつ、ちょっとすごい力持ってるんだけど、自分の力があんまり好きじゃないらしくてさ。どうにかなんねぇかな？」

「カウンセリングは契約の範囲外なんだがな……ま、見てみるさ」

目を合わせようとしない白髪のガキの頭に手を添えて魔法を発動する。どれどれ。

【舞踊】【感応】【読心】【洗脳】【六感透徹】

おおう……こりゃすげぇな。尋問官でもやったらトップに上り詰められそうだ。

一つ疑問があるとすれば、なんでこんなに踊りの才能があるやつが多いんだ。

「どうだオッサン？」

「精神に作用する能力が多いな。そんな態度なのも納得だ。心がついていけなかったんだろうな」

感応と読心は魔法じゃない特殊な技能だ。制御出来なくて精神がやられたんだろう。

しかし……こいつは原石だな。磨けばこれ以上なく光る。

【六感透徹（センスクリア）】はそれ単体でいろんな状況をひっくり返せる。この集団の核になれるぞ。

どうするか。俺は少し悩み、特にこれといった解決策が思い浮かばなかったので直球を投げ付けた。

「お前、人の心を読むのは怖いか？」

「っ！　それ、は……」

読心。目を見た相手の考えをぼんやりと読むことができる能力。

感応。他人の感情の波の感知、及び自分の感情や思考を伝播させる能力。

これで精神をやられたな。内向的そうな性格だし、嫌になって塞ぎ込むのもやむなしか。

だがそれも今日までだ。今日からは俺の手足としてその力を振るってもらう。

「お前のそれは途轍もない能力だ。他のやつらには無い無二の才能と言っていい。だが、使うのを嫌がってたら宝の持ち腐れだ。このままだと集団のお荷物で終わるわけだが、それでいいのか？」

「おいオッサン！　言い方ってもんがあんだろ！」

「黙れツナ」

「ティナだ！」

ギャアギャア喚くツナに【無響（サイレンス）】をかける。声が響かなくなって目を白黒させているツナを無視して続ける。

「お前、名前は？」

「……アンジュ」

「よし、アンジュ。いいことを教えてやる。お前にはもう一つ才能がある。【六感透徹（センスクリア）】って言ってな、その便利さは他の魔法とは比べ物にならない。心と感情を読む力と併せれば敵無しだ。どうだ、やる気になったか？」

「……無理、だよ。わたし、人と目を合わせるのも、イヤ……」

こりゃ相当参ってるな。根が真面目なのかね。

しかたねぇ。俺は懐に手を突っ込み、ポケットから出した振りをして【隔離庫（インベントリ）】から手鏡を出した。

「おいアンジュ。これを見ろ。お前のひでぇ顔が映ってるぞ」

「……うぅ」

アンジュはためらいがちに顔を上げ、ひどく自信なさげな顔が嫌になったのか、すぐにそっぽを向いた。

「目を逸らすな。見ろ。弱ぇ自分を変えたくねぇのか。それともなにか？　お前一生他のやつらにおんぶに抱っこで過ごすつもりなのか？　そんなんじゃ近いうちに死ぬぞ？　迷惑かけるだけかけて、役立たずのまま終わりたくないなら顔を見ろ！」

ツナが殴りかかってきたので【耐久透徹（バイタルクリア）】をかけて無視する。

邪魔すんな。これはお前らが甘やかした結果でもあるんだぞ。

アンジュはぷるぷると震えていたが、俺の言葉に思うところがあったのか、意を決して鏡に映る自分と目を合わせた。それでいい。

「今から俺が言う言葉を復唱しろ。私は力を持っている。やれないことはない」

「……わたしは、ちからをもっている。やれないことはない」

「心を読んで道を読み、【六感透徹（センスクリア）】で危機を読む。私は皆を導ける」

「こころをよんでみちを読み、【六感透徹（センスクリア）】で危機を読む。わたしは……皆を導ける」

震えが止まる。紅水晶のような目に光が灯る。

「私はやれる」

「わたしはやれる」

「私にしかできないことがある」

「わたしにしかできないことがある！」

「皆は私が生かす」

「みんなは……わたしが生かす！」

ぐっと握った拳に今までのような迷いはない。

思ったよりも上手くいくもんだな。俺は手鏡をしまった。

アンジュの豹変っぷりに周りのガキどもはついていけていない。

アホ面を浮かべている皆に向けてアンジュが高らかに宣誓した。

「今まで迷惑かけてごめんね。でも、これからはわたしが皆を助けてみせる！」

【洗脳】。補助魔法の一つだ。俺が唯一使えない補助魔法である。

使い勝手がわからないのでぶっつけ本番だったが、どうやらうまく行ったようだ。

自分で自分を洗脳したアンジュは、自信たっぷりの笑顔を浮かべて薄い胸を張った。

性格がまるっと変化してやがる。詐欺みてぇな魔法だな。

ぽふと腹に衝撃が走った。見ると、ツナが俺の腹に拳をくれていた。ああ、【無響(サイレンス)】をかけたままだったか。

補助を切ると、ツナがアンジュに聞こえないよう耳元で囁(ささや)いた。

「どうにかしてほしいとは思ったけどさ……やりすぎじゃね？　もはや別人だろ。どういう魔法使ったんだよ」

魔法を使ったのは俺じゃねぇ。ぶっちゃけただの自己暗示だ。

アンジュは状況を呑み込めていないガキどもを率いて町へと繰り出す気満々だ。期待できそうで何よりだが、まあ待てって。まだ魔法教えてないだろ。

逸るガキどもに俺は各種魔法を仕込んだ。これだけやったんだ、おいしい金の卵を産んでくれよ？

十二　人は踏み台にしろ

スラムのガキに盗みを代行させる試みは予想以上の成果を上げていた。

日に銀貨十枚なんてもんじゃない。初日に銀貨七十枚、次の日には金貨一枚と銀貨三十枚、更に次の日には当たりを引いて金貨三枚強の好記録を叩き出した。

わずか三日で金貨五枚強分。ちょっとした一財産だ。そして俺は三割の上納金を得る。金貨一枚と銀貨五十枚。

ボロくね？　俺は初日にガキどもの才能を見抜き、補助魔法が使えそうなやつに指導をしたが、それ以降は遊んでいた。実働時間は五時間あったかどうかってところだ。

だというのに、日に銀貨五十枚も得られる。大金だ。闇市を覗きすぎて金銭感覚が狂ってるが、日に銀貨五十枚なんて凄腕冒険者でもないと稼げない。豪商レベルだ。

もちろん日に銀貨十枚程度しか稼げない日も来るかもしれない。だが、そんな心配を覆すくらいの切札がこちらにはある。

「アンジュがすげーんだよ！　ほんとにめちゃくちゃ金持ってるやつをピタリと当てるんだ！」

「ね！　あの人はやめておこうとか、そういう判断もすごいの！」

「そんな……持ち上げ過ぎだよ……」

アンジュ。読心と【六感透徹】の使い手。思わぬ拾い物だ。

強化した勘である程度の目星をつけ、読心で対象の人物の危険度を読む。そうしてイケると判断したら、各種補助を活かした集団で財布をいただく。この連携が上手いことハマっている。

アンジュが自身にかけた洗脳は既に解けているようだが、成功体験が彼女の心理に大きな影響を与えたらしく、以前のような影はない。若干の照れはあるものの、その顔色は良好だ。

よしよし、いい傾向だ。この調子ならしばらくは俺の手足として働いてくれるだろう。技術を授けた甲斐があるってもんよ。

「なぁ、オッサン。ちょっといいか……？」

「なんだツナ」

「ティナだ！　あんたわざとやってんだろ！」

「俺はフォルティナだっつってんだろ。お前が俺をオッサンと呼び続ける限りお前の名前はツナだ」

「じゃあもうそれでいいよ……それよりオッサン、少し話がある」

周りのガキどもを気にするような素振りを見せるツナ。内密な話か。

目端が利きそうなガキだし、何かしら気付いたことがあるのかもしれない。話を聞いてやるか。

俺たち二人はガキどもの輪を中座して路地裏に引っ込んだ。ここなら話は聞かれないだろう。

「で、話って？」

「ああ……皆が勢い付いてる時に言うのもあれだけど、このままだと良くない気がするんだ」

「……ほう、具体的には？」

「仲間の誰かしらが、その、失敗したときに酷い目にあわされないか心配なんだ」

酷い目、ね。そりゃあ要らぬ心配ってやつだ。ガキの保護はこの町の共通認識。目を光らせている治安維持担当はガキの軽犯罪を見逃すし、腹を立てた大人が折檻しようもんならすっ飛んできて取り押さえる。ドジを踏んだとしても、まあ軽傷で済むだろう。

なにより、俺がガキに目を付けた最も大きな理由がそれだ。

スリが許されるってのは本当にデカい。エイトとして喧嘩売られ商売をしていた時においしい思いをした俺が言うのだから間違いない。

治安維持担当の目があるからと油断したやつはなかなかの大金を抱えている。無用心な商人や、大物を仕留めて宴会を開いて酔っ払った冒険者。最近では呪装で当たりを引いた冒険者も多い。

そんなやつらの儲けをまるっと頂けるってのは効率が良い。もちろん危険度は高いが、俺は補助魔法で成功率を底上げできた。

冒険者ギルドに目を付けられたから今同じことをするのは難しいがね。

そこでガキどもだ。失敗しても痛手を負わない戦力。これ以上ない駒だ。何を心配することがあるというのか。

……まぁ、ガキにしかない視点というのもあるか。一応、聞いておこう。

「ガキの保護は町の掟だ。何をそんなに心配している？」

「そりゃ知ってるさ。でも、人ってカッとなったら何するか分かんねぇんだよ。……この前スリしたときにちょっとしたドジ踏んだんだけどさ……その時に盗んだ財布に金貨が何枚か入ってたんだ」

この前ドジを踏んだ、か。そういや……俺が冒険者エイトとしてツナに初めて接触した時に言ってたな。フォルティである今は初耳だ。話を聞いておこう。

「ほう、それで？」

「そんときのオヤジの顔がさ、殺意に溢れてたっていうか……何が何でも取り返すって表情をして、その、怖か……ったんだ」

そりゃそうだ。スリってのはそういうもんだ。

他人の儲けを労せずパクるような輩に誰が好意の視線を向けるものか。

「そこでビビっちまって、動きが鈍ったところを捕まった。思いっ切り足を蹴られて……殺されるって思って財布を放り投げたらなんとかなったけど、その後しばらくは使い物にならなくなって、仲間に迷惑をかけちまった」

……なるほどね。ツナが金銭を狙いたがらなかったのはそれが理由か。一種のトラウマ。失敗体験に引きずられてるわけだ。

くだらんな。顧みるに値しない。

「そうならないための補助魔法だろ。何のために才能を見抜いた上に力を授けてやったと思ってるんだ？」

「いや、そりゃ分かってるんだけどさ……万が一ってこともあるし、そこまで恨まれることのない飯の盗み程度で終わらせておいた方が良いんじゃないかって思うんだよ」

論外だな。甘ったれた考えだ。俺は低めの声を出し、脅すように言った。

「俺との契約は覚えてるか？」

「ッ！　や、それは……覚えてる、けど」

「なら何をすべきかは分かってんだろ？」

自身の才能を知れる。こっちはそんな破格の報酬を前払いしてやってるんだ。全員で協力し、最低でも十日で金貨一枚分は儲ける。これが俺とガキどもの間に交わされた契約。

正直難しい話でもなんでもない。後になってからやっぱり嫌だなんて通じねぇだろう。

「でも、何かあってからじゃ取り返しが付かなくなるって言うかさ……」

うじうじしてんなぁ。切り口を変えるか。俺は柔和（にゅうわ）な笑みを浮かべて諭すように言った。

「あれだけの儲けが出たから、金を出し合って武器屋で槍を購入できた。槍使いの才能を持ってたやつは嬉しかっただろうな？」

「それ、は……」

「回復魔法の才能を持ってるやつも、授業料として銀貨を数枚払えば冒険者との交渉もスムーズに行くんじゃねぇかな。先立つ物ってのぁ何にだって必要になるんだ。その歳にもなりゃわかんだろ？」

聞き分けのない子供に言い聞かせるような声色。

先程の恫喝するような声との落差で揺さぶりをかける。ガキめ。大人を甘く見るなよ？

「それとも何か、お前はあいつらの腕を信頼もしてなければ、自分があいつらを無事に帰還させる自信も無いってことなのか？」

「違う！　そんなことは言ってない！」

「なら行けるな？」

「っ……ああ。やってやる。やってやるさ」

それでいい。将来冒険者になることを見据えるなら、臆病であることは武器になるが敵を前にして怖気づくとなると話が変わる。

第一、お前は冒険者エイトに果敢に立ち向かってみせただろうが。

ヘラヘラとした態度だったから命の危険までは感じなかったのかもしれないが、それでも格上にビビらない肝は持ち合わせてるんだ。

吹っ切れろ。失敗が許されるうちに山ほど失敗を積み上げろ。

その経験は才能にも劣らない財産だ。ガキめ。そして俺に貢ぐんだ。

「ま、安心しろって。アンジュさえ居れば危ない橋を渡らなくて済む。なんなら少しペースを落としてもいい。やれることを確実に熟していけ」

「ああ。分かったよ、オッサン」

「行け、ツナ」

まだ何か思うところがあるのか、しかめっ面のまま輪に戻っていくツナ。ま、そんなあっさり説き伏せられるとは思っちゃいないさ。こういう問題はあいつら同士で落とし所を見つけるもんだ。

そうだな……あと一月もすりゃある程度の問題にもカタがつくだろう。安定した頃を見計らって配下のグループを増やして儲けを大きくしていけばいい。俺はそんなふうに考えていた。

俺が実験として起用したガキどもの数は二十人。

そして、その半数の十人が戻ってこないと騒ぎになったのはそれから三日後のことであった。

「だから言ったんだ！　このままじゃ恨みを買うって！　どうしてくれんだよオッサン！」

スリ部隊帰らずの報を受けた俺は迅速に溜まり場に顔を出したところをガキどもに囲まれた。

みな葬式みたいな辛気くさい表情をしている中、ツナがいきり立って俺に突っかかってくる。

強い敵意と憎悪を宿した眼。それは本当に仲間を思うが故の感情なのだろう。

だがそれを俺に向けるってのはお門違いだ。

まぁ手近な大人に当たり散らすのはガキの特権。喚くツナを無視して集団に問い掛ける。

「昨日出稼ぎに出たやつらが戻ってこないって話だったな。詳細を知ってるやつはいるか？」

全員をぐるりと見渡す。どいつもこいつも俯き情けない顔をしている。

声が上がらない。誰も、何も知らないいってことか？

「ここに残ってるのは別行動をしてたグループだ。購入予定の武器を見て回ってたグループと、回復魔法を教えてくれそうな冒険者を探してたグループだ。だから詳しくは知らない」

不機嫌を隠そうともしない声色でツナが言う。できれば感情的になりやすいコイツとは別なやつと話がしたいんだが……他のやつらはだんまりか。せめてアンジュがいればよかったんだが、あいつもいない。

やむなし。俺は半目で睨むツナを睨み返しながら言う。

「今までに同じようなことは？」

「ない。夜は必ずここで落ち合うことになってる。夜は危険だからな」

それは賢明な判断だな。ガキへの制裁を禁止していてもスラムの中までそのルールが徹底されているわけではない。群れるのは最も手っ取り早い自己防衛だ。最低限の危機感はあるらしい。

しかし前例無し、か。厄介だな。俺は瞑目(めいもく)して息を吐き出し、低い声を作って言った。

「しばらく様子見だな。一旦活動を控えろ。その間のノルマは無視していい。いなくなった連中が戻ってきたら教えろ。戻ってこなかったら、理由を突き止め次第考えるとするか」

「戻って、来なかったらだぁ⁉　ざッけんな！　てめぇが巻き込んだことなんだから何とかしろよッ！」

「うるせぇな。ガキが集団で居なくなるような事件を治安維持担当が見逃すわけねぇだろ。なんかの事件なら既にやつらが動いてるはずだし、俺が動くよりよっぽど頼りになる。どうしても気になるってんならお前らが勝手に動け」

ギリと歯ぎしりしたツナが親の仇でも見るような目で俺を見る。なんだと言うのか。まだ理由すらはっきりしてないってのに、俺に全責任があると言いたげな態度だ。

「そんな言い方……あんまりだ」

ぼそりと呟いたガキを見る。そいつはハッと顔を上げ、俺と目が合うや否や息を呑んで顔を背けた。甘っちょろい認識だ。俺を保護者か何かと勘違いしてる輩が多すぎる。

俺はわざとらしく大きくため息を吐いて注目を集めた。情を排した表情を作り、底冷えするような声で告げる。絆されぬ我を貫き、契約に忠実なフォルティであるが故に。

「俺がお前らにどういう条件で契約を持ちかけたか忘れたのか？　そして、それを快諾したのは何処のどいつだ。ヘマする無能は切り捨てる。事前に言っておいたはずだが？」

ガキどもが何も言い返せずに押し黙る。唯一反抗心を顕にしてるのはツナだけだ。

契約ってもんを分かってねぇな。これはビジネスだと言っておいたというのに、まるで理解できてなかったらしい。

この事業は失敗か？　駒としての性能と有用性に文句はないんだが、あまりにも情緒不安定すぎる。このまま手を引いたほうがいいかもしれないな。ガキどもが集団で反旗を翻したら面倒なことになる。

そうだな、よし、決めた。フォルティは捨てる。アンジュという切り札があっても失敗するようならどうしようもねぇ。

俺は一転して笑顔を浮かべた。仕方ねぇなと言いたげな顔で告げる。

「だがまぁ、お前らには期待してるからな。今回の件は俺も動くさ。けど、俺が協力するのはこれっきりだ。分かったな？」

嘘だ。このまま町に繰り出して適当なところで姿をくらましてあとはドロンよ。

潮時を見誤ったのが今までの俺の死因だ。ここらでおさらばといきますか。

「待ってフォルティさん！　皆が捕まった場所、わたし知ってるの！」

おっとアンジュ。無事だったのかよ。

息も絶え絶えに駆けつけたアンジュにガキどもが沸く。

タイミング悪ぃなおい。協力するとフカした後に出てきやがって。

「アンジュ！　無事だったのか！」

「心配かけてごめんね。それよりもフォルティさん！　みんなが捕まっちゃったの！　治安維持の冒険者たちがみんなを捕まえて、それで、犯罪者の収容所まで連れて行かれて……。お願い！　みんなを助けて！」

おいおいおいキナくさくなってきたな。治安維持担当がガキを拉致した？

よりによって本来ガキを守るはずの治安維持担当が、だと？

そんなの……絶対に罠に決まってんだろ。

高度に統率された動きを見て、裏で糸を引いている存在に勘付かれた……そういうことか。

チッ。治安維持担当ってのは本当に厄介だ。冒険者ギルドはいつも俺の邪魔をする。

だがその情報にいち早く気付けたのは僥倖(ぎょうこう)と言っていい。見えてる罠は罠とは言えねぇ。俺はトンズラこかせてもらうぜ。

「分かった。俺がなんとかしよう。お前らはここで待ってろ。いいな？」

ホッとした顔を浮かべるガキども。

馬鹿め。お前らと顔を合わせるのはこれで最後よ。簡単に騙されやがってちょろいやつらよ。

ん？　なんだアンジュそんな能面のような顔で俺を見て……ッ⁉　まさか、読心……ッ⁉

「フォルティさん……？」

クソ！　厄介な能力持ちってのは油断ならねぇ！　こいつ勘付きやがったな？

だが考えを知られたからなんだと言うのか。こんなガキから逃げ切るなんて容易い……。

ッ⁉　なんだ、なんだこの気持ちは⁉

仲間への愛、思いやり、友情……心配、不安、焦燥……感情の糸を力ずくで引き回されるような感覚……感応か！

やめろ！　クソが！　頭ん中掻き回されるような不快感だ！　そんな善意で俺を汚すんじゃやねぇ！　うおおおおぉぉぉぉォォ‼　やめろ！　浄化されるッ！　分かった、分かったから！　助けに行くからやめてくれ！　俺の心を汚すんじゃねェ‼　ああああああああああああぁぁぁぁぁアアッッ‼

◇

とんでもない才能を目覚めさせてしまった。

路地裏から目を皿のようにして俺を監視しているアンジュを尻目に収めながらそう思う。

やって来たるは治安維持担当が詰めている建物だ。

重罪人は即刻ギロチン行きだが、容疑者や軽犯罪者なんかは一時的に拘留される。

ここに拉致られたガキどもを救うことが俺に課されたミッションだ。

この一仕事を終えたらフォルティとしての活動はやめよう。俺は決心した。

アンジュはちょっと俺の手に負えない。

読心は俺の天敵だ。【偽面（フェイクライフ）】のネタまでバレる能性がある。感応による精神攻撃もキツイ。

なんだあのポワポワした感情は。あんなの毒だろ。吐きそうになったわ。

しかもあいつ【六感透徹（センスクリア）】まで持ってるからな……逃げ切れるかは五分だ。下手すると普通にヤサを特定される。面倒くさいことになったぜ、クソ。

げんなりしながら【隠匿（インビジブル）】を発動する。

施設入り口に立っている門番は、俺のことを路傍（ろぼう）の石のようにしか認識できない。強烈な認識阻害がもたらす恩恵は各種施設へのフリーパスだ。

第一関門はなんの危なげもなく突破。

施設内でそれっぽい箇所を物色し、見取り図を発見したので牢に向かう。

施設内の警備はそこまで厚くない。まあこんなところに忍び込むのなんてよほどの命知らずだろうしな。死ににいくようなもんだ。そもそも侵入者自体が少ないのだろう。

お目当ての地下へと向かう扉の前には看守が突っ立っていた。誰が来るわけでもないだろうに、真面目くさった顔をして職務を全うしている。勤務態度も査定に響くんかね？

どうでもいいことを考えながら遠慮なく腹に拳を叩き込む。

「かはッ⁉」

【隠匿（インビジブル）】解除、【寸遡（リンベート）】発動、【隠匿（インビジブル）】再発動。

この間一秒。我ながら惚れ惚れするような手付きで看守を無効化し、第二関門を突破。地下へと歩を進める。

牢のある部屋にいたのは鍵束を管理する看守が一人だけだ。

随分手薄な警備だこと。罠だと思っていたが……考えすぎだったのか？

普段通りなのか知らんが、いくらなんでも不用心すぎる。

酒など飲んで油断している不良看守だったので【酩酊（ドリーミ）】でパァにする。

白目を剥いた看守は机に突っ伏して動かなくなった。これで第三関門突破。

腰に掛かっていた鍵束を拝借して牢に向かう。どうやらガキども以外に収容されている連中はいないようだ。それぞれの牢にいなくなった九人が揃っており、みな大人しく座っている。そら看守も酒飲んで油断するわな。

【隠匿（インビジブル）】を解除してすぐに【無響（サイレンス）】を広範囲で発動する。

俺の姿を認めたガキどもが立ち上がって騒ぐが、魔法の効果であらゆる音はシャットアウトされる。

危ねぇな。外の看守に気付かれたらどうするんだよ。ちっとは考えろっての。

俺は口元で人差し指を立てる。黙れという意思表示。

しかし未だにぎゃあぎゃあと騒ぎ立てるガキども。

いや黙れよ。【無響（サイレンス）】解除できねぇだろうが。

仕方がないので俺だけ範囲から除外する。慣れるとこういう便利なこともできるのだ。

外の看守に聞こえない程度の声で言う。

「落ち着けやガキども。ったく、そんな考えなしだから捕まるんだよ。俺の計画を台無しにしやがって」

俺が警告してるってのにガキどもは騒ぐのをやめない。檻を掴んで揺らしてるアホもいる。

お前ら俺が魔法使ってなかったら一発でバレてるからな？

「落ち着けって言ってんのが分かんねぇのか。今からお前らをここから出す。そしたら俺はしばらく姿をくらます。その前にお前らが儲けた分はきっちりもらうがな。今後はミスを……おいおい何だってんだよ」

俺が喋ってるってのにガキどもは騒ぐのをやめない。檻を掴んでいたアホが指を立てた。そのままツンツンと腕を動かす。

ん？　イチ？　いや、上、か？　俺は上を見あげた。

目が合った。小柄な女だ。

何をどうしたらそんな体勢を維持できるのか、天井にピタリと張り付いたそいつが無機質な瞳をこちらに向けていた。観察するような、今から食い千切る獲物を見るような、そんな視線を寄越している。

やっぱり罠じゃねーか！　完全に油断した！

【敏捷透徹（アジルクリア）】を使用して出口に向かう。ドアノブを掴もうとした瞬間、腕を捻り上げられて床に転がされる。

早すぎる。もはや諦めの境地だ。もう何度目だよこの展開。

「厄介な補助魔法を使いますね。早めに対処できて幸いでした」

「『遍在』……ッ！」

怜悧で冷徹な瞳が俺を見下している。一切の熱を感じさせない冷めた表情。

町への貢献を最上に置く彼女は不穏分子の抹殺に躊躇いがない。昆虫のように無機質な瞳。俺なんかの演技では出せない雰囲気は、これが本物なのだと強く悍ましく実感させる。

「網に掛かるかは賭けでしたが……引き際を見極められない欲深のようで助かりました。捜す手間が省けたというものです」

クソが！　俺だって学んでるんだよ！　ほんとは逃げ切れたんだッ！　アンジュに脅されてさえいなければ！　脅されてさえいなければなぁ！　なんでガキに脅されてんだよ俺はッ!?

「汝、保護すべき対象である孤児を欺き、犯罪に駆り立てた上に脅迫して利益を掠め取る大罪人。女神様の許でその罪、存分に雪ぐと良いでしょう」

「……一つ、聞いてもいいか？」

「何か？」

「天井に張り付いてたあれ、どうやってたんだ？」

「気合です」

気合かぁ。さすがにあれは予測できなかったし、ちょっと便利そうだったからコツを聞こうと思ったのに参考になんねぇよミラさん。

◇

「離せッ！　俺は飢え死に寸前のガキに生きる術を教えてやっただけだ！　礼として金を貰うのは当然の権利だろうがッ！　クソがっ！　クソがーッ！」

「これより、保護すべき孤児を唆して犯罪に駆り立て、あまつさえ脅迫して金銭を搾取した極悪人フォルティの処刑を執り行います」

　首枷を嵌められた俺は断頭台に掛けられていた。

「保護すべき孤児だぁ!?　ふざけた大義名分を掲げやがって！　てめぇらだってアイツラのことを将来使い潰すための駒程度にしか思ってねぇだろうが！　本当に守ろうとしてるならもっと手厚く保護するはずだ！」

「一から十まで手ほどきするつもりはありません。厳しい環境で自主性を育むのもまた必要な素養です」

「物は言いようだなぁおい！　要は死なない程度に生かしておいて、冒険者として死地へ追いやる以外の択を奪ってるだけじゃねぇか！　ギルドってのは保護なんて耳触りの良い言葉で人的資源を浪費する最低な組織だ！　それに比べて、食い扶持を提供してやった俺は称賛されるべきなんじゃねぇのか!?　そうだろ、お前ら！」

　俺は集まった冒険者や町の住人どもに同意を求めた。うまい具合に博愛精神を刺激できれば賛同の声が上がってふざけた処分も撤回されるかもしれない。

「ざけんな！　てめぇの入れ知恵のせいで俺の店は商売上がったりだ！」

「偉そうなこと言ってるけど、要はただの犯罪幇助じゃねーか！」

「ワシの金貨が入った財布を奪わせたのは貴様かッ！　ワシの受けた被害は貴様の素っ首で贖え！」

「ざまぁ見やがれピンハネ野郎！」

クソどもぉ……！　被害に遭った心の狭い輩の声に掻き消されて擁護の声が上がらねぇ……。

だが。だがしかし、だ。

俺は鼻を鳴らした。ふん。言わせておけばいいさ。今回の俺は一味違う。無様に首を落とされた前回とは違う。

俺に莫大な恩があり、なおかつ買収されてない強力なフォロワーがいる。

それが俺の勝ち筋だ。俺は広場に集ったガキどもに視線を投げかけて叫んだ。

「お前ら！　ここに集まったグズどもに、自分たちが誰のおかげで飢えから解放されたのか言ってみろ！　放置を決め込んだギルドや町の連中がお前らに何をした⁉　何もしなかっただろう！　確かに俺はお前らから金を取ったが、それでも以前よりはマシな生活をおくれたはずだッ！　そうだろお前ら！　分かったら高らかに宣言しろ！　知らしめろッ！　俺の偉業を‼」

仲間意識。やつらが抱えるどうしようもないほど致命的な弱点だ。

それをちょいとつついてやれば状況は傾く。ガキどもが涙ながらに訴えれば処刑を強行するギルドに非難の目が向く。そうすりゃ晴れて生存確定よ。俺はガキどもの善意に縋った。

「わ、わたし達は……あの人に脅されていたんです！　ほんとは犯罪なんてしたくなかった……だけど、脅されて仕方なく……」

アンジュが喉を震わせた声で叫ぶ。潤んだ瞳は聴衆の心を同情で染め上げるに足る威力を有していた。

　アンジュの一言を皮切りにガキどもが吠える。

「そうだ！　あいつは飢えを凌げればそれでいいって言ったのに、金銭を奪うように命令してきたんだ！」

　ツナ。

「冒険者になった後も俺に貢ぎ続けろって……まるで奴隷みたいな契約を交わされたんだ！」

　槍使いのガキ。

「冒険者から金を掠め取ってこいって命令されました！　私は、この町を守ってくれている人から、そんなことしたくなかった！」

　回復魔法のガキ。

「金を持ってそうなやつからスリをしてこいって脅された！　ぼく、怖くて……そんなことしたこともなかったのに」

【触覚曇化(ブレスジャム)】のガキ。

　ガキどもは俺の擁護どころか、有ること無いことを涙ながらに訴えた。真に迫る様子で心情を吐露(とろ)するガキ共を疑う者はいない。

　はしごを外された。つまり、そういうことだろう。

　俺を悪し様に罵る声が上がる。ガキどもが上げた悲痛な叫びに感化された聴衆が俺の首を落とせと責め立てる。

知性の欠片も持ち合わせていないこの町のクソどもは処刑を娯楽として愉しむ癖がある。ガキども。恩を忘れて俺を裏切ったガキども。恥も外聞もなく大勢に寝返ったガキども――

――それでいい！　俺は笑った。

恩は押し付けるもの、借りは踏み倒すもの。なんだよ、やればできるじゃねぇか。

『俺はお前たちがヘマしたら切り捨てる。お前らもそうしろ。これは助け合いじゃねぇ。ビジネスだ。無能は切り捨てる。俺がお前らに求めるのは忠義じゃねぇ。利益だ。ギブアンドテイクでいこうや』

教えが確実に根付いている。俺は満足した。

俺は今、ヘマをした無能だ。ミラに捕まり命を散らす寸前の無能。そんな無能に情けをかけて自分らに累が及ぶような真似をする？　愚かの極み。蒙昧の所業。

もしも俺を庇っていたら、やつらは進んで犯罪行為に手を染めていたことを自白するようなもんだ。俺に脅されたという証言をすることで哀れな被害者を装える。実に合理的な判断。

もたらす害が利益を上回ったら迅速に切り捨てる。

損切り。それは必要不可欠な処世術だ。ガキめ。ここへ来て致命的な弱点を克服しやがった。

免許皆伝。誇れよ、お前らは正しい判断をした。俺はつい嬉しくなって歯を見せて笑った。

「ッ⁉」

「……！」

「ぅ……」

おいおい、情けない表情するんじゃねぇよ。まだ情を捨てきれてないのか？

演技するならやり通してみせろ。疑われたらどうするつもりなんだ。ったく、まだまだあまちゃんだな？

「……最期に、何か言い残すことはありますか？」

「無ぇ」

「……宜しいので？」

意味深な問い掛け。『遍在』め……さてはこいつ……気付きかけてるな？

余計なことはさせない。ガキどもが羽化の瞬間を迎えているんだ。

それを見守るのが大人ってモンだろ？

「やれよ。示しがつかねぇだろ？」

「ですが…………いえ、では」

ガコンと音がした。歓声が沸く。ガキどもの新たな門出を祝う祝砲のように俺の首が飛ぶ。

しっかりと目に焼き付けておけよガキども。俺と同じ轍を踏むんじゃねぇぞ。俺を捨て石にして、
そして俺の屍(しかばね)を越えてゆけ。

十三　嵐の前の静けさ

「あァ？　討伐ノルマだぁ？　初めて聞いたぞそんな話！」

「初めて言いますので」

俺は鉄級冒険者の立場を維持するために冒険者ギルドを訪れていた。

月イチ恒例の薬草納品を済ませようとしたところ、目つきの悪い受付嬢に意味不明な制度の説明をされた。

討伐ノルマ。寝耳に水だ。

俺が前回ギルドマスターに呼ばれた次の日に制定されたそれは、要約すると一ヶ月の間に最低でも魔物を数匹は狩らなければならないと定めた新制度だ。

見習い期間である石級は免除されるものの、鉄級からは実力に応じたノルマが設けられる。

要職に就く金級や怪我をした冒険者も免除されるそうだが、特別な手続きが必要だそうだ。

めんどくせぇことしやがるなオイ。完全に俺を狙って潰しに来てるじゃねぇか。

冒険者エイトって存在はそんなにギルドマスター殿の癪にさわったのかね。

「いま初めて聞いたから猶予は一ヶ月後、ってことでいいんだよな？」

「いえ。エイトさんは三日後が期限なのでそれまでに討伐して来てもらいます」

「そりゃあちと横暴が過ぎるんじゃないのか？　こっちにだって武具の整備や予定の調整があるんだ。そこらを一切考慮しちゃくれねぇってのか？」

「武具の整備は常日頃からしておくのが最低限のたしなみでは？　それに、更新の期限が差し迫っているというのに他の予定を詰めるということは、冒険者としての仕事を全うする気がないという認識をしてよろしいですか？」

　ねちねちと嫌味ったらしいやつだ。ギルドマスターの薫陶でも受けていらっしゃるのかね。

「エイトさんよぉ！　武具の整備ってのぁなんの冗談だぁ？　使ってねぇ武器にどんな手入れが必要なんだか言ってみろや！」

「やる気がねぇなら辞めろッつってんだろ！　今回の制度だって普通に冒険者活動してたら必ず耳に挟むもんだぜ？」

「二十日以上もギルドに顔出さねぇやつが文句垂れてんじゃねぇぞ鉄錆が！」

　馬鹿どももも相変わらずうるせぇ。町を守るというご立派な思想を掲げるやつらは、俺みたいな昼行灯を蛇蝎のごとく嫌う。

　飲んだくれてる景気のいい馬鹿どもの罵声を右から左へ聞き流し、神妙な顔を作って言う。

「実はいま病気を患ってるんだ。あと一ヶ月待ってくれよ」

「ではかかりつけの医師の診断書を持ってきてください」

　この冷淡さよ。取り付く島もねぇ。

　嘘だと決めつけて掛かるのは受付嬢としてどうなんだ？　まあ嘘なんだけどさ。

しゃあない、やるか。これ以上採めても面倒だし、小鬼数匹狩って黙らせよう。

「わーったわーったよ。討伐証明は魔石でいいんだろ？」

「……ええ。鉄級なので、種類問わず十個以上の納品をお願いします」

魔力溜まりから発生する魔物は、体内に魔石と呼ばれる物質を生成する。

魔石は魔物の核を成しており、ぶち殺してから魔石を剥ぎ取ると魔物はその姿を霧散させる。

誰がどんな魔物を何体殺したかなんて自己申告でいくらでも盛れてしまうので、証明として必要になるのが魔石だ。例外はあるものの強力な魔物ほど大きな魔石を持っているので、その大きさで狩ってきた獲物の質と冒険者の腕のほどが測れる。

立派な魔石は取引価格も高い。魔石は燃料から錬金術の触媒まで幅広い需要があるのでギルドが買い取っている。

まあ小鬼程度の魔石は十個集めても銀貨一枚にもならんがな。ぼったくりやがって。

ん？　待てよ……これ薬草納品と同じ事できるんじゃね？

魔石は薬草ほど気軽に売られているものではないが、王都でなら簡単に手に入るだろう。

薬草よりは値が張るし、王都なので物価は高いが、それでも低品質なものなら銀貨五枚程度で必要数が揃うんじゃないか。

なんだよ。討伐ノルマっていうから身構えたが、結局やることはいつもの薬草納品と変わらねぇじゃねぇか。首斬ってカネ払って終わり。簡単じゃねぇの。

「分かった。んじゃ早速ぱぱっと片付けてくらぁ」

そうと決まれば話は早い。問答するだけ時間の無駄だ。

唐突にやる気を出した俺を見て受付嬢がキョトンとしている。頑なに討伐をしてこなかったやつが急に態度を翻したらそうなるわな。まあ討伐なんてしないわけだが。

俺を狙い撃ちにする小賢しい策を弄したようだが、どうやら空振りに終わっちまったみたいだな？

くくっ。まさかギルドのやつらも俺が自由に転移を扱えるなどとは思ってもみまい。

無駄な努力ご苦労さん。所詮は浅知恵よ。

「おや、久しいな鉄級のエイト。これから魔物の駆除かね？」

おっとルーブス殿。めったに姿を現さないギルドマスターがわざわざ出張ってくるとは……こいつさてはタイミングを見計らってやがったな？

面倒なことになりそうだ。俺は早々に会話を切り上げた。

「えぇ、まあ。期限が差し迫っていますので失礼します」

「まぁ待ち給え。君に簡単なお願いがあるんだ。なに、君にとっても悪い話じゃない」

初手嘘やめろ。【六感透徹】がガンガンに警鐘鳴らしてんだよ。何枚舌なんだてめぇ。

どうするか。引き受けたら絶対にろくなことにならない。かと言って断っても角が立つ。

相変わらず面倒な男だ。俺にとってプラスになる要素が何一つとしてありゃしねぇ。

よし、穏便に断ろう。

同等以下には横柄で、権力者には平身低頭。それが鉄級冒険者エイトなのである。

「いや、いや。ギルドマスター殿の依頼なんて自分にはとてもとても……。他に優秀な適任はいくらでも居るでしょう」

「内容は石級冒険者二人の護衛だ。既に何度か魔物討伐を熟しているが、未だにペアでしか行動したことがなくてね。そろそろパーティーを組ませて経験を積んでもらいたいのだよ」

話し聞けやタコ。思わず口からまろび出そうになる暴言をすんでのところで呑み込む。

お願いだなんて言っておきながら、こいつの中では俺が引き受けること前提なのだろう。不愉快な話だ。

しかもなんだ？　初心者の介護ぉ？

おいおいどういうつもりなんだよコイツ。人選ミスも甚だしい。

こちとらソロ専門だっつの。連携なんて取れるわけねーだろ。

「その、自分はソロでやってるものでして、パーティーを組むなら別の冒険者のほうがいいかと」

「ほう、ならば丁度いい機会だ。銅級に上がったら君も有事の際にはパーティーを組んで動くことがあるだろう。今のうちにお互い基礎的なことを学んでおくといい」

「教えられることなんてありませんよ？」

「鉄級までソロでやって来たのだ。生存の術を教えこんでやるといい」

クソが。口じゃ勝てねぇ。間髪を容れずに逃げ道を塞いできやがる。

飲んだくれどもがニヤニヤしながらこちらを見ていて腹が立つ。

見世物にしてくれやがって。こうまでされると何が何でも断りたくなってきた。

「自分にはちょっと、人には見せられない技術があってですね……。飯の種を知られるのは困るのですが」

「それは人に知られた程度で立場が揺らぐような技術なのかね？　それに、後ろ暗いものでないのなら隠す必要はないだろう。我々は魔物に対して結束を深める必要がある。有用な技術ならむしろ誇ってほしいものだ」

「……共倒れになっても知りませんよ？」

「ふむ、ならば人をつけよう。銀級を一人出す。それで問題はないな？」

問題しかねぇよ。こいつ、まさか俺が抵抗することまで読んでやがったのか？　自然な流れでお目付け役を寄越しやがった。

確実に俺の手の内を暴くための仕込みだ。俺はどんだけギルドに警戒されてるんだよ。ちょっと喧嘩でやんちゃしただけだってのに。

「フリーの銀級がいるならば自分は必要ないのでは……？」

しつこく食い下がる俺に業を煮やしたのか、ルーブスが一歩距離を詰めてきた。顔は笑みの形をしているものの、その眼は少しも笑っていない。

射殺すような眼光を湛えたルーブスにポンと肩に手を置かれた。五指に力が籠められる。ギリと音がしそうなほどだ。それはけしてお願いをする側の態度ではない。

こんなのもうただの脅しだろ。

「やってくれるね？」

「……はい」

非常にダルいことになった。監視されながら見習いのお守りとかなんの罰ゲームなんだよ。

ま、手の内なんて明かさなければいい。無難に目立たずやり過ごすとしよう。

「よろしくお願いします！」

「よろしく、お願いします……」

「宜しくね！　二人とも！」

これは何の冗談だよ。俺は頭を抱えた。

促されるまま向かった町の出口には俺のパーティーメンバーと思しき三人組が居た。

黒みがかった青髪をした剣士の男、緑髪をした魔法使いの女のルーキーペアに、黒髪を腰付近まで伸ばした銀級の魔法使いの女。それがギルドから聞いた今回組まされる顔ぶれだ。そして、それらしい人物は眼の前で挨拶を交わし合っている三人組以外には見当たらない。

元気一杯のガキ。人見知りがちに頭を下げる小娘。快活に笑う魔法使いの女。

鑑定師イレブンとして活動していた時に全員の顔を見たことがある。

てか金貨千枚級の剣を持ち込んだルーキーペアとやたら口出ししてきた黒ローブじゃねぇか。

なんだこの巡り合せ。ルーブスの野郎、わざとやってねぇだろうな。コイツらにはいい思い出がねぇ。

特にガキだ。剣を鑑定した時のあのすっとぼけた態度は忘れねぇぞ。俺は恩は踏み倒すが恨みは死んでも忘れねぇ。文字通りな。

どうするか。それらしい人物が見当たらなかったから現場に向かったって言えば誤魔化せないかな。

わりと本気で悩んでいたら黒ローブがこちらを向いた。嫌そうな顔を隠しもせずに顔を顰め、つかつかと歩み寄ってくる。馬鹿にしたようにふんと鼻を鳴らして口を開いた。

「ギルドマスター直々に頼まれたから同行してあげる。あの子達の前で無様な姿を晒さないでよね、鉄錆のエイト」

どうやら黒ローブも俺のことを快く思っていないらしい。不機嫌な態度を隠そうともしねぇ。まぁ当然か。銅級に上がろうとしないってのは即ちこの町に貢献する気はないという強烈な意思表示だ。好まれる理由がない。

だからといって努力する気はないがね。法を破っているわけでもないし。

甘い汁を吸えるだけ吸える立場の鉄級が一番俺にとって都合がいい。

チビ二人に向けていた目とは正反対の視線を寄越す黒ローブ。体格差ゆえに俺を見上げているが、内心は見下しているのだろう。俺はへらっとした笑みを浮かべた。

「自分は別に一人で狩ってきてもいいっすよ？　貴女がいればあの二人の安全は確約されているでしょうし」

黒ローブは眉間に更に深いシワを刻み、苛立った様子で俺に杖を突きつけた。

先端に嵌められた拳大の紅い魔石が陽の光を受けて剣呑な光を放つ。

「黙って付いて来なさい」

有無を言わさぬ口調。眼光が槍の形を成して飛び出してきたみたいに鋭い。

どいつもこいつも冗談が通じなくて困るね。

しかし、ここで勝手にしろと言って追い出さないってことは……十中八九俺の監視として派遣されたんだろうな。

ルーブスめ。なにが俺にとっても悪い話じゃない、だ。悪い話でしかない。そこまでして俺の正体を突き止めたいかね。酔っぱらい相手にはめっぽう強いだけの補助魔法使いだってのに。

さて、どこまで手の内を晒すかね。あんまり隠しすぎた結果、また同じようなことをさせられても面倒だ。補助魔法の一つ程度使えることをバラしてもいいか。

俺はルーキー二人と黒ローブの自己紹介を軽く聞き流しながら冒険者エイトの戦闘面の能力を事細かに組み立てていった。

◇

「はあぁッ！」

裂帛(れっぱく)の気合とともに剣が横薙ぎに振るわれる。

無策で飛びかかってきた小鬼が腹から両断され、どちゃりと地に汚い染みを作った。一切の抵抗を感じさせないほど真っ直ぐに振り抜かれた剣。それを為したチビは周囲に敵がいないことを確認してからフッと息を吐いて残心を解いた。

小鬼。醜い顔と赤い肌をした、人の腹部程度の身長の魔物だ。

知能は低く、落ちている木の棒や石で武装し、いざ人間をぶち殺さんと躍起になって襲ってくる雑魚だ。連携も戦術もへったくれも無いのでルーキーだろうとそれなりの腕があれば勝てる相手である。

荒事に慣れてないやつらなんかは、武装した脅威が悪意を持って襲いかかってくるという状況に怖気づき、ろくな抵抗もできずにそのままなぶり殺しにされることもある。

ぽこぽこと発生するため、大規模な群れを作る前に見つけ次第始末することが推奨されている魔物だ。

「やるわね、ルークくん」

「そんなことないですよメイさん。この剣と、あとはニュイの補助のおかげです!」

「うん、調子に乗らないのは良いことね。だけど少しくらい誇ってもいいのよ? 確かにその剣は凄いけど、それを扱う身のこなしは鉄級にだって引けを取らないと思うわ」

「ありがとうございます! メイさんに鉄級並だと言ってもらえるように頑張ります!」

なんの危なげもなく小鬼を斬って捨てたチビは生意気に謙遜などして笑った。

俺はその輪に交ざることなく真っ二つになった小鬼の胸をショートソードで掻っ捌き、小指の先程の石を取り出す。

魔石。討伐証明に必要なので忘れずに回収する必要がある。

血と肉をかき分けて引きちぎるように魔石を摘出すると、ぶちまけた血肉とともに小鬼がグズグズに崩れて消えていく。

手についた汚れも、剣に付着した血や脂も綺麗サッパリ消えてなくなる。まこと便利な生態をしてやがる。まるで人間みたいだ。

「あ、ありがとうございます」

「ん」

寄ってきた小娘に魔石を手渡して俺の仕事は終了。これで五匹目だ。

目的地である森に入ってからそこまで経過していないのになかなかのペースで進んでいる。現れた小鬼をガキが一振りで片付けるので俺と黒ローブの仕事はない。せいぜいが魔石回収程度だ。

めんどくさいと思っていたがその実、意外と悪くないんじゃないかと思い始めていた。こんなぬるい作業で討伐ノルマを達成できるならわざわざ金を払わなくて済む分お得だったかもな。

「じゃあそろそろあなたの実力も見ておきましょうか?」

悪くないと思った途端にこれだ。

唐突に水を向けられた俺は曖昧な笑みを浮かべて片手を上げた。そんな態度が気に入らなかったのか、黒ローブは一瞬視線を厳しくし、すぐに目を逸らした。和を乱すなよな。

「エイトさん、では先頭をお願いします！」

「あいよ」

声を掛けてきたルークに短く答えて歩き出す。

メンバーには斥候だと自己申告したのであんまり適当な仕事はできない。疑われる可能性があるからな。後続が歩きやすいように枝葉をショートソードで払いながら進む。

魔力が溜まりやすい区域は独自の歪な生態系を有することが多い。植物が異常に成長して人を拒む鬱蒼とした森を造ったり、逆に植物が一切根付かない砂漠地帯に変化したりと様々だ。

エンデの近辺は魔力溜まりが多く見られ、森や砂漠はもちろん、溶岩地帯や氷雪地帯といった危険地帯まで完備している。ちょっとした魔境だな。そりゃ冒険者なんて組織が必要とされるわけだ。

今俺たちが進んでいる森は危険度で言えば最低である。視認性は最悪に近いものの、魔力の濃度が薄いのか発生する魔物は雑魚が多い。

ルーキーたちはここで生き残るための術を学び、敵を打倒する腕を磨き、更なる魔境に挑むための力を蓄えていく。自然の恵みも豊富なので、石級の見習いや孤児たちの小遣い稼ぎの場でもある。森の浅部は魔物も滅多に現れないので比較的安全なのだ。

そのはず、なんだがな……。

「おらよっと！」

顔面めがけて飛んできた石を首を傾けてかわしてから急接近。隙だらけの小鬼の胸を蹴り倒して踏みつけ、勢いそのままにショートソードを首に突き立てる。

汚いうめき声を出した小鬼はビクンと痙攣(けいれん)し、やがて硬直した四肢を放り出した。

胸を掻っ捌いて魔石を取り出せば駆除完了。これで俺が担当したのは三体目だ。

「なんか出くわす頻度が高くねぇか？　こんなもんだったたっけか？」

森に入ってからおよそ一時間。俺たちはそこまで深い部分に立ち入っていないというのに合計八匹目の小鬼と遭遇していた。

俺が冒険者になった直後、首斬り転移を使う前は真面目にこの森で薬草を漁っていたが、ここまで頻繁に魔物と遭遇した記憶はない。

魔物とは浅部で出くわさないし、遭遇率もそこまで高いものではないので、この森が収入源となる石級の儲けは低いのだ。

この頻度で遭遇し続けたのなら一日で銀貨一、二枚の儲けになる。さすがにおかしくないか？

「あなたはここで薬草拾いに熱を上げてたんじゃないの？　普段と様子が違うなら真っ先に分かるはずでしょ」

おっとそうだった。最近は森に入って一、二分のところで首を掻き斬っていたから詳しいことは知らないが、設定的には知っていないとおかしいか。

「いやぁ、ほんの少し多いかなって感じただけっすよ。なぁチビ？」

「えっと、そうですか？　いつも通りだと思いますけど……」

そこは肯定しとけや。お前やっぱわざとやってんだろ。俺を陥れて何か楽しいのか？

まあ楽しいよな。人がボロ出してあたふたしてるところを見ると心が洗われるよな。わかるわかる。

「気のせいだな。忘れてくだせぇ」

黒ローブの訝しむようなじっとりとした視線から逃れるように背を向け、強引に誤魔化して先に進む。

「私は得意魔法が火だからあんまり森に入ったことがないのよ。正直詳しいことは分からない。何か気付いたことがあったら言いなさい。ルーク君とニュイちゃんも、分かった？」

「はい！」

「はい」

「へい」

◇

三匹の小鬼がたむろしている。

木の棒を振り回しながらぎぃぎぃと耳障りな声を上げている様はおよそ知性というものを感じないが、それでも仲間内である程度の意思疎通は取れているのだろう。微妙な抑揚の違いくらいは聞き取れる。

わざわざ声を出して居場所を知らせてくれるのだから、こちらとしてはやりやすくて良い。

木の陰に身を潜めながら隙をうかがう。すぐ後ろに控えているルークに小声で伝える。

「背を見せたら斬りかかる。後に続け。俺が右の二匹を引き受ける。左はお前がやれ」

「分かりました」

「あの、【耐久透徹（バイタルクリア）】をかけますか？」

「俺の分はいらん。温存しとけ」

「僕もまだ大丈夫」

「分かり、ました」

ルークの相方のニュイは回復魔法と耐久強化の補助が使える。典型的な後方支援役だ。しかしまだ駆け出しなのでバテるのが早い。無駄遣いは控えるのが吉だ。それに小鬼三匹程度では後れは取るまい。

何を話し込んでいるのか、小鬼どもはひたすらぎぃぎぃと言い合っていて動く気配がない。

仕方ない、気を逸らすか。俺は足元の小石を拾い上げた。

「そろそろ行くぞ。準備しとけ」

「はい」

一つ頷き、俺は石を山なりに放った。

石は小鬼どもの頭上を越し、向かいの茂みに音を立てて落ちた。

反射的に振り向いた小鬼どもを確認してから仕掛ける。【敏捷透徹(アジルクリア)】。

背を向けて油断している小鬼の延髄に速度を乗せた剣で一突き。まずは一匹。

遅れてこちらに気付いたもう一匹の小鬼の飛び掛かりを屈んで躱し、ガラ空きの背に剣を落とす。

二匹目も始末完了。

残りの一匹を見ると、ルークがちょうど首を落としたところだった。

群れていたとはいえ三匹程度なら話にならんな。

「そっちの魔石は頼む」

「はい！」

元気なガキだなぁ。そんなことを考えながら小鬼を捌く。

一体目から魔石を取り出したところで黒ローブが話しかけてきた。

「あの初速……あなた補助魔法使えたのね」

「まぁ、それしか使えませんがね」

エイトという冒険者の戦闘面の能力を考えた結果、敏捷性強化の魔法を使えることにしたら都合が良いのではという結論に至った。

喧嘩騒動の際に知られていた可能性が高いし、なによりソロで活動してた言い訳が立つ。

逃げ足が速いってのは場合によっては腕っぷし以上の武器になる。

「見た限りでは腕だって悪くない。真面目にやればそれなりに評価されると思うんだけど？」

評価されたくないから真面目にやらねぇんだよ。俺にとっては順序が逆なんだ。

もちろんそんなことは口が裂けても言えない。下手すると冒険者証を剥奪されかねない。

「臆病な性分でね。安全マージンは最大限取るようにしてるんですよ」

「それにしたって薬草納品しかしないってのはどうなの。小鬼程度なら普通に勝ててたじゃない。鉄錆なんて言われて悔しくないの？」

勇者なんて呼ばれて持ち上げられるよりもずっとマシだよ。

「まあ、自分でも情けない自覚はありますんで。それよりとっとと引き上げましょうや。魔石は集まったことですし」

今の三匹を倒したことで俺のノルマは達成された。パーティーで倒した分も加算されるらしいからな。なんだかんだで楽な仕事だった。

「何言ってるの？　これはあなたのノルマを達成するためのパーティーじゃなくて、連携を鍛えるためのものよ。まだ必要十分な経験を積んだとは言えない。先に進むわよ」

チッ。そういやそういう名目だったな。やっぱり楽な仕事でもなんでもねぇ。

「……やっぱり、この遭遇頻度はおかしいかもしれません。一旦引き上げてギルドに報告しましょう」

「はいはい嘘はいいから進んだ進んだ」

駄目か。

俺は苛立ちを発散させるように残りの小鬼の腹を力ずくで掻っ捌いて魔石を引きずり出した。

十四　嫌な勘ほどよく当たる

魔物は魔力が溜まりやすい区域で発生するということは周知の事実であるが、詳細な発生のメカニズムはあまり知られていない。

それは人知れずひっそりと発生するからだ。眼の前でポンと発生したという話は聞かない。

すぐ近くに人が居ると魔力がそちらに吸われて発生しなくなるという説や、人に授けられた女神の加護が魔物の発生を抑制するなどといった駄法螺の類いはいくつかあるが、もっともらしい方便から分派した俗説に過ぎない。

視覚を強化した研究者が何日も張り込んだところ、魔物は足元から構成されてその形を成すという事実が分かったが、それがどれほど後学の役に立ったのかは不明だ。根本的な解決に寄与する情報ではないだろう。

要するに何も分かっちゃいない。人に対して害意をばら撒く魔物に対して、人は定期的に駆除する以外の選択肢を持たない。

ま、勇者に縋りつくという方法を採る町の方が多いがな。

しかしエンデは勇者に頼らない。統率された荒くれどもが血と汗を流してその脅威を水際で食い止めている。国防の要と称される程度には豊富な戦力が集っているのだ。

そんなエンデの近辺でも脅威度が低く見積もられている森は、言わば冒険者たちの餌場だ。資源に経験と得られるものが多く、かつ比較的安全である。

駆け出しでも身をわきまえてさえいれば命を落とすことは稀だ。

だからこそ、この状況はおかしい。

「そっち行ったぞ！　右！」

「ッ！　はい！」

群れていた小鬼の数は十。ルーキーであったらちょっとした油断で重傷を負うか、ぽっくり逝くだろう。先手を取られたらなす術なくやられる可能性が高い。対処を誤れば鉄級だって怪我を負いかねない。数の差とはそれほど脅威たり得るのだ。

黒ローブが延焼しない程度の火弾を群れの中心にぶちこみ、標的が散り散りになったところをルークと二人で急襲した。

五体無事な個体から優先して片付ける。

小鬼は基本的に知能が低く、どれだけ混乱していても人間を見つけると瞬時に我を取り戻し、殺意にまかせた特攻を繰り返す。光にたかる虫のように、本能のままに。

故に抵抗してきそうなやつから潰しておく必要がある。

そんなセオリーは分かっていたはずだろうに、手近な手負いの雑魚にかまけていたルークが無事な個体に狙われた。ナイフ型の呪装を持った個体だ。

呪装を扱うのは人間の専売特許じゃない。魔物だって呪装が落ちてれば拾うし、それが有用だと感じたら遠慮なく振り回す。

二足で立ち、自由な両の手を持つ魔物はこれがあるから油断ならない。

ルークが避け損ねる。俺の声を聞いたらすぐに跳べばよかったものを、わざわざ目視を挟んだため反応が遅れた。

ナイフがわき腹をかすめて血が散り、幼さが残る顔に苦味が走る。致命傷ではないがパフォーマンスには影響が出そうだ。

【敏捷透徹（アジルクリア）】。こちらの分は片付いたので援護に向かう。

ルークに狙いを定めていて隙を晒している小鬼の延髄に剣を突き入れて駆除完了。

強張った顔で小鬼を睨んでいたルークが大きく息を吐いて座り込む。木陰に隠れていたニュイが蒼白な表情で駆け寄って回復魔法を発動した。

この慌てよう、血が流れる程度の怪我を負ったことすら無かったのか？

偶然にも強力な剣を手に入れたのは幸運だろうが、どんな敵でも一振りで切り捨てられるってのは、裏を返せば立ち回りに幅を持たせられないことも意味する。

剣筋を見てから避けてくる敵や、身体の一部を切り飛ばされた程度では怯まない敵と相対した時、自分がその剣にどれほど甘えていたか思い知ることになるだろう。この程度の怪我であたふたしてたら身が持たねぇぞ。

まあそんなことは人に言われるまでもなく自分で気付くことだ。他人に言われてようやく自覚する程度の認識なら、どっかで大怪我でもして引退したほうが本人のためになる。

命ってのは、本来は一つなんだからな。

怪我の具合を確かめている三人をよそに俺は魔石を抉り出す。これで全部合わせて二十五個。

……やっぱりおかしい。戦闘用の補助を切り、【六感透徹（センスクリア）】を発動する。

首筋にチリと走る嫌な予感。警鐘と胸騒ぎが止まらない。

……この遭遇率はやはり異常だ。いくら出現する魔物が雑魚ばかりとはいえ、このまま疲労が溜まれば状況が傾きかねない。

森で強力な魔物が出た例がないわけじゃない。適度に間引いていればそういった魔物が出る可能性は低いが、これだけ雑魚で溢れてるってことは万が一があり得る。

そうなれば面倒だな。どうにかして帰還する方向に話を持っていかなければ。

ルークの無事を確認した黒ローブがこちらへ寄ってきたので進言する。

「やっぱり異常ですよ。群れをつくりやすい小鬼とはいえ、深部でもないのにこの規模の群れをつくるのはおかしい。いくら森に詳しくなくてもそれくらいはわかるでしょう。戻りましょうや。これ以上はルーキーには荷が勝つ」

黒ローブは状況を吟味するように瞑目し、俺の言葉に理を付けたのかゆっくりと頷いた。

「そうね。一度戻りましょう。最近は森で狩りをする冒険者が減ってたから間引きが足りてなかったのかもしれないわ」

「そりゃ初耳だ。なんでまた？」

「フリーの呪装鑑定屋の話は知ってるでしょ？　詐欺を働いて処刑されたけど、それでも腕は確かだったし、大金を得た冒険者は多いわ。それに触発された冒険者たちが、少しでも有用な呪装を手に入れようっていって危険な狩り場に向かうことが増えたのよ」

……………んん？　まさかこの状況、俺のせい？

呪装は危険な区域で拾えるものの方が良い品であることが多い。ルークが森で拾った剣のように例外はあるが、それは本当に一握りだ。

なるほど、呪装熱が上がるとこんな弊害もあるのか。だがそういった調整はギルドがやるべき仕事だ。

うん、俺は悪くねぇ。ちゃんと首を飛ばされて罪を清算したしな。

俺は小鬼が振り回していたナイフの呪装を拾った。【追憶（スキャン）】。

……手からすっぽ抜けやすい柄を持つナイフ。失敗作のゴミだな。俺は黒ローブにナイフを手渡した。

「どうぞ、リーダー」

「……あなたはいらないの？」

「あいにくと懐が寂しくてね。鑑定代が払える気がしないんでさ」

ふぅんと気のない返事をして黒ローブはこちらを訝しむように見た。

ループスの野郎からどんな情報を吹き込まれたのか、黒ローブは俺の全てを疑ってかかってくる。

戦闘中の観察するような視線も正直居心地が悪い。とっとと帰って解散してぇな。

そんな考えを浮かべたからだろうか。事態は思わぬ方向に転がっていくことになった。

「待ってくださいメイさん！　今日は同期の友人たちもここにいるはずなんです！　僕たちよりも先に来ていたはずで……どうにか合流できないでしょうか？」

黒ローブがルーキー二人に帰還の旨を告げた途端にこれだ。

他人の心配をしてる場合か。たったいま自分が怪我を負ったのを忘れたのかね。

黒ローブはルークの頼みに否を突き付けなかった。杖の石突きで地面ジリと掻き、ひねり出すように言う。

「……消費が激しくて一回しか使えないけど、広範囲の探知ができるわ。探知にそれらしい反応が引っ掛かったら合流して帰還、引っ掛からなかったら既に帰還したものとみなして私たちも戻る。それでどう？」

「はい！　お願いします！」

「お願い、します！」

まてまて。なんでそうなるのかね。そっちで勝手に話を進めてんじゃねぇよ。

俺は乗り気の三人に冷や水を浴びせた。

「俺は賛成できねぇ。非常事態だってのに、パーティーの要である銀級の消耗を進めてどうするよ。帰り道が安全とは言えない以上、明らかに下策だ。このまま帰るのが最善だろう」

「……あなたには人を助けようっていう気概は無いの？」

「それで死んだら元も子もない。被害を最小限で食い止めるために俺たちは迅速に情報を持ち帰る必要がある。違うか？」

情に絆されて感情的になった相手には冷静な理詰めが効く。

黒ローブの瞳が揺れている。命を預かる立場にいるコイツは軽々しい判断を下せない。

瞬間的な感情の沸騰を理屈で強引に冷ましてやれば必ずこちらに傾くはずだ。

「待ってください！　最悪の場合は……僕たちを見捨てても構いません！　だからお願いです……力を貸してください！　エイトさん、メイさん！」

「私からもお願いします！　同じ故郷の大切な友人なんです！」

ここは狩り場のド真ん中だってことを失念してルーキー二人が叫ぶ。

直角に腰を折ってつむじを見せつけるルークにニュイ。白くなるほどに拳を握りしめ、力みすぎて体が震えている。

これは……もう無理だな。表情は見えないものの、歯を食いしばっているさまが容易に想像できた。

冒険者ってのはその場のノリで生きてる人間だ。自分のことを見捨ててもいいだなんて吐き捨てた輩の意気込みを買わないやつはいない。

力強くまなじりを決した黒ローブを視界の端に収めた俺は説得を諦めた。

案の定面倒なことになりやがったよ。

「探知を使うわ。文句はないわね？」

あるよ。ないわけがないだろ。

だがもう無駄なことだ。これ以上の問答は気力も時間も無駄になる。

俺は肩をすくめて両手を挙げた。見たまんまお手上げってね。

黒ローブが返事とばかりに杖の石突きを打ち鳴らし、広範に探知の魔法を展開した。

十五　勇者とは

あの流れで『よし、誰も探知に引っかからなかったから帰ろう！』となるはずもなく。

それらしい二人の反応を捉えた黒ローブの指示に従い、俺たちは森の深部へと足を伸ばした。

ルーキー二人と同期二人の四人でパーティーを組めよと言ったところ、同期の二人は恋人同士らしく、気を遣って別々のパーティーを結成したとのこと。

男女関係で揉めるのはパーティー崩壊の要因の一つなので分からなくもないのだが……そのせいでこんな状況に陥っていると思うと腹立たしい。

はぐれの小鬼が一匹いたので、【敏捷透徹（アジルクリア）】に物を言わせた奇襲で背後から首を斬って始末する。

いちいち足を止めている時間すら惜しい。

「結構補助魔法を使ってるみたいだけど、まだ余裕はあるのかしら？」

「あと五回くらいが限度だ。あてにしないでくれよ」

いざという時の戦力として数えられたら困るので嘘をつく。相変わらず疑うような視線を隠しもしない黒ローブだが、問答してる暇が無いことは承知なのか、何も言わずに歩を進めた。

「ありがとうございます。エイトさん」

「礼なんていらん。戻ったらメシを奢れ」

「はい！　ギルドの酒場で飲みましょう！」

「あそこはうるさいから却下だ。串焼きでいい」

「ちょっと！　後輩にたかるなんて情けない真似しない！」

黒ローブのツッコミが冴え渡り、和やかな空気が流れる。

おどけて舌をペロリと出してやれば、ルーキー二人も破顔した。

逃避の一種だな。冷静な頭で判断を下す。

不穏な空気を纏ったままでいると、それに呼応するように死は間近に忍び寄ってくる。

足を引っ掴んで奈落の底に引きずり込もうとするそれを振り払えなければ、待っているのは惨たらしい最期だ。

そんな姿を想像しないように冒険者たちは馬鹿騒ぎする。

依頼を終えたら酒を飲み、俺は生きているぞと大声で叫ぶ。

生の実感無くして人は闇に立ち向かえない。これもそういった儀式の一つだ。

「二人はどうして冒険者になったの？」

内容は次第に雑談へと変わっていった。

探知の結果によると、しばらくは魔物と遭遇しなさそうとのことなのでリラックスしているようだ。緊張しっぱなしでも良いことはない。警戒するふりして俺も適度に気を抜いておこう。

「僕たちは勇者様みたいになりたくて冒険者になったんです！」

「魔物に襲われた私たちの町を、勇者様が救ってくださったんです」

思わず舌打ちが漏れそうになった。

勇者。この町では滅多に話題に上がらないから居心地が良かったんだがな。

勇者って存在を崇めている連中を見るたびに吐き気がする。

救世主。英雄。女神の剣。どれも装飾華美なメッキに過ぎない。

その真相は国の上層部にていよくパシられる兵器みたいなもんなのにな。

幼少の頃から徹底した刷り込みと教育を施され、国のために安い命を懸けて殺戮の限りを尽くせと命じられる存在。それが勇者。

奴隷と何が違うんだって話だ。歴史も有する力も関係ない。顔も知らない他人のためにどうして体を張らにゃならんのか。こちとら親の顔すら知らねぇってのに。

チッ。最悪な気分だ。こんな依頼、適当な理由付けてすっぽかしておくべきだったな。

苛立ちが表情に出そうだ。話を振られたくないのでさりげなく先頭に移動する。

力任せに枝葉を払うも溜飲は下がらなかった。

「勇者、ね。私はこの町で育ったからおとぎ話と噂話でしか知らないなあ。そんなに凄かったの？」

「凄かったんですよ！　剣を振るったたけで魔物が細切れになったんです！」

「もうダメなのかなって思ったのに、あっという間に退治しちゃったんです」

剣、か。魔法が得意な方じゃなかったか。竜でも出たのかね。

しかし、そうか。勇者に憧れて遊び気分で冒険者になったってわけか。

くだらねぇな。それで他人を危険に晒してるんだから尚更だ。ったく、勘弁してくれや。

「へぇ。ルークくんもニュイちゃんも勇者みたいに強くなれるといいわね！」

「あ、えと、まあ……強さもそうなんですけど、僕がむしろ憧れたのは生き方っていうか……恩返しっていうわけではないんですけど、僕でも誰かを救うことができないかなって思ったんです」

「私たちの町の大人たちは、勇者様に任せておけば世界は安泰なんだから冒険者なんてやめておきなさいって言ってたんですけど……なんか、その考えは嫌だなって思って反対を押し切って四人で飛び出してきた来ちゃったんです」

「……………。」

「僕たちが、勇者様がもしもいなかったらどうするのって聞いたら、女神様の使徒がいなくなるわけないだろって、みんなそればっかりで……。変なものを見るような目で見られて、それが耐えられなかったんです」

「魔物たちに滅ぼされる寸前だったのにまるで安心しきってて……それが当たり前になるのは少し怖いなって思ったんです」

「……………。」

「なんて、大層なこと言っても足を引っ張っちゃってるのが現状なんですけど……すみません」

「何言ってるのよ！　その考えは立派よ！　まだ駆け出しなんだからそんなこと気にしないの。この程度の事態なら私達が何とかするから。そうよね、エイト」

「……………ま、そうだな」

「あっ、すみませんエイトさん！　僕が先頭を歩きますよ。この剣なら枝葉を払うのも楽ですし！」

俺は前を向いたまま行く手を阻むように手を伸ばし、駆け足で俺を追い抜こうとしたルークを押し止めた。

「いい。先頭は俺が歩く」

「えっと、でも」

「チビがいっちょ前に気を遣ってんじゃねぇよ。温存しとけ。いざという時に足手まといになられたら面倒だ」

「え、と。はい、分かりました……」

大人しく引き下がったのを確認してから進む。

何を勘違いしたのか、黒ローブがからかうような口調で話しかけてきた。

「言い方ってものを知らないのー？　柄にもなくカッコつけちゃって」

やかましい。ほっとけ。

◇

探知で捉えた二人は予想通りルーキー二人の同郷の友人だった。足に怪我を負った弓使いの女を剣士の男が背負って撤退していたが、遅々として進まずに難儀していたらしい。

ニュイが回復魔法で彼らを癒やして話を聞き出したところ、どうやら小鬼どもの集落がすぐ近くにあったという。厄介な話だ。それは知恵の回る上位種が発生したということである。

そして状況は思った以上に悪い。

魔物の集落とは、言わば橋頭堡だ。これから人間どもをぶち殺しに行くぞと奮起した魔物たちが造る前線基地である。進軍に動くのは時間の問題かもしれない。

黒ローブが険しい顔で考え込んでいる。退くか、進むか。

順当に考えれば退くべきだ。探知を使った黒ローブは消耗しているし、ルーキー四人は正直足手まといになりかねない。

集落の制圧は、万全を期して銅級か銀級の複数パーティー合同であたる作業だ。数の差を侮ってかかるのはあの世への階段を駆け足で上るようなものである。

しかし、もしもいま退いたら。それに合わせて魔物たちが進軍を開始したら。そして他の初心者パーティーが運悪く森に残っていたら。

まあ間違いなく死人が出る。あの時、退くことよりも敵の足止めを優先していれば、となるわけだ。

所詮はたらればの話。もしもそうなった場合に誰が悪かったっていったら、そりゃ魔物が悪いって話になる。ルーキー四人は迂闊ではあったが、それが原因で死人が出たのかと言われればそんなことはない。

運が悪かった。ただそれだけの話だ。

しかしその一言で割り切れない連中もいる。どうやら黒ローブもそうらしい。

ゆっくりと目を開いた黒ローブが杖をぐっと握って口を開いた。

「石級の四人は迅速に撤退、ギルドへの状況報告を最優先。エイトは補助を活かして広範を探索しながら撤退、ほかの冒険者を見つけ次第撤退を促して。私は集落に一発でかいのを見舞ってから撤退する。数を減らせば進軍を遅らせることくらいはできるはずよ」

なるほど、そう来たか。

力強く頷く石級の四人。このまま指示通りに作戦が遂行されればどうなるかは明白だ。指摘するべきか。このままでは色々としこりが残りそうだ。

黒ローブを見る。杖を握る手は力を込めすぎて白くなっていて、寒さに抗うかのように小刻みに震えていた。

強がりやがって。俺は指摘することにした。

「死ぬ気か?」

自己犠牲。それが黒ローブの出した答えである。

銀級ならば、いくら身体能力が低い魔法使いといえど小鬼程度には後れを取らないだろう。しかしそれが複数なら。さらに上位種が交じったなら。かてて加えて魔力を消耗してる状態なら。

まぁ死ぬわな。多を生かすために自分を犠牲にする。まこと高潔な精神だ。反吐が出る。

俺の言葉にルーキー四人がハッとして振り返った。黒ローブが余計なことを言うなと言いたげな表情で俺を睨む。

悪かったな。人の善意を見ると邪魔したくなるのが俺の性分でね。

「……馬鹿なこと言わないで。私は銀級よ。こんなところで死ぬわけないでしょ」

「問答してる暇はねぇ。俺も行く。補助があれば撤退も容易だろうよ」

「鉄級が銀級の心配なんて笑わせないで。いいから指示に従って」

「一人より二人のが成功の可能性は高いだろ」

「あなたも共倒れになるわよ⁉」

「共倒れだぁ？　やっぱり死ぬ気だったんじゃねぇか」

「それ、は……」

ボロを出した黒ローブは二の句が継げずに言い淀んでいたが、開き直ったのか杖の石突きを打ち鳴らして吠えた。

「いいから従いなさい！　リーダーの命令よ！」

「うるせぇ。俺はこのあとチビどもにメシを奢ってもらうんだよ。パーティー組んだやつを犠牲にしたとなったらうるせぇ輩がヤジを飛ばしてくる。そんな中で食うメシがうまいわけねぇだろ。いいからお前が従え」

口をもにょもにょと動かして何かを言おうとしていた黒ローブを無視して歩き出す。

ルーキー四人が立ち止まっていたので注意を促す。

「お前らは早く退け。ギルドに報告するのがお前らの仕事だ。ボケっとすんな」

「待ってください！　僕も行きます！　こういうときに誰かを守るために僕は冒険者になったんです！」

「私も！　怪我くらいなら治せます！」

危うく黒ローブを見殺しにするところだったと悟ったルーキー二人が声高に随行を主張した。

瞳に宿った光が不退転の覚悟を示している。義を見てせざるはなんとやらってか。

この短期間で随分信頼されたじゃねぇの、リーダー。

「……もう、勝手にしなさいッ！」

説得を諦めた黒ローブが怒り泣きのような表情で怒鳴り、バッと身を翻してずんずんと進んでいった。

自分達も付いていくべきかと迷ってるチビ二人の同期に補助をかけ、早く報告に戻れと促す。

さすがに四人も付いてきたら庇いきれる気がしない。

「んじゃ、行くぞ」

軽い調子でチビ二人に声を掛ける。力強く頷いた二人を確認してから、先行している黒ローブの後を駆け足で追う。乗りかかった船だ、溺れそうなら手を差し伸べるくらいはしてやるよ。

◇

魔物が造る集落は種族や環境によって内容が異なる。

小鬼の場合は周辺の木を切り倒し、開けた広場を造って溜まり場を形成するというものだった。

上位種による入れ知恵か、切り出した木に石を括り付けた槍のような武器を持っている個体までいる。

少し離れたところからざっと見回しただけで二百匹超。周囲に出払っている小鬼が合流したら三百に届く可能性がある。

これは予想以上だな。悍ましい光景に戦(おのの)いたのか、ニュイがごくりと喉を鳴らした。

「上位種は見当たらないな。出払ってる可能性が高い」

「そうね。早めに片付けて撤退しましょう」

この数を一匹残らず殲滅するのは無理だ。俺たちの役目はあくまで足止め。

この集団を半数以上削れば侵攻を先送りにできるだろう。その後はギルドにぶん投げて俺たちの仕事は終わり。

俺の補助を活かし、生存を最優先に考えれば追っ手を振り払って逃げ切るのは可能だろう。

「緋々灰帰を使うわ」

「魔力は平気なのか？」

「馬鹿にしないで。銀級よ？」

広範に灼熱の炎を発生させる魔法だ。うまくいけば屯している小鬼の八割ほどを消し飛ばすことができるだろう。意外とやるなこいつ。

「魔法を放ったら即座に撤退するわ。合図をしたら敏捷の補助を全員にかけて。ルークくんとエイトは殿をお願い。ニュイちゃんは二人が怪我したときの回復を担当。いいわね？」

「はい」

「わかりました」

「ん」

深呼吸を挟んだ黒ローブが目を瞑って集中する。杖の先端の紅い魔石が渦のような光を帯びた。

魔力が奔流となって吹き荒れ、腰まで延ばした黒髪がふわりと舞う。

ぼうと見入っているチビ二人の頭に手を添える。

補助の指示が飛んだら即座に発動できるようにするためだ。一緒に緊張もほぐせりゃ上等だ。

「撃つわ」

黒ローブが煌々とした光を湛えた杖の先端を魔物の集落へと突き付けて呟く。数瞬の後、眩い光が鬱蒼とした森を灼くかのように閃いた。

今更気が付いた小鬼たちがギャアギャアと騒ぎだしたが、時既に遅し。

杖に宿っていた光が消える。目に焼き付くような光は、それがまるで夢であったかのように忽然と姿を消した。

しかしそれは消失を意味しない。灼熱を内包した光は再び姿を現した。小鬼どもの集落、そのド真ん中で。

「補助を！」

「【敏捷透徹(アジルクリア)】」

チビ二人に補助をかけた。

結果を見届けることなくこちらへ駆け寄ってきた黒ローブと俺自身にも補助をかける。

身体のキレが増したことを確認した黒ローブが叫ぶ。

「撤退！」

視界を塗りつぶすような閃光が迸(ほとばし)る。巻き起こった轟音と熱風に背を押されたように俺たちは駆け出した。

業火に焼かれた小鬼どもの阿鼻叫喚の声が響くなか、地獄の底から響くような怨嗟の声が喧騒を切り裂いて轟いた。

◇

「チビ！　足を止めるな！　死にてぇのか！」

「っ！　はい！」

　敏捷強化の補助をかけたとはいえ、追っ手を一方的に振り切れるわけではない。木の根が絨毯のように敷き詰められた足場は速度を奪うし、槍衾(やりぶすま)のように突き出た枝は勢いのままに突っ込めば痛手を負いかねない。

　それに比べて小鬼どもは怪我も倒れた味方も気にせずに突撃してくる。

　追い付いてきた小鬼を律儀に相手していたら差は縮まる一方だ。そうして手間取っているうちに囲まれれば袋叩きにあう。片手間に斬り捨てて撤退優先、それが生き残る唯一の道だ。

　茂みから飛び出してきた小鬼を身を屈めて躱す。木の幹に激突した小鬼は、打ちどころが悪かったのか追ってくることはなかった。

　ある程度の追っ手を始末したところで追撃が散発的になってきた。どうやらある程度カタが付いたらしい。

　小鬼が粗末な槍を突き出してきたので体を躱して柄を掴み取り、引き寄せて体勢を崩したところに剣を突き刺す。死体を踏んづけて強引に剣を引き抜き、脇目も振らず駆ける。

　やがて追撃が止んだ。どうやら山は越えたらしい。

しかしルーキー二人はバテかけている。黒ローブも辛そうに汗を拭っていた。正直俺もそろそろキツい。心臓がバクバクと悲鳴を上げている。だがここまで来ればひとまずは安心だろう。

「少し休もう。無理をすれば後に響く」

「いえ……まだ、いけますっ」

ルークが肩で息をしながら強がるが、玉のような汗に塗れた顔からは平気な様子はうかがえない。なにより相方の疲れが深刻だ。返事をするのもきつそうだし、足取りも限界が近い。このままだとぶっ倒れて文字通りお荷物になる。

「少し休むわ。息が整ったらすぐに発つ」

黒ローブの後押しを受けてしばし休息の時間が設けられることとなった。

へろへろと座り込んだ二人。ニュイが背嚢から水を取り出し、ごくごくと喉を潤している。

……いま奇襲されたら面倒だな。【隠匿（インビジブル）】を周囲に展開する。これで余程のことがない限りは捕捉されないだろう。

「ほら、あんたも飲んでおきなさい」

黒ローブが立ったまま警戒するふりをしている俺に水筒を手渡してきた。

貰えるもんは貰っておこう。ありがたく受け取って喉を潤していると、鋭い目をした黒ローブが小声で問い掛けてきた。

「……いま、何をしたの？」

バレたか。鋭いやつだ。

正直に言ってもいいが、その情報はルーブスの知るところとなるだろう。あいつには情報を落としたくない。

かと言ってすっとぼけても警戒されそうだ。どうあってもいい方に転がりそうもない。

少し悩み、俺は黒ローブの良心に付け込むことにした。

「悪いようにはしねぇって。知られたくない手の内の一つや二つはあるもんだろ。助かったと思ってるなら目溢ししてくれや」

「………」

黒ローブはじっとりと粘着くような視線を寄越していたが、結局何も言わずに戻っていった。

それでいい。お前は何も見なかったし聞かなかった。事はそれで収まる。

「逃げ切れ、たんですかね」

「今のところはね。だけど油断はできないわ。魔法を放った直後に聞こえた咆哮は……強力な魔物のそれよ。もしかしたら狂い鬼でも出たのかもしれない」

狂い鬼。小鬼の上位種である大鬼の、更に上。筋骨隆々の体躯と極めて高い凶暴性を持ち、筋力に任せた一撃は人間を軽く粉砕する。討伐には銀級のパーティーが必要になるだろう。いま出くわせば潰走は必至だ。

魔物の知識は仕入れていたのか、思わぬ大物の名前が飛び出してきて顔面を蒼白にするルーキー二人。

臆病とは言うまい。戦力差を把握できているだけ上等だ。

必要以上に警戒するルーキー二人を安心させるように黒ローブが笑った。

「でも安心して。狂い鬼が近付いてきたとしたらすぐに分かるから。周囲の物を薙ぎ倒して進むし、常に吠え散らかしてるから逃げるだけならどうとでもなるわ」

「そう、なんですね……良かった」

堵（と）に安んずるルーキー二人を見て、俺は何故だか不安になった。

言霊（ことだま）とは逆の現象とでも言えばいいのか……こういう状況で一般的な常識に沿った発言をした場合、得てして事態が悪い方向へ転がり落ちる気がするのだ。

つまり、この嫌な予感は俺のひねくれた性格からくる邪推と言い換えてもいい。

【六感透徹（センスクリア）】は使っていない。【隠匿（インビジブル）】の維持が必要だからだ。

だがしかし、勘なんてのは本来そういうモンだと思う。

五感を超えた察知能力。それは言い換えれば究極の邪推なんじゃないか。

【六感透徹（センスクリア）】を扱うには何かを疑うことから始まる。

こいつは嘘をついてるんじゃないか。こいつは実はギルドの回し者なんじゃないのか。この先へ進んでいいのだろうか。

そういう疑問を持ち続けることがコツだ。

【偽面（フェイクライフ）】が看破されにくいのはそこに理由がある。道行く人々を、こいつは擬態している他人なのではないかと疑いながら過ごす人間ってのは皆無に等しい。ひねくれてる俺だってそこまで疑いながら生活なんてしていない。

勘の精度を引き上げるということは、つまり良くない流れを察知できる下地はあるということだ。危機感を持ち合わせていなかったり、人を疑うことを知らないやつなんかはそもそも扱える魔法ではない。

つまり、これは安心だと言われても素直に納得できないつむじ曲がりの俺が感じた虫の知らせだ。

ほんとに安心していいのかよ、実は危機が迫ってたりするんじゃないのか、とまぁそんな感じだ。

斜に構えていた。だから俺は俺の倍近くの体格を有する鬼が音も無く近くを通り過ぎても声一つ上げずに済んだ。

ふっと息を吐いて反転する。座り込んでいる三人のもとにゆっくりと近寄り、人差し指を口の前に立てて沈黙を促した。

すわ敵襲かと立ち上がったルークと黒ローブに両手のひらを見せつけたジェスチャーをする。落ち着け。慌てるな。座れ。

尋常ならざる気配を察したのか、二人は軽く頷いてゆっくりと腰を下ろした。

つばを呑み込む音がやけに大きく聞こえる。さてどう説明するか。

【隠匿(インビジブル)】は強烈な認識阻害の効果を持つが、それは何をしても気付かれないような万能なものではない。

相手に話しかければ効果はなくなるし、大きな音を立てれば効果は薄まる。

静かに、かつ迅速にこの場を離れる必要がある。あの鬼にはまず勝てない。

嵐鬼(あらしおに)。物音一つ立てずに移動する静けさと、狂い鬼を上回る身体能力で敵を吹き飛ばす怪物。鬼にあるまじき冷徹さを備えており、半端な冒険者の命など風前の灯火（ともしび）のように吹き散らされる。

銀級のパーティーが複数駆り出される魔物だ。金級が出てもおかしくない。

正直に説明したらどうなる。なぜ気付かれなかったのかと疑問に思われるだろうか。ルーキー二人がパニックを起こして捕捉されるだろうか。

俺はこんな状況の時に最善の選択をとれるほど経験豊富じゃない。クソっ。最悪だ。

いっそこのままやり過ごしてギルドの援護が来るのを待つか。そんなことを考えていたら事態が動いた。

ニュイが目を見開いて仰け反る。震える口が開く。

まずい。【隠匿（インビジブル）】が展開されていて、静かにしていれば問題ないことなどこいつらは知らない。

迫る危機を知らせようとしたのだろう。だがその行為は逆に窮地を招くことになった。情報共有を疎かにしたのは悪手だったか。

……今更言っても詮無きことか。

すぐそこに、鬼がいる。

恐怖に染まり震えた声。抑えが利かなかったのだろう、その声は、きっと本人が意図した以上に静寂の中を走り抜けた。

バッと背後を振り返る俺とルークと黒ローブ。

ゆっくりとこちらを振り返った鬼の金眼とばっちり目が合った。

無用の長物と化した【隠匿（インビジブル）】を解き、呆（ほう）けた三人と自分に【敏捷透徹（アジルクリア）】をかけて飛び出す。

注意を引く。牽制のためにに振るったショートソードの一撃は、不気味なほどに音一つ立てない後方への跳躍で躱された。その巨体のどこに繊細な動きをする機能があるというのか。軽い調子で跳んだくせして間合いを大きく離された。それは取りも直さず間合いを詰めてくるのも一瞬であることを意味する。

油断などしようものならあっという間に全身をバラバラにされるだろう。

「エイトさん！」

「馬鹿が！　来るんじゃねぇ！　足手まといだ！」

身の程をわきまえずに駆けつけて来ようとしたルークを怒鳴りつける。

こっちは自分の身を守るので手一杯だっつの。

こちらを観察するように睨めつける嵐鬼。幸いなのは、やつが無闇やたらと暴れ回るタイプじゃないことだ。攻めるに難い敵ではあるが、そのおかげで会話をする程度の余裕は稼げる。

「逃げろ！　勝てる相手じゃねぇ！」

「でも！」

「でもじゃ、ッ！」

隙と見たのか、嵐鬼が無音を従えて迫る。さっきまで遠かった姿がいつの間にかすぐそこにある。

振るわれた剛腕は受けきれるようなものじゃない。避けなければ死ぬ。

極まった暴力に対し、ひ弱な人間がなす術は無い。

俺の上半身を抉り取るような軌道で振るわれた腕を無様に這いつくばって躱し、バネのように身体を撥ね上げて反撃の剣を腹に見舞うも届かない。一撃即離脱。理性なき鬼とは思えないほどの冷徹さ。全く嫌になる。

威圧するようにじりじりと距離を詰めてくる嵐鬼。

確実に殺せる間合いを測っているのだろう。

一瞬で背後を確認する。泣きそうな顔をしているニュイ。歯を食いしばってこちらを見ている黒ローブ。剣の柄をつかんで今にも飛び出してきそうなルーク。

何をもたもたしてるんだ馬鹿が。逃げろって言ってんのが聞こえねぇのか。

「チビども！　言うことを聞け！　そこにいられるだけで足手まといなんだよッ！　とっとと消えろ！」

「アンタはッ、私に死ぬななんて言っておきながら自分は死ぬ気なの⁉」

「あァ⁉　勘違いしてんじゃねぇよ！　メシを奢ってもらうまでは死ぬわけねェだろ！　分かったら早く行け！」

義に絆されやすいやつらだ。黒ローブと共に死地へ赴いたことからそれは分かる。だから今もなお加勢するか逃げるかで揺れているのだろう。

だがあの時とは状況が違う。これは救うための選択じゃない。自分たちが死なないための選択だ。

勇気を出して仲間と共に生を拾おうとしたのがさっきまでの選択。いま勇気を出したら、どうあがいても仲良く屍を晒すことになる。そのくらいの隔絶した差がある。

それは蛮勇と呼ばれる類の頭の悪い選択だ。

見捨てるという勇気がこいつらにはないらしい。手が焼けることこの上ない。

「銀級なら今なにをすべきか分かるだろッ！　敵戦力の正確な報告は急務だ！　二次災害を引き起こす気か⁉」

「私は、リーダーよ！　その役目は、私が」

「銀級のメイ！　その位は飾りなのか！　うだうだ言わずに早く退け！　ルーク！　ニュイ！　てめぇらもだ！　美味いメシ屋を予約して待ってろッ！」

息を呑む音が聞こえた。そのまま反論も呑み込んでくれるとありがたい。

そんな祈りが通じたのか、ザッと地を蹴る音が連続する。どうやらようやく退いたようだ。手間かけさせやがって馬鹿どもが。めんどくせぇ。

まるで今生の別れみたいな演出になったが……残念だったな。俺は女神様から出禁処分を下されてるんで泣き別れの演出は茶番に成り下がるのよ。

あいつらの中では、俺は身を挺して仲間を逃した勇気ある人間みたいになってるだろう。

安心しろや。後でたんまりと美味いメシを奢らせてやる。

メシを用意して待ってろってのは何も逃がすための方便じゃねぇ。俺の命の心配よりも手前の財布事情の心配をしとけよ、くくっ。

「よう、待ってくれるなんて意外と律儀なんだな？　三文芝居が好きだったりするのか？」

逃げる三人を目で追っていた嵐鬼に声をかける。言葉の意味がわかっているはずないのだが、挑発されていることくらいは感じ取ったらしい。物騒な光を放つ金の瞳が俺を真っ直ぐ射貫いた。

こりゃ好都合。注意が逸れるならもっと誘ってやるか。俺は突き付けたショートソードをくいくいと動かして挑発を重ねた。

「鬼ごっこしようぜ。景品は俺のやっすい命だ」

鬼さんこちらってね。

◇

今必要なことは何か。決まってる。時間稼ぎだ。

あの三人を逃がすだけの時間を一人で稼ぐ。俺は死ねばどうとでもなる。だが……あいつらは違う。メンバーが一人でも欠ければ面倒な角が立つ。全てを丸く収めるために必要なのは――全員の生存だ。五分か十分か……ま、それだけありゃ事足りるだろう。

目標を設定したところで敵を正面に捉える。嵐鬼。その猛威の前兆を悟らせない静けさと、ひとたび暴れだしたら甚大（じんだい）な被害をもたらす様から付けられた名だ。

異常発達した四肢。生半（なまなか）な攻撃を弾く筋肉の鎧。一般的な成人よりも頭五つ分は高い恵体（えたい）。

生物としての格が違う。どんな筋肉自慢でも、あれと比べたら小枝のようなものだ。

素手で木を薙ぎ倒すことが出来ない人間の肉体の、なんと頼りないことか。

文字通り嵐のような腕の振り払いを後方へと跳んで躱す。ごうという風切り音と発生した風圧に押され反撃が叶わない。

既に間合いの外へと退避した嵐鬼は、無機質ながらも殺意に満ちた目でこちらを見据えている。

俺は舌打ちした。

こいつ……学んでいるな。踏み込む間合いがより深くなってきている。横っ飛びと、屈んで躱すという択を潰す動き。残された択は後方への跳躍か、もしくは跳び上がっての反撃だ。

後者はあり得ない。自殺行為でしかない。一撃で命を獲れなかったら、待っているのは羽虫のように引っ叩かれて地面のシミになる未来だ。無様にも程がある。

残された択は後退のみだが、それを選ぶと攻撃の機会は一向に訪れない。ジリ貧だ。

しかも嵐鬼はこちらの動きを見て学習している。いずれ対策されて逃げ道を塞がれるだろう。

八方塞がりだな。攻撃を加える隙など微塵(みじん)もない。そもそもタイマンを張るような敵じゃねぇよ。

だが今はむしろそれでいい。下手に攻撃を加えた結果、大した痛手にならないと察した嵐鬼が捨て身の特攻を繰り出してきたら俺は死ぬ。わりとあっさり死ぬ。

相手がこちらを必要以上に警戒してくれているからこの均衡は成り立っているのだ。もう少し鬼ごっこに付き合ってもらう。

徐々に間合いを詰めてくる嵐鬼。それ以上詰められると回避が難しくなるので小刻みに跳んで間合いを離す。

嵐鬼が消えた。そう錯覚するほどの初速。後方へ退避——いや、そろそろ読まれる。

直感に従って上空へ身を躍らせた。脚の擦れ擦れを剛腕が通り抜ける。冷や汗が噴き出す。

やはり対策してきやがった。懐深くまで踏み込んでの攻撃……後方への跳躍では致死圏内だった。

いくらなんでも学ぶのが早すぎるだろ。

くわと目を見開いた嵐鬼が膝を曲げた。来る。殺しに来る。このままでは嵐鬼に空中で追突されて空の旅だろう。翼を持たない人間は空中だと悲しいほどに無防備だ。

だからこうする。非力な人間の細腕だから打てる手というものがある。

手頃な枝を引っ掴み、軽業師（かるわざし）のように身体を振り回して方向転換。

枝から枝へと飛び移り、追撃のために跳んだ嵐鬼の手の届く範囲から迅速に逃れる。

ドンと音がするほどの勢いで跳躍した嵐鬼。その進路上から既に俺は消えている。

咄嗟に俺と同じことをしようとした嵐鬼が、その太腕で細枝をへし折りながら空へと消えていく。

どうやら相当な力を入れて跳んだようだ。よほど俺を殺したかったと見える。

鬱蒼と生い茂る木の枝をぶち割る音が響く。自分の身長の何倍の高さを跳んでるんだよ化け物が。

ほとほと呆れ果てていると、上空から憎々しげな咆哮が響いた。

おーおー、やっこさん相当頭にきちまってるみたいだな。ちっぽけな人間にコケにされたのが我慢ならなかったらしい。悪かったな。もう少し付き合ってもらうぞ。

バキバキと枝がへし折れる音が響いた方向へと駆ける。嵐鬼は自身の発する音は消せても周囲で発生する音までは消せないらしい。

おおよその着地地点を割り出し、近付き過ぎないよう警戒していたら巨大な手が視界に入ってきて――【耐久透徹（バイタルクリア）】。

咄嗟に掲げた左腕が持っていかれる。補助を上書きしていなかったら左腕は根本から引きちぎれていただろう。

受けた衝撃を利用して跳び距離を取る。馬鹿げた力だ。今さっきそれで失敗して空を飛んだんだからちっとは加減しろっての。

「ってぇな……クソが」

女神様ってのはまこと気が利かない。何度も死ねる肉体を授けたくせに、痛覚はきっちりそのまま残してやがる。こんなの一歩間違えたらただの拷問だぞ。

痛覚カットの補助をかけたくなるが、それをすると太刀打(たちう)ちできなくなるので【敏捷透徹(アジルクリア)】で上書きする。

この補助は俺の生命線だ。動きについていけないと、それだけで勝負の土俵にすら上がれない。

じわりと嫌な汗が噴き出す。左腕で汗を拭(ぬぐ)おうとして、全く動かないことに遅れて気付く。

こりゃ詰みだな。五体のうち一つでも機能不全に陥ったらさっきまでのギリギリで躱す動きは不可能になる。

あとどれだけ時間を稼げるか。……一分か二分が精々だな。ま、よくやったほうだろう。

ここから嵐鬼が三人に追いつくのは厳しい。俺は一足早くエンデに戻り、【隠匿(インビジブル)】を使ってちょうどいい頃合いまで身を潜めるとするかね。

……その前に。俺はこちらを観察するような視線を崩さない嵐鬼を睨みつけた。

「やってくれやがったなデカブツ。温厚な俺だが……ちっとばかり腹立ったぞ」

【隔離庫(インベントリ)】発動。革袋を取り出して右手で握る。

嵐鬼が警戒して視線を向けるが、所詮は魔物畜生。武器のように本能で危険と分かるような物体ではなく、脅威に値しないと踏んだのか視線をそらした。

嵐鬼が消える。俺は呼吸を止めて目を閉じ、革袋の中身を散布してから本能の赴くままにがむしゃらに跳んだ。

とにかく躱せればいい。そう思っての行動だったが、どうやら運が味方したらしく凶手にかかるのを免れたようだ。

地を転がりながら嵐鬼の苦しそうな悲鳴を聞く。悲鳴の発生源から場所を割り出し、十分な距離を取ってから目を開く。

そこにあったのは、目を押さえて咆哮する哀れな嵐鬼の姿だ。魔物に効くかは賭けだったが、どうやらクスリも有効打たりうるらしい。

「イカれ錬金術師お手製の粉末だ。禁制品をふんだんに盛り込んだ神経毒のお味はどうだ？」

まともに吸い込めば死にますからねと念を押された一品である。俺の自殺用に作らせた品だったが、あまりに苦しいので二度と使うまいと深く心に決めていた毒。

いや、簡単に死ねるような毒を作れと注文したのは俺なんだけどさ……なんでそんな苦しむような効能をつけたんだよ。勇者であることはバレたくなかったので俺の自殺用とは明かさなかったけどさ、それでもおかしいだろ。

眠るように死ぬだけなんて面白くないと思いません？　じゃねぇよ狂人が。愛と平和どこ行ったよ。

改めてアーチェのイカれ具合を確かめたところで仕掛ける。

暴れる嵐鬼の懐。首筋を見上げる位置まで踏み込んでからダメ元で【耐久曇化(バイタルジャム)】をかける。

ダメだった。相手の能力を下げる補助魔法は効きが悪いのが欠点だ。やむなし。

切り替えて【膂力透徹(パワークリア)】を発動。ギリギリと両の脚に力を込める。

それは俺が喧嘩の際によく使う戦法だ。俺が屈強な肉体を持つ冒険者を転がすにはこれくらいの下準備をしなければならない。

何十回と繰り返した動きだ。淀(よど)みなく準備を終える。今までと一点だけ違うところを挙げるとすれば、今回は本気で殺すつもりでやるということだ。

ショートソードを大きく引いて構える。狙いは首。人体を模した魔物は、その弱点も律儀に再現してくれている。イメージするのは喉笛を食い千切る獣。素っ首叩き落として開きにしてやるよ。

溜めた力を解放する。臓腑が持ち上がるような浮遊感。周囲の景色が線になって一瞬で流れていくなか、嵐鬼の首筋だけは確(しっか)りと像を結んでいる。

難しいことは考えなくていい。あれを落とせばいい。理性を希釈し、本能を沸騰(ふっとう)させる。

殺す。死ね。死ね。死ね！

「死ねッ‼」

すれ違いざまに右腕を振るう。その後の反動の一切を考慮しないでたらめな一撃。

タイミングは我ながら完璧だった。惜しむらくは、得物が一山いくらの安物であったことか。

ギン、と、およそ皮膚を斬りつけたとは思えない音が鳴る。

認識できたのはそこまでだ。あとはもう自由が利かなくなった肉体が嵐に巻き込まれたかのように暴れ回ったということくらいしか分からない。

もとより身を捨てた一撃。まだこうして息があるのが幸運なくらいだ。とっくに死に慣れ親しんでるってのに、危機を感じて無意識に【耐久透徹(バイタルクリア)】を発動したのは本能の為せる業(わざ)なのかね。

身体がバラバラになりそうな衝撃を最後に浮遊感が消えた。咳と一緒に血を吐きながら目を開ける。俺は太い木の幹に背を預けていた。片目の視界が赤い。頭部のどこかを切ったか。

遠くに半ばから先を失ったショートソードが転がっている。どうやら衝撃に耐えられなかったらしい。安物ってのはこれだからあてにならない。いや、俺の腕が悪かったせいか。どっちもか。

右腕は肩より上にあがらない。ジクジクとした鈍い痛みが体を蝕(むしば)むように広がっていく。

【痛覚曇化(ペインジャム)】。痛みを痛みと認識できなくなる魔法。感覚がおかしくなるので多用したくない魔法の一つ。

これを使う時は、もう助からないって状況の時だけだ。あとはイカれエルフに腹を捌かれる時くらいか。

ザッと地を蹴る音が聞こえた。

顔を上げる。首元を左手で押さえ、片目をつむって牙を剥き出しにした嵐鬼がそこにいた。

おいおい、発する音を消せるんじゃないのか？　それはなんのアピールだよ。

死ぬ寸前の相手を甚振(いたぶ)って怖がらせる嗜虐(しぎゃく)趣味でもあんのかね。

だが残念だったな。俺はニッと歯茎を見せて笑った。

お前が相手をしてるのは、命惜しさに震え上がったり泣きじゃくるような一般人じゃねぇ。

命の価値が誰よりも軽い勇者なんだよ。

鬼ごっこに付き合ってくれた礼だ。銅貨一枚の価値があるかも分からんが、そんなに俺の命が欲しいならくれてやるよ。

望んだ反応が得られなくて悔しかったのか、嵐鬼がますます牙を剥いた。鬼の形相ってのはよく言ったもんだ。こんなのを見たらクソ生意気なスラムのガキでも縮み上がるだろう。

嵐鬼が吼える。それは勝利の誇示か、苛立ちの発散か。

あいにくと魔物畜生の考えは読めない。

だが、首に刻まれた傷をしきりに気にしている様子なので後者が正解なんじゃないかと思える。

一筋の傷。力を全うして成し遂げた結果が、たったそれだけ。嫌になるね、まったく。

『凄かったんですよ！　剣を振るったただけで魔物が細切れになったんです！』

情けねぇな。同じ勇者でも出来が違う。

あらゆる攻撃魔法と回復魔法を極めた長姉と、あらゆる武芸を極めた次姉。

そのあとの余った要素で作ったみたいなのが、あらゆる補助魔法を使えるだけの俺。搾りカスかよ。笑えねぇ。

だがまぁ、十分だろ。普通の鉄級なら一分も持たなかっただろう相手にこれだけやれたんだ。

俺の残りの仕事は、どうやって逃げ切ったのかという言い訳を考えることくらいか。

嵐鬼が迫る。のし、のし、と焦らすような足音が変化する。俺が虫の息で警戒に値しないことを悟ったのだろう、大胆に距離を詰めるズシズシとした足取りはやがてドシドシと踏み鳴らすような音へ変わった。

ドンという音。それがまるでギロチンを落とす仕掛けを作動させた音のように聞こえた。

目を閉じる。あと数秒もすればエンデの教会から生えることになるだろう。そしたらバレないように【偽面（フェイクライフ）】で適当な顔を作って成り行きを見守ろう。

ギルドに情報が伝われば即座に討伐隊が結成される。そうなりゃいくら嵐鬼といえどもおしまいよ。一日と経たずに事態は収束へと向かうだろう。

頃合いを見計らってしれっと戻ってくれれば万事解決。黒ローブとルーキー二人には美味いメシを奢ってもらおう。やっぱ串焼きじゃ足りねぇな。それなりの店に連れて行ってもらうとするかね。

絶体絶命の窮地から逃げ帰ってきたとなればルーブスの野郎に目を付けられそうだが……適当に誤魔化せばいい。後は野となれ山となれだ。

完璧な流れなんじゃないか。ありとあらゆる選択肢の中から限りなく正解に近いものを引き、理想的な結末に辿り着いたと言っても過言じゃない。

被害を最小限に抑え、俺はタダ飯にありつける。しいて欠点を挙げるとすれば、この活躍が査定に響いて銅級に近付いてしまうかもしれないことだ。

しばらくは最低ノルマをこなすだけの活動に抑えて評価を下げることに徹しよう。

ああ。嫌な予感がする。このままで終わるわけ無いだろ？　と、ひねくれ者の勘がささやいている。

いつだってそうだ。上手く行ったと思ったら必ず最後にケチがつく。

馬鹿が。俺のことは見捨てろって言っただろうが。計画が丸潰れじゃねぇかクソがッ！

「ッあああぁぁぁぁぁアァッッ!!」

俺のことを挽き肉にせんと振るわれた腕は、割って入ったルークの剣に斬り飛ばされて宙を舞った。

英雄が持つに相応しい剣が薄暗い空間を裂いて光る。

阻むものを一振りで斬り捨て、覇道すらも切り開く剣。

そんな宝剣を握るルークは、お世辞にもその器には見えなかった。

大口を開いた荒い呼吸。ガクガクと震える脚。ブレた瞳は前が見えているのかも怪しい。

夥しい量の汗で髪は濡れそぼり、纏った熱で蒸気が発生していた。

明らかに体力の限界だ。さっきの一撃で力の全てを使い果たしたに違いない。

断言していい。このままでは、ルークは、ここで死ぬ。

◇

自分の代わりに誰かを死地へと向かわせることしかできない能力が嫌いだった。それが、俺の中で最も古い記憶だ。

◇

「なんでッ……逃げなかった……」

「僕は、誰かを見捨てるために冒険者になったんじゃない!」

こりゃすげぇな。親が子供に読み聞かせる勇者の物語の主人公が吐きそうなセリフだ。

情に厚く、義に悖(もと)る行為を何よりも嫌う。直情径行ゆえにあらゆる艱難辛苦(かんなんしんく)に見舞われるが、己が身一つで修羅場を制する、

まさに勇者のセリフ。そのまま引用してきたのかと疑いたくなるくらいだ。

惜しむらくは、これが夢物語の世界ではなく世知辛い現実であるということか。

ルークの行動理念は高潔と評されるものなんだろうが、それに従った結果が屍を一つ増やしただけとなれば嘲笑の的に早変わりだ。

さらに救えないのは、それが全くもって無意味どころか悪い方向へしか働かない愚かな行動であるということだな。

尻尾を巻いて逃げておけば大団円の一員として馬鹿みたいに笑っていられたというのに、いらぬ義を通したせいでルークは死ぬ。ニュイと二人の同期は取り残されて、黒ローブは無能の烙印(らくいん)を押される。

笑えるくらいに悲惨だな。こんなの一周回って道化の所業だろ。

「俺は平気だ。逃げろ」

「嫌だ！　ここで逃げたら、僕はこれから先も逃げることを選ぶようになる……それは、嫌だ！」

行き過ぎた英雄症候群はもはや呪いだな。彼我の戦力差も損得勘定もかなぐりすて、勇者の影を追い求めた末に抜擢されたのは悲劇の主人公としての役回りだ。

こんなの道化以外の何だというのか。

嵐鬼が唸る。右腕を半ばから断たれたからか、警戒するように距離を取っている。鋭い眼光が油

断なくルークの剣を見据えていた。

やはり賢いやつだ。何が脅威なのかを瞬時に更新する頭がある。片腕を切り落とされても逆上して動きを乱すどころか、ますます冷静になるクレバーさ。厄介にもほどがある。

おそらく、二度目はない。俺にコケにされて頭に血が上っていたあの瞬間、あれが最初で最後のチャンスだった。腕ではなく頭蓋に剣を突き入れるべきだった。

強力な魔物は片腕を切り落とした程度では死なない。首を落とすか、心臓を穿つか、四肢を斬り落として生命活動を停止させるか。そのくらい徹底しないとしぶとく生にしがみつき、一つでも多くの屍を築かんと暴れ回る。迷惑この上ない。

威勢よく気炎を上げてみせたルークの足がふらつく。

無理もない。敵集落からの撤退からここまでほぼ走り通しだ。肉体的にも精神的にも限界だろう。いまこうして立っていられるのが不思議なくらいだ。

舌打ちしながらちっぽけな背中に手を伸ばして魔法を発動する。

「【割譲(エール)】」

術者の気力や生命力を分け与える魔法。

消費に対して還元率が悪いので使い勝手が悪い魔法だ。

痛覚カットの魔法を切ったせいで身を削るような苦痛が再燃する。じんじんと痺れるような頭痛に、焼きごてを当てられたかのような熱が左手を蝕む。

こふと咳をすれば鉄臭い味が口内と鼻孔を侵すように広がった。不快極まりない。

口の端に溜まった血を吐き捨てて言う。

「ルーク……最後の忠告だ。帰れ。ニュイが泣くぞ」

足取りに力が戻ったルークはこちらを振り返り、何かをこらえるように口元を引き結んでいたが、やがて複雑な感情を煮詰めてぶちまけた泣き笑いのような汚い顔をして言った。

「あはは……もう泣かれました」

「馬鹿が」

めんどくせぇ。心の底からめんどくせぇ。

この後どうなる。決まってる。冒険者エイトは廃業だ。

のこのこ死に戻ってギルドに顔を見せようもんなら最後、ガキを見捨てて逃げ帰ってきた腰抜けの誹り(そしり)は免れない。ループスからの圧力は今までの比じゃなくなるだろう。ボロを出さないようにギルドからは手を引くしかない。

また新しい人格を作って雑用から始めるか？　それもいいが、エイトがいなくなった途端に似たようなやつが出てきたら関係性を疑われる。

だが、俺はどうあっても真面目な冒険者稼業なんてやるつもりはない。そうなるとやはり新しい人格でも鉄級のエイトと似たような活動をすることになる。

疑われて【偽面(フェイクライフ)】のネタが割れるかもしれない。芋づる式に調査され、俺が勇者であることがバレる可能性も出てくる。めんどくせぇな。

冒険者を諦めるということは、エンデでの快適な生活を諦めるということだ。身分証がないので行きつけの店には入れず、贔屓にしてた宿の料金も上がる。ダリぃなおい。

エンデ以外に居を構える？　論外だ。ちょくちょく勇者が訪れる町だと姉上達に見つかるのは時間の問題。

他にも勇者の助けを必要としない村はあるが、魔物に襲われない代わりに娯楽も飯の種もない寒村くらいだ。エンデ以上の隠れ蓑を俺は知らない。

何のせいでこうなったのかね。

この事態を見越せなかったギルドの落ち度か。ルークが勇者の幻影に囚われているせいか。華美な幻影を見せつけてくれた姉上のせいか。勇者に討伐を要請したルークの町の責任者のせいか。

「……ああ、めんどくせぇ」

そんなの決まってる。目の前のクソ鬼のせいだ。

魔物。旧世代の負の遺産。過去の亡霊風情が、いつまで人様に迷惑かけてんだよクソが。

「エイト、さん……？」

やめだやめだ。なんでこんなうじうじと頭を悩ませなければならんのか。

もういい。もうヤケだ。最終手段を採る。

——あぁ。俺を、助けろ。

「チビ。これから見聞きしたことを……一生口にしないと誓え」

ふらつく足で立ち上がり、右手で額についた血を拭う。べっとりと血のついた手の甲を見てげんなりする。結構ぱっくりイってやがるな。早くしないと手遅れになるかもしれん。

「エイトさん、何を」

「黙れ。誓え。お前を勇者にしてやるって言ってんだよ」

焦点がうまく定まらない視界の中、嵐鬼がジリと間合いを詰めるのが見えた。

【隔離庫（インベントリ）】。毒はもうない。代わりに取り出したのは貴族御用達の高級調味料。

まだたいして使ってねぇってのに、もったいねぇなぁ。

【膂力透徹（パワークリア）】。瓶にヒビを入れる。

【視覚透徹（サイトクリア）】。一挙手一投足を見逃さない。

嵐鬼が消えた。そう認識したときには既に右手を振り抜いていた。金貨六枚もしたそれを散布する。毒も何も入っちゃいないが、そんなことを知っているのは俺だけだ。

嵐鬼が急制動し、大げさに跳んで間合いを離した。どうやらさっきの毒がえらく効いたらしいな？

なまじ賢いせいでこういうところで後れを取る。

馬鹿め。しばらくそこで大人しくしてろ。そしたらきっちり殺してやる。ルークがな。

「誓うって、何を……」

「今から見聞きしたことを誰にも言うな。胸に抱えたまま女神の元まで持っていけ。何度も言わせんなよ。意思と言葉が必要なんだ、早くしろ！」

「ッ、僕は、今から起きることを誰にも言いません！」

「誓いは守れよ。でなきゃ死ぬぞ。【奉命（オース）】」

誓約の魔法。誓いの破棄を、その者の命で贖わせる邪法。誓約なんて言い方をしているが……要は口封じの魔法だ。

これは両者の間で交わされるものなので、俺もこの後に起きたことを誰かに言えば死ぬ。苦しんで死ぬ。だから使いたくねぇんだよこの魔法。

魔法が発動する。ルークも直感的に分かったはずだ。

ここから先の一切は他言無用。誓いを破ったその時は惨たらしく死ぬことになる。

顔を引き攣らせたルークを見て、俺は逆に笑みを浮かべた。

そんな顔をしても今更おせぇよ。お前は今から俺のために働け。死ぬほど辛いだろうが、犬死にしなくて済むんだからそれくらい許容しろや。

俺は【偽面(フェイクライフ)】を解除した。これから使う魔法は本気を出す必要がある。他の補助など使っていられない。

濃い茶髪と無精髭、目つきが悪くうだつの上がらない冒険者エイトは、くすんだ金色の短髪、目つきの悪い勇者ガルドへと戻った。

「っ!?　あ、なたは……！」

運命って言葉が嫌いだった。それは、人にはどうすることもできない流れなのだという。

女神の使徒、勇者。人類を導く運命を背負った救世主。だというのに、俺に許されたのは補助魔法だけだ。ただでさえ化け物のような強さの姉上達を更なる化け物に仕立て上げ、俺はその陰で見守るだけ。笑える話だ。

だから作った。俺だけが扱える魔法。凡夫を英雄へと押し上げる理から外れた魔法。

人が同時に許容できる補助魔法は三つまでだが、その魔法は一つで全部の枠を使う。俺は補助魔法を同時に二つまでしか許容できないので、開発者である俺自身にはかけることができない。

結局、俺は英雄にはなれないってことかね？　ふざけた話だ。

だがここにはその魔法をかけるに相応しいやつがいる。

くさいセリフを平然と吐き、敵うはずのない相手に命を賭して立ち向かう。

偶然にも国宝級の剣との出会いまで果たしている。

足りていないのは実力だけだ。ルークはその未熟さ故に死ぬはずだったが、ここにいるのは勇者である俺。全くもって出来すぎだ。運命ってやつに愛されてやがるのかね。

呆けているルークに手をかざす。これより授けるは存在の格を引き上げる祝福。人の域を外れんとした狂気の副産物。反動が死ぬほどきついらしいが……そこは気合でがんばれ。

「【全能透徹(オールクリア)】」

全ての身体、感覚強化の補助を、数倍の効果で付与する魔法。その破壊力は姉上達で実証済みである。

おめでとうルーク。これでお前も勇者(バケモノ)だ。

◇

勇者に必要なものは何か。

勇気。正義。博愛の心。

全部ゴミだ。もちろんあれば色々と都合がいいんだろうが、最も必要とされるのは力だ。

他を圧倒する暴力。極論、これさえあれば他には何もいらない。

勇者に課される役割ってのは、つまるところ害獣駆除だ。どれだけ人間性に問題があろうと構わない。世間への風聞操作なんて国の連中に投げておけばどうとでもなる。

勇者の活躍は政策の一環だ。華々しい戦績を大々的に発表し、心にもない美辞麗句を添えれば思想を誘導、統一できる。そうして今日の平和は成り立っている。

勝てば官軍。女神様から強大な力を授かった敗北知らずの勇者は、国威発揚のネタにうってつけで、担ぐ神輿としてはこの上ない逸材だ。

駒としてはこの上ない優秀さだろうな。

万が一にも国に牙を剥かないよう、幼少の頃から念入りな調教を施すのも納得がいく。

エンデの町が勇者を必要としないのは力があるからだ。冒険者ギルドという暴力装置が堂々と敷かれ、そこに属する荒くれどもは魔物もかくやの凶暴性で屍を築く。

エンデの住人からすれば、見たこともないご立派な噂ばかりが目立つ神の使徒よりも、酒場で馬鹿騒ぎするはた迷惑な連中のほうがよっぽど勇者に見えるだろう。

そりゃそうだ。本質的には何も変わらない。

両者ともやっていることはごく原始的な生存競争だ。

勝って、勝って、勝ち続ける。それが勇者に求められた役割であり、勇者たりうる資質だ。

だから今、敗北の可能性を取り払われたお前は勇者になれる。

「エイト、さん……これは……！」

「お前の今の体力だと……もっても五分だ。それまでにケリをつけろ。できるだろ？」

できないなんて言わせないがな。

鉄級並の実力の俺でも、補助を一つ二つかけるだけで銀級の足元くらいには手が届く。

ならば全ての身体、感覚強化の補助を数倍にしてかけたらどうなるか。

素材が十五過ぎくらいの年齢の駆け出し冒険者？　関係ない。

遥か格上も、歴戦の猛者も、金級冒険者だろうと捻じ伏せる。これはそうあるべく作られた魔法なのだから。

嵐鬼が残った片腕を力任せに振るい、生えていた大木を薙ぎ払った。

ミシミシという破砕音と、幾千もの葉が掠れて奏でる音が静寂に包まれていた森を震わせる。

八つ当たりかと思ったが……違う。なるほどね。近付かずに殺そうというわけだ。

嵐鬼が中途半端にへし折れた大木を再度殴りつけた。木こりが数時間かけて切り倒すような大木が、僅か二撃で半ばからブチ割れた。

ぎぎぎと悲鳴のような音を立てて頭(こうべ)を垂れる大木。その先にいるのは誰あろう俺たちだ。

退避しなければ圧死は必定。当然逃げることになる。隙だらけのそこを突く。

単純な力技が策として機能する。なるほど魔物らしく強引なやり方であり、しかして魔物らしからぬ賢しさを含んだ戦法だ。

だが残念。こちらにはいま、それ以上の力技を可能にするバケモノがいるんでね。

ルークが剣を左から右へと振るった。そうとしか表現できない。少なくとも、俺はそう認識した。

大木が木っ端になって爆散する。その現象は、およそ剣で斬りつけて発生するようなものではなかった。巨大な鉄塊を豪速でぶつけた際に起きるような現象だ。

それは人外に身を置く者の業だった。

轟音と衝撃を伴って暴風が吹き荒れる。敵のお株を奪う嵐のような一撃。

圧倒的な暴力が目の前で炸裂しているというのに、俺の方にはその衝撃が一切届いてこなかった。

理の底が知れない。こいつ……まさか才能の原石だったりするのか？

砂埃が晴れる。魔物とは思えない知性を持つ嵐鬼は、これまた魔物とは思えないほどの間抜けな面をしていた。

見開かれた目と半開きになった口が驚きを物語っている。口腔から覗く牙が、どこか頼りなく見えた。

隙だらけだな。今なら首を取れる。

そう思ってルークを見たら、ルークは嵐鬼以上に間抜けなツラで目の前の光景を眺めていた。自分がやらかしたことが信じられないらしい。

「なに呆けてんだ馬鹿。時間は限られてるんだぞ」

呆れ交じりに吐き出した俺の言葉を聞き、ルークよりも先に嵐鬼が我に返った。

よく響く声で遠吠えを上げる。苛立ちを発散させる咆哮とは違う……仲間を呼ばれたか。

もたもたしてるからそうなるんだよ。

上位の魔物は下位の魔物を隷属させる。今まで待機を命じられていたのであろう魔物が押し寄せて来たのか、森の四方から地鳴りが響く。合流されたら面倒だ。

「ルーク、今のうちにそいつだけでも片付けろ」

「はい！」

呆けていたルークが剣を構える。ルークが踏み込むと同時、嵐鬼も動いた。

足元に落ちていた石を蹴り飛ばす。その先にいるのはルークじゃない、俺だ。

つくづく頭がいい。相手の性格を的確に分析している。

この甘ちゃんは味方を狙われたら攻めより守りを優先する。義理堅さを逆手に取った戦法。

見ていて感嘆するほど弱点を突いてくる。今は時間稼ぎに徹し、仲間が合流したら数の差で押し潰すつもりなのだろう。

まぁ無駄なことだ。そんなこすっからい戦法は雑魚にしか通用しねぇ。どうやら土壇場で読み違えたようだな？

「シッ！」

疾走しながら片手間に剣を振るう。それだけで、俺を殺めるに足る威力で迫ってきていた石が塵になった。小手先の技など暴力の前には無力。

起死回生の布石が詰みへの一手であったと悟ったときの嵐鬼の絶望感はいかばかりか。

だが諦めの悪い嵐鬼は投了をしないようだ。

迫る化け物を迎え撃つべく腰を落とす。残った片腕を腰溜めに構えて迎撃を狙っている。滾(たぎ)る戦意が可視化されるようだった。そして、それがやつの弱点になる。

感覚強化。極限まで研ぎ澄まされた五感が敵の落とした情報を精査する。

聞こえるはずだ。筋肉の軋みが。見えるはずだ。敵の一挙手一投足が。

鋭敏になった嗅覚と味覚が脳を覚醒に導く。カッと見開いた目が興奮で光る。

剣を握りしめた手と、大地を踏みしめた足から伝わる感覚はどうだ。感じる風は。熱は。

得物は既に手足の延長の域にある。世界の全てがお前の背を押すために存在するかのような全能感が有るはずだ。

そして満を持して発動する六感。

けつの青いガキに、齢を重ねた練達の戦闘勘が備わる。流動的な戦場の中での最適解を直感で手繰り寄せるセンス。それはもはや予測を超え、予知の域に足を踏み入れる。

ルークが何もない空間を斬り付けた。踊るように華麗で柔らかな剣閃。

嵐鬼の胴が真っ二つになった。

ルークが斬ったのではない。嵐鬼が斬られにいったのだ。

そんな、馬鹿げた感想しか出てこない一撃。

その凶暴さ故に嵐の名で呼ばれる魔物は、驚くほど静かにその生涯に幕を下ろした。

ズルリと上半身が落ちる。憤怒の形相で固まっている顔からは苦痛の色がうかがえない。

おそらく、自分が死んだことにすら気付いていないのだろう。

ルークが献花をするように柔らかく切っ先を落とす。それだけで上半身が分割され、魔石が零れ落ちて死体が消滅した。

赤子の手をひねるように災厄を祓ったルークがそっと顔を上げた。木々の隙間からいくつもの影が飛び出してくる。

狂い鬼が二匹。大鬼が五匹。豪華な顔ぶれだな。どうやら嵐鬼に統率されて森の奥深くに潜んでいたらしい。

こいつらが一堂に会したとなったら、銀級が総動員されてもおかしくない数である。

まぁ、つまり烏合の衆だな。

「はァッ！」

裂帛とともに一駆け。彼我の距離を一歩で潰したルークが、威嚇するように牙を鳴らしていた狂い鬼の首を刎(は)ねた。

時が飛んだと錯覚するような早業。鬼どもは動きを追うどころか反応すらできていなかった。

死体と化した狂い鬼を足蹴(あしげ)にしてルークが跳ぶ。黒と金の装飾があしらわれた剣の柄が凶星のように閃く。

もう一匹の狂い鬼が遅れて手を振り上げたが、既に心臓を穿たれていることに気付いた途端に力なく倒れ込んだ。

残った大鬼が五匹掛かりで迫る。策も連携もない突撃は、小鬼がそのまま大きくなっただけのような低レベルなもの。それはまさしく斬られにいっているようなものであった。

ゆらりと視線を誘うように踊っていた剣先が消える。ルークは既に剣を振り終えていた。

斬り捨てた確信があったのだろう、ルークは残心せずに振り返り、そのまま俺の元へと足を進めた。

剣をブンと一振りし、鞘に納める。背後で大鬼がどしゃりと崩れ落ちた。

駆除完了。三分と少しってとこか。まぁ、上出来なんじゃねぇの？

神妙な顔をしているルークに右手を上げて応じる。痛覚カットの魔法をかけ直したので痛みはなかったが、治ったわけではないので腕は肩より上には上がらなかった。

「おう、お疲れ」

「あっ、はい。……あの……この魔法は」

「おっと詮索はなしだ。お前は何も見てない聞いてない。もちろん俺もな。そういうことにしようや」

「……それを、望むのでしたら」

賢いやつだ。余計な問答がないのは助かる。

「っ、と……」

ひとまず安心したら気が抜けたのか足がふらつく。

いや、抜けたのは血か。そろそろ限界が近いみたいだ。

「ッ!?　だ、大丈夫ですか!?」

「心配すんな。もう大丈夫だ」

立ちながら木の幹に背を預け、そのままずるずると座り込む。

はぁ……疲れた。柄にもなくはしゃぎすぎた。やっぱ魔物狩りなんてするもんじゃねーわ。首斬って薬草納品する方がうん倍もマシだ。

「くつろいでる場合じゃありませんよ！　小鬼が来ます、かなりの数だ……！　時間がありません……逃げましょう！」

「いや無理だろ」

「なにを……ぁ、ッ⁉」

言い終えるよりも先にルークが膝からどしゃりと崩れ落ちた。

繰り人形の糸をバッサリと切ったような倒れ方。あんまりにも綺麗に倒れるもんだから、突然死したと言われても納得してしまいそうだった。

「が……ぁ……ギ……！」

「おーおー辛そうだな。ま、あれだけの反則技を反動なしに使うなんてのは虫のいい話だ。ちょっとした英雄になれたんだし、その程度安いもんだろ？」

「ぃ……ッ……！」

魔法が得意な姉上は、一気に二百歳くらい年を取ったような身体で三日三晩走り続けるような感覚だと言った。

剣が好きな姉上は、世界の全てに見捨てられたかのような感覚だと言った。

想像を絶するような苦痛なんだろうな。全能感を唐突に取り上げられる反動ってのは。

まぁなんだ、作ったはいいが副作用が強すぎて使いどころが限られるんだよな、この魔法。こいつなら……多分一日二日は苦しみ悶え続けることになるだろう。

鬼の形相が霞むほど顔をぐちゃぐちゃにしたルークを見て少し溜飲が下がる。

チビめ。よくも俺の完璧な計画を邪魔してくれやがったな。これはその罰だ。

「ぅ……あ……にげ……こ、ぉ……に……が……」

小鬼？　あぁ、もういい。もう手遅れだから。

俺は最終手段を採ったんだ。使いたくない手だった。

お前は、言ってしまえば前座だ。死なずに時間を稼いでくれればそれだけで良かった。

「ルーク。他言無用なのはここまでだ。この後のことはギルドや酒の席で存分に言い触らすがいい。お前は誰に助けられたのかを、な」

「な……に……を？」

【伝心(ホットライン)】。事前に登録しておいた相手に念話を飛ばす魔法だ。

どうにもならないと悟った瞬間、俺は即座にパスを繋ぎ、助けろと要請しておいた。

あぁ。もう手遅れだ。既に場所が分かるほど近くにいる。

それはつまり、向こうもこちらを捕捉しているということ。

目を覆いたくなるような閃光が闇を掻き消す。とっさに瞼を閉ざしたものの、強烈に焼き付いた光が脳裏を苛むようだった。

数瞬遅れて轟音が響く。大気はヒビ割れ、大地が泣いているかの如く鳴動する。

まるで世界の終わりのような光景だ。

後に残ったのは耳が痛くなるような静寂。体内を流れる血潮の音がいやに大きく聞こえた。

俺はこんなに血の気が引いてるってのにな。あぁ、めんどくせぇことになった。

「ガル！　ガルっ！　無事なのっ⁉　ガル‼」

淵源踏破の勇者。攻撃魔法と回復魔法を極めた化け物。

小鬼の軍勢を一秒とかからず殲滅した暴力の化身は、目に涙なんぞを溜めた情けない顔で俺たちの前に姿を現した。

こんな事でいちいち泣くなよな……死んでも生き返るんだから別にいいだろ。

そのチビを頼む。俺はそれだけ言って、なんかもう疲れたので意識を手放した。

んじゃ、あとはよろしく。姉上。

十六　クズ勇者の非日常

「この度は私の部下を助けていただき有難うございます。この町の未来を担う前途ある若者の命は代えの利くものではありません。それを救っていただいたお二方には感謝の言葉もありません」

「顔を上げてください。私はただ、勇者として当然の行いをしたまでなのですから」

「噂に違わぬ高潔さ、心より感服致しました。僭越ながらエンデ一同を代表し、重ねて御礼を申し上げます。勇者シンクレア殿。勇者ガルド殿」

茶番やめろや。そんな言葉が喉を越して舌の上まで出てきたが、気合を入れて呑み込んだ。

感情が表に出ないよう意識して無表情を作る。早く終わらねーかなこの会話。

宿の一室で目を覚ました俺は即座に首を斬って逃げようとしたが、傍らにいた姉上によって速やかに阻止されて流れるように冒険者ギルドに連れて行かれた。

抵抗しようとしたが下半身を氷漬けにされて無理矢理に連行された。死ねばいいのに。

姉上が言うには、冒険者の命を救った勇者に対してギルドマスターが直々に礼をしたいと申し出たそうだ。そんな見え透いた建前を鵜呑みにするなよ。疑うことを知らなさすぎだろ。

おおかた、勇者の助けを必要としていないこの町になぜ都合よく勇者が現れたのかを探るための場を設けたかっただけだろう。

面倒な話だ。俺はあくびを必死に噛み殺しながら置物に徹した。

「ところでお二方はどういった経緯でこの町に？」

ほれ見ろ。やっぱりそれが本題じゃねぇか。

和やかな世間話でも振るような口調だが、ルーブスの瞳の奥はこちらの考えを見透かさんと鈍く光っている。

俺が言うのもアレだが、こいつも大概目付きが悪いな。まぁ冒険者の元締めともなれば当然か。にこにこしてたら魔物どころか同僚からも舐められる。冒険者ってのは難儀な職業だよ全く。

「えーっと……偶然！　そう、偶然なんです！　たまたま森を歩いていたら困っている二人組を発見して、それで助けました！」

どんな怪物であろうと一瞬で葬り去るこの姉上の弱点を挙げるとすれば、それは嘘がつけないことだ。

誰よりも善くあろうと常日頃から心掛け、他人の善性を心から信じる底抜けのお人好しは嘘をつくことを嫌う。やましい心がないなら嘘をつく必要なんてないとは姉上の言だ。

だが、俺が頼みさえすれば誤魔化すくらいはしてくれるらしい。信念よりも姉弟の絆を優先してくれるとは、嬉しくて涙が止まらないね。

もう少し上手く誤魔化してくれれば涙も引っ込みそうなんだがな。

偶然て。言うに事欠いて偶然ってお前……。偶然森を歩いてる勇者がどこにいるっていうんだよ。

少しは誤魔化す努力をしろや。こんなのもはや利敵行為だろ。

目は泳ぎ、声は上擦り、両手を胸の前でわたわたと振る姉上。

私は嘘をついていますと全身で主張する馬鹿な女を前に、ルーブスがほんの少し眉を顰めた。

測りかねているのだろう。ここまで露骨だと逆に怪しいよな。分かるよ。

だけどそれが素なんだ。どうしようもねぇな？

「偶然ですか……。いやはや、それは……運が良かったようで」

「ええ、ほんと、すごい偶然もあるものですよね！　あはは……」

「……」

困ってて笑う。ま、国が持ち上げてる勇者様に正面切って『てめぇ嘘ついてんじゃねぇよ』とは言えないわな。こんなに歯切れの悪いルーブスを見るのは初めてだ。

胸がすく思いで眺めているとルーブスが矛先を俺に変えた。話にならないと理解したんだろう。

「ガルド殿も偶然こちらへいらしていたのですか？　数年前に魔王征伐へ向かわれて以来音沙汰がなく、不敬とは思いつつも国民の一人として御身の心配をしていたのですが」

おっとめんどくさい話題で攻めてきたな。やはりこいつとはあまり喋りたくない。

今はまだ冒険者エイトと勇者ガルドが同一人物であるということはバレていないが、下手を打つとこいつなら真相に辿り着きかねない。無難に茶を濁しておくか。

「未熟の身なんでね。修行も兼ねてふらっと立ち寄ったんだ。そしたらこいつがいたから同行することにした。それだけだ」

「そうでしたか。平和を一身に背負うあなた方には我々平民には想像もできないほどの苦労があるのでしょう。心中を察する無礼をお許しください」

「別に構わない」

何がお許しくださいだ気持ちわりぃ。心にもないおべっか使いやがって。

「では……ガルド殿が現場に居合わせたのも偶然、ということですかな？」

チッ。話が通じる俺から情報を取りに来たか。こういう抜け目のなさが嫌いなんだ。

下手に出ているようでその実、喉笛を食い千切るのを虎視眈々と狙う獣のような思考。

ハラハラとした表情でやり取りを見守る姉上。

相手への援護射撃やめろ。今から嘘をつくって言ってるようなもんじゃねぇか。

なんかもう面倒だな。俺は一から十まで嘘をつくことにした。

「勇者ってのは、本気で助けを求めてるやつのことがなんとなく分かるんだよ。今回の件はそれがうまいこと作用した結果だ」

「ほう……それは寡聞にして存じませんでした。いえ、私が浅学なだけなのですがね。その話は王都では常識なのですか？」

「いや、秘密にしている。この話をした人間にも口外しないよう釘を刺している。こっちだって神じゃない。救える人間には限りがある。困ってたらいつ何時であっても勇者が駆け付けてくれるなんて風聞が広まったら……分かるだろ？」

「……なるほど。そういうことでしたら、この話は女神様の元まで持っていきましょう」

「助かる」

こうして圧をかけておけばそれ以上の追及はしにくいはずだ。いま話している相手は部下ではなく勇者。国の神輿たる勇者の不興を買うということはすなわち国を敵に回すということだ。

つまらない威光もこういう時には役に立つ。

しかし……力技で追及を躱したのはいいが、怪しまれている立場なのは変わらない。姉上の露骨な態度から隠したい何かがあったのだと勘繰られるのは必至。

そうなると、現場に居合わせた冒険者エイトは尋問の的になる可能性がある。また監視のために似たようなパーティーを組まされるのは御免だ。

どうするか。少し迷い、俺はルークを人身御供（ひとみごくう）として差し出すことにした。

「それと……俺たちが現場に居合わせたのは完全な偶然ではないだろうな」

「ほう、その話は私が聞いても宜しい類の話ですかな？」

聞け聞け。そんでドツボにハマって勝手に勘違いしてくれ。

「ああ。あの少年……ルークだったか。あいつには素質がある。持っていた剣も、言っては何だが身の丈に合わないほどの業物だ。ツキを手繰り寄せる特別な力でも持ってるんだろう」

「特別な力、ですか……」

半信半疑といった表情でルーブスが呟いた。

そりゃそうだ。全部でたらめだからな。こんなのは即興で練り上げた口から出まかせよ。

だが、勇者の言葉には説得力が宿る。神の使徒。死を超克した埒外（らちがい）の化け物。

常識で説明できない存在の言葉は、普通であれば一笑に付すような戯言を福音へと昇華させる。

疑うという濾過機能を麻痺させ、それが至言であると錯覚させる。

それはまるで悪魔の囁きのように。俺は牙を剥いて笑った。

「運命だよ」

自分で言っておきながら、全く酷い詐欺もあったもんだと噴き出しそうになる。

滅びの運命を救った勇者がその言葉を口にする。そんなの信じる以外の選択肢がないだろ。つくづく気に入らない言葉だ。

「………なるほど。そういうことですか」

何がなるほどなのか。何がそういうことなのか。

こんなに噛み合ってない会話ってのもなかなかないぜ？　いいお笑い種だな。

ま、これで注目は逸れたはずだ。ルークとニュイはしばらく茨の道を歩むことになりそうだが、もとより勇者に憧れて踏み出した道だ。その程度は覚悟の上だろう。拾った命は地獄のような苦労で雪げ。俺はお前らが必死こいて足掻く様を酒のつまみにでもさせてもらう。

「……一つ、聞いてもよろしいですかな？」

「なんだ？」

「現場にはもう一人居たでしょう。彼についてはどうお考えですか？」

おいおい注目逸れてねぇじゃねぇか。

何がそんなに気になるんだよ。英雄の卵が発掘されたんだからそっちをかまってやれよ。

まあいい。これは見方を変えればいい機会だ。俺は不快を隠そうともしない表情で吐き捨てた。

「論外だな。拙(つたな)い補助が使えるだけで、腕は並かそれ以下だ。向上心もない。あんなのを有望なルークの師に据えるな。才能を潰す気か？」

俺はこれでもかと俺のことを扱き下ろした。これでルーブスの警戒も薄まってくれるとありがたい。

姉上が珍妙な生き物を見るような目でこちらを見ている。

やめろバカ。お前もう出てけよ。疑われたらどう責任取ってくれるんだ。

「これは手厳しい。しかし、あまり悪く言わないでいただきたいですな。聞けば、彼は命を張って仲間を生かそうとしたとのことです。死の恐怖を前にして、なかなかできることではありません。その気骨は尊ばれるべきものです」

反吐が出そうだ。なんだこいつ、ほんとにルーブスか？　中身違くない？

命を張った。たしかに命を張ったさ。世界で一番安い命だからな。

タダメシと天秤にかけて、タダメシが勝ったから命を捨てただけだ。

ルーブスの野郎は当然そんな事情は知らないとはいえ、さも美談であるかのように語られると肌が粟(あわ)立つような感覚に陥る。収まりが悪ぃ。

なに気色悪い笑顔で頷いてんだバカ姉。お前わざとやってんのか？　疑われるからやめろや。

今すぐ【伝心(ホットライン)】で黙らせたいが、ギルドマスター室は何が仕掛けてあるか分からない。魔法の発動を感知されたら面倒だ。クソが。

「それはすまないな。詳しい事情は知らなかった」

「いえ。こちらとしても譲れない一線があるということをご理解いただければ幸いです」

舐められたら終わりの冒険者。その頭らしい態度だ。たとえ勇者であっても、外部の人間が身内を馬鹿にするのは許さないってか。別に誰が聞いてるってわけでもないだろうに、律儀なことだ。

こいつと話してると疲れる。もう聞きたいことはないだろ？　そう言外に示したところ、晴れて釈放の運びとなった。いくつもの粘着くような視線を浴びながら冒険者ギルドを後にする。

町に出たら視線の数が数倍に増えた。

ギルドの前には人垣ができており、もはや通行すらも困難な状況だ。

この町の馬鹿どもは何かあるってぇとすぐ野次馬根性を発揮して寄り集まって騒ぎやがる。噂に聞く勇者を一目見ておこうと駆け付けたんだろう。人様の迷惑考えろや。

「わぁ……すごい熱気」

「風よこせ。飛び越すぞ。このままだとトラブルになりそうだ」

「うん、そうだね」

姉上がスッと手を払う。発動した魔法が俺たち二人を空へと押し上げ、そのままグンと加速して大衆を置き去りにした。

周囲の景色がものすごい勢いで流れていく。体がぐちゃぐちゃになりそうな速度が出ているのに、息が詰まるどころか風を感じることもない。

精密に過ぎる魔法操作。こういう端々で人外の業を見せつけるのやめてほしい。

飛び始めてから一分も経っていないというのに、エンデは既に地平の彼方に消えている。景色を眺めているうちにいくつもの町や村を飛び越して——いや、待て待て。行き過ぎだろ。

「おい！　どこまで行く気だ！」

「んー？　王都に近況報告しに行くつもりだけど」

「待てって！　俺はまだエンデに用があるんだよ！」

俺が声をかけると、それまでの勢いが嘘のように消失した。不自然なくらいにピタっと停止し、身体が縫い付けられたように空に浮いている。足元が不安定で非常に心地が悪い。

「……そう言って、また逃げようとしてる？」

「その疑いの心を俺以外にも向けられるようになれよ」

「最近のガルはすぐ嘘をつくからね。いくら私でも、そろそろ騙されないよ」

俺は、じゃねぇ。人は、だ。

それが分からねぇうちはまだまだいくらでも騙しようはあるな。

そんな内心を隠し、俺はため息を一つ吐き出してから言った。

「ちょっとした貸しがあるんでな。忘れられないうちに取り立ててくる」

◇

「だぁかぁらぁ！　上の立場の私に対してあの物言いはどうなのって話なのぉ！　どういうわけよぉ！　えぇ～!?」

絡み酒かよこいつ。めんどくせぇ。

冒険者エイトに戻った俺は、貸しを踏み倒される前に即席パーティーの面々にメシをたかっていた。俺とルークの快気祝いということで黒ローブの奢りだ。

　恩義やら後ろめたさやらを感じていたのか、狩り場とは一転してしおらしくなっていた黒ローブの弱みに付け込み、それなりのグレードの店でメシを食うことになったところまでは良かったのだが……。

「二人もそう思うでしょ？　何が『その位は飾りなのかー』よ！　鉄錆のくせにナマ言ってぇ……どう思う？　ねぇ？　ねぇ～？」

「あはは……僕にはなんとも」

「メイさん、お水飲みましょう……お酒は預かりますから」

「やー！」

　やーじゃねぇ。アホみたいな下戸(げこ)じゃねぇかこいつ。まだ二杯目でこれって……弱すぎだろ。

　コイツがそれなりの腕を持っているにもかかわらずソロでやってる理由がなんとなく分かった。相手するのだるすぎるだろ。

　酔いどれの相手をルークとニュイに押し付け、俺は若干引いた表情をしている店員を呼びつけて粛々と追加注文をした。

　度数の高い酒も一つ頼む。黒ローブは早めに潰す。この調子だと飯を味わっている余裕がない。

「ちょっと聞いてんの～！　人の話はしっかり聞く！　小さい頃に習わなかったの？」

　酔いどれオヤジのようなしまらない赤ら顔で黒ローブが肩を組んできた。【酩酊(ドリーミ)】かけてパァにするぞてめぇ。

追加の酒を待っている時間も惜しい。俺は飲みかけの酒が入ったジョッキを黒ローブの口元に押し付けた。グビグビと喉を鳴らして飲み干す黒ローブ。いいぞ、早く潰れろ。

「ちょ、エイトさん⁉」

「あの……それ以上は、その、まずいんじゃ……」

「ガキじゃないんだ。自分の限界くらい自分でわかるだろう。な？」

「ばぁかにしないれよ！　そんなろあたりまえれしょ～！」

よしよしいい感じに潰れてきたな。呂律（ろれつ）がおかしくなってきているし、あと一杯ってところかな。

唸る飲んだくれを無視して揚げたてのポテトにかじりつく。

そんな態度が気に食わなかったのか、黒ローブが俺の頭をワシャワシャと掻いたあとにポカポカと殴りつけてきた。やめろや。

「らいたいおかしいのよ！　あのデカブツあいれにあんらがまともにたたかえるなんれー！」

「逃げ回ってただけだっての」

「てつさびー！　てつさびー！」

耳を引っ張るんじゃねぇ！　クソが。追加の酒はまだかよ。タチ悪すぎるだろコイツ。

鬱陶しい手をひっぱたいて払いのける。すると再び飽きもせずに頭をワシャワシャと掻いてきた。

なんなんだよ。もう金置いて出てけよ。

俺はこの面倒くさい生物を二人に押し付けることにした。

「ちょっとトイレ行ってくる。あとは頼む」

「あ、僕も行きます」

「私も」

誰一人として譲りやしねぇ。二人の目は鋭く、絶対に逃さないと全力で訴えていた。

チビどもめ。厄介事を他人に押し付けようとはふてぇやつらだ。恩を踏み倒すなんて人のやることじゃねぇぞ。

「先輩の顔は立ててろよ。な？」

「後輩にかっこいいところ見せてくださいよ」

「さっき無理に飲ませた責任を、取るべきだと思います……」

駆け出しのぺーぺーが言いやがる。

圧をかけて睨みつけるが、二人は微塵も動じない。ハッ。やるじゃねぇの？

ここから先は屈した方の負けだ。卓上でジリジリと視線の火花を散らす。

そこでふと気付いた。俺の頭に手を置いた黒ローブが大人しくなっている。

死んだか？　疑問に思って振り返ると、酷く青ざめた顔をした黒ローブが何かをこらえるように呻いた。

「う………ぷ」

おい。おいおい。嘘だろ？　お前、それは、違うだろ？　それは駄目だろ。人として。

一瞬の空白。それが判断を遅らせた。我に返り、慌てて補助を掛ける。【敏捷透徹（アジルクリア）】。

果たして、間に合わなかった。

俺に降り注いだ吐瀉物が、椅子を蹴立って勢いよく離脱したために飛散する。

きったねぇなおい！　ざけんなッ！

「エイトさん！　落ち着いてください！　もう諦めてください！」

「やめて！　こっちに来ないで！」

「これが落ち着いていられるかッ！　てめぇらも道連れにしてやろうかッ！」

「お客様！　困りますお客様!!　お客様ァ!!」

「れろれろれろ……」

◇

こんな仕打ちってある？　それが率直な感想だ。

身を綺麗にした直後に店から追い出された俺達は、筋張った串焼きと安酒を手にして街角のベンチに腰を下ろしていた。

もちろんあのバカにはもう酒を与えない。俺は二度とこいつと一緒に卓を囲まないと心に誓った。

黒ローブは解毒魔法をかけられてケロッと酔いを醒ました。どうやら酒を飲み始めたあたりからの記憶がないらしい。

まぁ記憶があったらここにいないわな。俺なら恥ずかしくて首を掻き斬っている。

苛立ちを抑えつつ肉を食い千切る。こんなに美味くないタダメシは初めてだ。

「なんかごめんね？　すごく久しぶりにお酒飲んだんだけど、私少し酒癖悪いらしくて……間を置いたから大丈夫だと思ったんだけど……」

「あ、いえ、僕はその……気にしてないので」

「少し……ですか」

狩り場で得た信頼はもはや影も形もない。むしろ少し他人行儀になっていた。

ま、あの惨状を目の当たりにすれば当然だ。百年の恋だって冷めるだろうよ。

ルークとニュイがいたたまれなさを晴らすかのように酒を呷った。

飲まなきゃやってられんわな。俺も酒を呷った。

「それにしても……またこうして四人で集まれるとは思わなかったわね。正直、今でも夢なんじゃないかと思ってるわ」

「俺は今でも夢であってほしいと思ってるよ」

いい話風に締めようとした黒ローブに腹が立ったので軽口を叩く。

ゲロローブが。なに一人だけスッキリした顔をしてやがる。

俺の言葉を聞いてルークとニュイが噴き出す。

笑ってるんじゃねぇぞチビども。いつか同じ目に遭わせてやる。

「な、なによ……私、そんなにおかしいセリフはいた⁉」

「吐いたよ」

「ブッ！」

「んふっ！」

ぷるぷると肩を震わせて笑うチビ二人。

詳しいことはよく分かっていないが、馬鹿にされていることくらいは察したのだろう。

顔を真っ赤にした黒ローブがキッと俺を睨んだ。

「さっきからアンタはなんなの！　少し見直したと思ったのに……そうやって斜に構えて……！」

「お？　命の恩人様に対してひでぇ言いようだ。一人で無茶しようとしたお前を俺が止めなかったら、お前はとっくに死んでたんだぞー？　控えたまえよ」

俺は串をクイクイと動かしながらニヤケ面で言った。

お手本のようなぐうの音を出した黒ローブが拳を握り込んでぷるぷると震えている。お前ら震えるの好きだな。流行ってんのか？

「アンタ、最初に私と会ったときとまるで態度が違うじゃない！　あの卑屈な態度は演技だったのね!?」

「そう固いこと言うなよ。苦楽を共にした仲間じゃねぇか。なぁ？」

俺は思ってもいない戯言を吐き、ルークとニュイに同意を求めた。今更コイツに頭を下げる気になんてならんわ。下げた頭に何をかけられるか分かったもんじゃねぇ。

「まぁまぁ、落ち着きましょうよメイさん」

「そうですよ。苦楽をともにしたのは、まぁ事実なんですから」

チビ二人が俺の肩を持つなんて思っていなかったのだろう。目を見開いた黒ローブが固まる。

ふん。あの惨状を経験したことで俺はチビ二人から同情される側になったんだよ。ゲロ被って出直してこい。

「っ……！　第一、アンタ嘘ついてたでしょ！　あと五回しか魔法を使えないなんて言ってたくせに、それ以上使ってたし……ホントは実力を隠してるんでしょ！　ルークくん、あなたは何か見てないの⁉」

「えっ⁉　い……いや、僕ハ何も知らナいですヨ？」

ルーク……お前も嘘ヘタクソかよ。絶対わざとだろそれ。お前ほんとそういうとこだぞ。

「ほんとに……？　嵐鬼相手にサシで粘れる鉄級なんて居るわけないわ！」

「こちとら逃げ足で食ってきたんでね」

じとりとした視線を寄越す黒ローブ。この短時間で見慣れてしまったそれを軽く流し串焼きにかぶりつく。

……そういや、【隠匿(インビジブル)】の範囲展開見られてるんだよな。ルーブスの野郎に密告(チク)ってないだろうな。

「ほんとに何も知らないの？　ルークくん？」

「僕は何モ見てませンし、聞いてマせんヨ？」

わざとだろ？　なぁわざとなんだろ？　そろそろキレるぞ。

目を泳がせるんじゃねぇ！　嘘ついてますっていう主張にしかなってねぇんだよ！

ニュイにまで不審な目で見られてるじゃねぇか。ほんと、頼むぞお前……。

クソが。喋ったら死ぬっていうデメリットがあるから全力で誤魔化してくれると思ったが、こんなの逆効果にしかなってねーよ。俺はため息を吐いた。仕方なしに助け舟を出す。

「俺らは何もしてねぇよ。ほんとにたまたま居合わせた勇者が助けてくれたんだ。なぁ、チビ？」

他言無用ってのは何もだんまりを決め込めってわけじゃねぇ。適当でっち上げてうやむやにすりゃそれで済むんだよ。

俺の問いかけにルークが目を見開く。

何が面白かったのか、馬鹿みたいな笑顔を浮かべたルークが声高に言った。

「はい！　……勇者様が、助けてくれました！」

エピローグ

人ってのは全く以って平等じゃねぇ。

生まれながらにして死地に赴く義務を負ってるやつもいれば、アホみたいに豪華な椅子の背もたれに身体を預けて踏ん反り返るのがお仕事のやつもいるんだからよ。

謁見の間。

なんのために立ってるんだか分からん列柱。目が眩みそうなほどにしつこい光を放つシャンデリア。仕立てるのに何日かかったんだか想像もつかないレッドカーペット。嫌味なほどに装飾過多な玉座。

見栄、或いは虚飾（きょしょく）というイメージを形にしたらこうなるというお手本みたいな一室で俺は必死にあくびを噛み殺していた。

「――その後、フリシュの町にて翼獣の群れ……大体、三百匹ほどを討滅しました。飛竜こそいなかったものの、おっきな一角獣がいたので結構危なかったです。あと少し報告が遅れてたら外壁まで達していたかもしれません」

そりゃまた惜しいところだったな。

「また、ディシブにて難病を患ったフォルスフッド卿の元へと赴き治療もしました。現在は無事に快方へと向かっているとのことです」

「うむ、御苦労」

何が難病だよ。どうせ風邪でもひいたんだろ。

いよいよもって下らねぇ。果たして救済行脚の報告なんてする必要あんのかね。

内容を選別されたうえで、面白おかしく尾ヒレをつけられて吟遊詩人かブン屋の飯の種になるだけだってのによ。

エンデで運悪く厄介事に巻き込まれた俺は、万事を上手いこと丸め込むために姉上の――淵源踏破の勇者様の力を借りた。

おかげであらゆるゴタゴタにケリをつけられたわけだが、その代償として姉上に身柄を拘束されたのだ。

結果、王への報告という名のパシられ活動報告会に参加させられている。俺いらねぇだろ。

王都へはちょくちょく顔を出してるが、登城するのなんざ久々だ。

俺はお偉方に唯々諾々と従う姉上たちとは違う。勇者なんだから国のために戦うのが当たり前だという洗脳に騙されるのなんてガキの頃だけだ。

定例報告も勇者の務めも知ったこっちゃねぇ。なんで全国各地を走り回って他人のケツを拭かにゃならんのか。てめぇのケツくらい自分で拭け。それが俺の考えだ。

しかしどうにも姉上は国にとって都合よく真っ直ぐに育ったらしい。

何処の町に湧いた魔物を蹴散らした。誰の病気を治療した。そう報告する姉上の顔には一切の翳りがない。むしろ自分の所業を誇りにさえ思っていることだろう。

自分たちが働かずとも勇者が事を収めてくれると安心しきって飲んだくれてる騎士連中。

治療してもらえるからと増長し、味の良い毒物を食らったり愛人に自らの身体を傷つけさせたりする異常性癖を拗らせた貴族連中。

そんなありふれた悪意を目の当たりにした時、果たして姉上は今と同じ顔ができるもんなのかね。

「うむ、御苦労」

投げかけられる言葉も実に淡白だ。

世界救っといてこれだぜ。割に合わないどころの騒ぎじゃやねぇ。あっちこっちとパシられた報酬がありがたいお言葉とか、飯の食い上げもいいところだ。

まぁ……国の主ともなったら示さなきゃならん威厳の一つもあるんだろうけどよ。ままならねぇ世の中だな。

俺はいよいよ我慢ならなくなって大きなあくびを漏らした。

「ガル！」

隣に立っている姉上にペシッと肩を叩かれる。

あんだよ。別にいいだろ。なんでそこまで遜るかね。

「……陛下の御前であるぞ」

国王の横に控えている宰相が威嚇するように低い声を出す。まったく、嫌われたもんだね。

国の経営を一手に担っている宰相は、こと勇者の取り扱いに関しては慎重に慎重を期した。

歴代勇者の晴れやかな救世活劇を耳にタコができるほど語り聞かせ、かくあれかしと俺たちに説き続け、人並み以上の知識を得る機会を与え、訓練の場を整え……そうして『勇者』を完成させ、こう言うのだ。国のために死んでこい、と。

普通に嫌だが。

それはきっと習慣のようなものだったのだろう。農作物を育てるように、家畜に餌をやるように、生きるために必要だったから勇者を完成させようとした。

だってのに、こんな不良品ができあがっちまったら心中穏やかではいられないだろうな。

死んでも蘇る無敵の戦力。その敵意がふとした瞬間に自分たちに向けられたら。

怖ぇだろうな。勝ち目がねぇんだぜ。俺たちは、詰まるところそういう存在だ。

俺と姉上が組んで反旗を翻したら一呼吸の間で王都は陥落する。

半日ありゃ国だって滅ぼせるだろう。そりゃ嫌われるわな。

まぁやらんけども。俺にとってなんの得もねぇ。

俺は俺のやりたいように生きる。それだけだ。そして俺には王に遜るという選択肢は無い。

「別にいいだろ。な、オッサン？」

「うむ。よい」

さすが話が分かる。俺はこのオッサンが嫌いじゃない。このオッサンもだいぶ不自由してるからな。同族のよしみとでも言おうか。

生まれた時から人の上に立つことを決定づけられ、かくあるべしという理想像へと近づく以外の道を断たれる。

食うものも着るものも、喋る言葉すら他人に用意される始末。勝手に外出することすら許されないため、肌には日に焼けた痕一つない。

不自由の化身。勇者よりもクソッタレな仕事があるとすれば、それは国王だ。

「ほら、オッサンがこう言ってんだぜ？　だったら何も悪いことねぇだろうが。頭の固ぇお前らはこの寛容さをちったぁ見習えよな」

そういって俺はレッドカーペットを踏み付けながら玉座へと歩みを進め、国王のオッサンの肩に腕を回した。汚れ一つ無い真紅のマントをバンバンと叩く。

そうしてやると、オッサンがほんの少しだけ頬を緩めた。

「貴様……っ！　陛下の温情を何と心得る！」

「ガルっ！　このバカっ！」

「なぁ～オッサン、俺の素の能力があんまり高くないことは知ってんだろ？　だから色々と先立つ物がいるんだわ。ちっとばかり国庫ちょろまかして金貨を恵んでくれよ。三十枚ほど」

「それはならぬなぁ」

「じゃあ珍しい呪装でもいいぜ？　そしたらお礼に串焼きの一本でも奢ってやるからさぁ。オッサン串焼き食ったことある？　雑な旨味があっていいぞ。安酒とセットで食うのがオツなんだ、これが」

「……それは、一度口にしてみたいものだな」

へっへっ、いいぞ。イイ感じだ。

王城には有用すぎる呪装や危険な呪装が数多く封印されている。

砕いてしまったらいつ何処に顕現して争いの火種になるか予想がつかなくなるからだ。

そこまで危険じゃないシロモノを拝借して売り捌けば金貨百枚にはなるだろう。そうすりゃ暫く遊び放題よ。

もう一押し要るか。

唇を湿らせていたところ、不可視の力に首根っこを強引に掴まれて引き倒された。

「ぐぇッ」

そしてそのままずるずるとカーペットの上を引きずられて元の位置へと戻される。姉上の風魔法、その応用。

どうやったらこんな使い方できるやら……ほんとに、いよいよ化け物じみた魔法操作だ。

こんなのを相手にしなきゃならない魔物連中には同情するね。

「ほんっとうに、すみません！　もう、ガルのバカ！　ポンコツ！」

「ポンコツはお前だろ……やめろ！　髪を引っ張るなバカ！」

カーペットに寝っ転がっていると風魔法で髪をグイッとされたので慌てて立ち上がる。ったく、ガキの頃から何も変わってねぇ。

パッパと身体を叩き、服の皺を伸ばしてホコリを落とす。誰もが話し出す切っ掛けを掴みあぐねていたところ、わざとらしく咳払いをした武官の一人が口を開いた。

「……呪装と言えば、つい先日呪装を運ぶ馬車が王都の内部で賊の襲撃に遭い……呪装を封印した櫃(ひつ)ごと奪われてしまいました。勇者諸君にも犯人捕縛に協力を頂きたく」

「はぁ？　おいおい、王都の中でだぁ？　ご立派な鎧に身を包んだ衛兵は何をしてたんだ？　平和ボケするにも程があんだろ」

「……やつらは、手慣れていた。戦闘ではなく盗みの技術に長けた者たちの仕業だ。陽動と撹乱を複数箇所で展開され、不覚にも後れを取った」

「無能アピールなんざ聞いてねぇ。お前らがすることは寝食を削って働くことであって、勇者にケツ拭きを依頼することじゃねぇだろ？　俺らを便利な何でも屋だとでも思ってんのか？」

「ガル！」

ペシリと頭を叩かれる。なんだよ。ったく、これはお前のためでもあるんだぞ。

適度に釘を刺しておかなければ人はとことんまで付け上がる。

ラインは引いておくべきなんだよ。あんまり調子に乗るんじゃねぇぞってな。

「…………いや、今の発言は忘れていただきたく。今回の件は我々の不手際によるもの。理はガルド殿にある」

そうだ。それでいい。

領分をわきまえろ。これ以上組織を腐らせるんじゃねぇ。手遅れになっても知らねぇぞ。

謁見の間は武官の言葉を最後に居心地の悪い沈黙が流れた。めったに姿を現さない俺がいることでこの場にいる連中はやりにくさを感じているのだろう。

それは結構。俺は機先を制するように言った。

「もうコイツの報告も終わったみたいだし、俺らは帰っていいだろ？」

周りの連中を無視して王へと問う。お飾りの王とはいえ、血筋を理由に祭り上げてるのは周りの連中だ。王が直々に首を縦に振れば表立って反論はできまい。

「うむ。下がってよい」

やはり話が分かる。そういうところが嫌いになれない理由だ。

ムスッとしている姉上の腕を引いて謁見の間の出口へと向かう。無駄にデカい両開きの扉を門衛が開けるのを待っていたところに声が掛けられる。

「勇者たちよ」

振り向くと、厳しい顔をしたオッサンが、しかしどこか柔らかな声色で言う。

「また来るといい」

俺は片手をゆるゆると振って応えた。

◇

「ガルはさぁ、やればできる子だと思うよ？」

なんだ急にコイツ。

「今はね、魔王の征伐に失敗しちゃって、ちょっとスランプになってるだけ。私たち三人の中で一番強かったのはガルだったんだから！　あんまり斜に構えちゃだめ！」

おう、随分と変な拗れ方したなこの馬鹿。

何を急に言い出すのかと思ったら、なるほど、言って聞かないなら褒めて伸ばそうというわけだ。ガキ扱いすんなや。

「何年前の話を引き合いに出してんだっつの。それに魔王征伐には失敗してねぇよ。ありゃ勝つとか殺すとか考えるだけ無駄だ。そういう次元にねぇ」

魔王。世にのさばる魔物畜生を統括し、人類を虐げて世界に混沌を齎さんと暗躍する者。

まぁお偉方がでっち上げた嘘っぱちだがな。勇者と同じく政策の一環としてそう呼ばれているだけだ。

つまるところ魔王も被害者の一人なのである。いざ会ってみたら案外話の分かるやつだったよ。

「うそ。あんなに素直だったガルをこんなポンコツにしたんだから……絶対に許さない」

勇者が世界の希望を担うなら、魔王は世界の憎しみの捌け口だ。

どっちも民意を統一するプロパガンダのための道具でしかない。担ぎ上げる神輿と分かりやすい悪を用意すれば、安寧の確保と不満の解消を両立できるって寸法だ。

ほんと、ままならねぇ世の中だな、オッサンよ。

俺はそんなドロドロとした世界単位の権謀術数に巻き込まれるのはごめん被るね。精々自由に生きさせてもらうとするさ。

となると当面の問題は……俺は義憤に燃える姉上の顔をチラと見た。

まずはこの姉上をどうにかしなければならない。

淵源踏破の勇者。魔導の深奥に触れし者。

市井が面白がって囃し立て、国が便乗した結果根付いた大仰な称号は、しかしただの飾りではない。

姉上の回復魔法にかかればあらゆる病魔は綺麗さっぱり取り除かれ、目と鼻の先に迫っていた死神が尻尾を巻いて逃げ出していく。四肢の欠損治療だってお手の物だ。

女神様の家のドアをノックしてるやつだって地上に還ってこられる。

寿命以外のあらゆる死を遠ざける、まさに博愛の使徒ってわけだ。

自殺阻止されるんだよなぁ。めんどくせぇ。

このままだと俺は姉上に引きずられて救世行脚の仲間入りだ。

冗談じゃねぇ。俺は美味い酒と肉をしこたまかっ食らってぐっすり寝るという慎ましい生活を好む男。切った張ったの世界に身を投じる気なんて更々ない。

となると、まずは――

「ま、んなことはどうでもいいだろ。しっかし豪華な調度品ばっかりだなぁ。一つくらい譲ってくんねぇかな」

王城の廊下。

隅から隅まで気合の入った見栄の城は装飾に使用する工芸品の選別にも余念がない。

繊細なタッチで細部まで描き込まれた風景画。複雑精緻な紋様が刻まれた間接照明。ぶっちゃけよく分からんが、多分高いんだろうなーと思わせる趣のある壺。

俺は芸術品を愉しむかのように視線を巡らせ、自然な流れで歩行速度を落とした。

呆れたような顔をした姉上が振り返り、じとっとした視線を寄越してため息を漏らす。

「もう、バカなこと言ってないで行くよ」

「あいよ」

先程までは肩を並べていた立ち位置だったが、俺はごく自然な流れで姉上の背後に立つことに成功した。

甘い。甘すぎるぞ姉上。相手の一挙手一投足の裏を読まない。さりげない行動に隠された悪意を見透かせない。

だからいつまでも騙される。後れを取る。

民衆の尊敬と羨望を集める勇者、そのあまりにも無防備な背中が目の前にあった。

足取りはまるで散歩でもするかのように軽い。腰まで伸びた金髪は歩きに合わせて遊ぶように波打ち、毛先がふわりと跳ねる。まるで隙だらけだ。

やればできる、ねぇ。くくっ、そうかもな？

なぁ姉上よ。俺だって補助魔法の使い方にはちょっとした自信があるんだぜ。

常人には到底扱えないようなやり方だって会得した。これはその一端だ。

【無響(サイレンス)】。音の、振動の伝達を絞る。

足音は響き、しかし衣擦れの音は闇に溶けるが如く。

手練れの暗殺者もかくやの静けさで俺は懐から短剣を取り出した。

向こう側が透けて見えるほどに薄い刃。斬ろうものなら千々に砕けてしまいそうな見た目のそれは、しかし底冷えするほどの鋭さで対象に安らかな死をもたらす。斬られて死んだことにも気付かないほどに。

「呪装が盗まれた件、大丈夫かなー。私たちに手伝えることがあればいいんだけど……」

「呪装ってのは厄介な効果を持つものが多いからな。細心の注意を払う必要がある」

そう、こんなふうにな。

俺は俺の頸動脈に短剣を突き立てた。

痛みは無い。これが素晴らしい点だ。無駄に声を上げなくて済む。

まだだ。腕の見せどころはこれからだ。

【無響（サイレンス）】の範囲展開――ボタボタと垂れる血の音を遮断する。声と足音の響きは妨げず、複数発生する音源を狙って打ち消す。

針の穴に糸を通すかのような精密操作。血溜まりは凪（な）いだ湖面よりも静かに波打っていた。

「やっぱり心配だなー。私たちも捜査に協力したほうがいいんじゃない？」

「そうだな」

【無臭（エアイレイズ）】。立ち上る血の臭いを完璧に消し去る。

やはり【偽面（フェイクライフ）】に縛られていないという状況は良い。

策略に幅が出る。持ち味が活きる。これが補助魔法の神髄だ。

「ま、いざとなったら俺らが助け舟を出してやりゃいい。立ち行かなくなったら要請が飛ぶだろ」

「うん！　そうだね！　もう、ガルったらちゃんと勇者の務めについて――――」

長い金髪を揺らしてくるっとターンした姉上はそのまま硬直した。

おっと危ない危ない。あと一秒早かったら助かっちまったかもしれねぇな。だがもう手遅れだ。

俺はゆっくりと膝から崩れ落ちて死んだ。

よく見とけ。これが俺の新技――世間話しながら自殺だ。

逃走成功。んじゃ、あとはよろしく、姉上。

書き下ろし番外編

『遍在』のミラの日常

冒険者ギルド治安維持担当統括『遍在』のミラ。彼女の朝は早い。

彼女の朝は走ることから始まる。身体が資本の冒険者は体調の管理と肉体の鍛錬を欠かした者から錆びついていく。

得物を扱う者が素振りをするように、魔法を扱う者が瞑想をするように、彼女は己を練磨するべく走る。

日はまだ昇っていない。ほんの少しの肌寒さを感じさせる街中に静かな呼気が溶けていく。

足音は響かない。斥候として仕込まれた技能は既に身体の隅まで浸透している。これといった意識の切り替えをせずとも培ってきた技の全てが発揮されていた。

宵闇のように静かで、しかし風のように疾い。

露店で売る商品の仕込みをしていた店主が彼女に気付いて肩を震わせた。物音一つ立てずに駆けていくその姿は時間帯もあって幽霊のようにさえ映った。

気付けばそこにいる。何処にでもいる。それが『遍在』の由来である。

巡回を兼ねた鍛錬は日が昇るまで行われた。

熱を持った身体を適度に冷ますため大通りを歩く。見慣れた光景を前にしても彼女の目は鋭い。見方によっては不機嫌に映りそうな無表情で周囲を睨めつける。ほんの少しの異常も見逃さない心構えが表層へと浮いて出ていた。

「…………ん」

そして彼女の目は異変を捉えた。

目線の先にあるのは一つの屋台である。何の変哲（へんてつ）もない串焼き屋の屋台。しかし……その中身が問題であった。

——あそこはたしか煎り豆の屋台だったはずでは？

これは調査が必要だ。事件性があるかもしれない。早急に調査が必要である。適度に汗を流して身体が塩気を欲していたこととは関係なく調査が必要なのである。

彼女は路地裏に引っ込んでから【偽面（フェイクライフ）】を発動した。名もなき少女に化け、わざと靴の音を響かせながら屋台に近づいて一言。

「串焼きを三つください！」

「あいよ、銅貨十五枚ね！」

愛想よし。相場よし。早朝営業よし。事件性は……ないかな。

独断と偏見でそう結論を下した彼女は串焼きを受け取ってからその場を後にした。もちろん串焼きは頂く。調査の副産物である。

肉を咥え、串から引き抜いて一口。まぶされた塩が舌の上で存在感を放ち、溢れた肉汁の旨味を引き立てる。焼き加減も柔らかさもよい塩梅（あんばい）だ。

「……当たりですね」

彼女は串焼きを一本食べ切ってから満足気に呟いた。湧水（ゆうすい）の式が刻まれた魔石入りの水筒で喉を潤し、紙袋からもう一本の串焼きを取り出して——

「………………」

路地裏の入口からこちらを見つめる二つの影と目が合った。

スラムの孤児。黒ずんだ頬と傷んだ服を纏った二人が物欲しそうな目でこちらに視線を寄越している。

ミラはすっと手許に視線を落とした。残る串焼きは二つ。孤児の数は二人。

むむむ、と唸った彼女は取り出した串焼きを紙袋に戻し、そのまま孤児の二人へと差し出した。

「いり、ますか？」

「いいんですか……？」

「ありがとう、おねえちゃん！」

「いえ……」

ぎこちない笑みで孤児の二人を見送ったミラは淋しくなった両手を見下ろして思案した。そして踵を返す。

再調査が必要だ。再び屋台の前に戻ってきた彼女は革袋から銀貨を取り出して店主に告げた。

「串焼きを……五つください」

◇

彼女の仕事は町の巡回が大半を占める。

【偽面(フェイクライフ)】という魔法の使い手である彼女は町に溶け込めると同時、後ろ暗いことを考える者たちの警戒の目を掻い潜(くぐ)れる。

上背が足りないことは彼女のコンプレックスの一つであるが、治安維持担当という立場で見た場合はそれが武器として働くことが多かった。油断する者が後を絶たないのである。

「チッ……クソが！」

人混みで行われたスリを咎めたところ、逆上した犯人が手を振り払うと同時に裏拳を振り抜いた。

一般人がまともに受ければ昏倒してもおかしくない攻撃だ。酷く悪質な振る舞いである。到底看過できるものではない。

「……ふっ」

一般人にとっては脅威であっても、金級の位を冠するミラにとっては児戯にも劣るお粗末な体捌きであった。

迫る拳に手を添えて勢いを落とし、関節を痛め付けるように捻る。抵抗の意を挫くためだ。

相手の動きが硬直したところで腕を強く引く。姿勢を崩した後、もつれる足を刈れば鎮圧完了である。

ミラは遅れてやってきた治安維持担当の男へ犯罪者の身柄を引き渡しながら言った。

「周囲への警戒が足りていませんね。立っているだけで抑止力があるとはいえ、それだけが貴方の仕事ではありませんよ？」

「……うす。気ぃ付けます」

屈強な肉体を持つ男が小柄な女に頭を垂れる様は一見すると情けないものに映ったが、内情を知る者は全く別の感想を抱いていた。

犯罪者の検挙数、歴代最多に迫る女傑。

荒くれや悪徳商人が掃いて捨てたそばから立ち現れるエンデという町に不可欠な断罪者。決して悪を許さぬ高貴な振る舞いは同業者の心さえ畏怖させ、そして天井知らずの敬意を集めていた。若さも、身長も、女であることも蔑みの対象にはならない。冒険者とは実力が物を言う世界であるが故に。

息をするように犯罪者を拘置所送りにしたミラは巡回を続けた。程なくして人集りと騒ぎ声が聞こえてくる。なにやら面白……事件のにおいが漂ってきた。

――これは調査に赴かなければなりませんね。

すすす、と早歩きで現場へと向かう。人混みから情報を拾ったところ、どうやらフリーの呪装鑑定屋が現れたとのことだった。

「いやはや、呪装というのは本当に奥が深い！　あんなに禍々しいネックレスが、よもや伝説に謳われるような極上品であったとは。さて、次は誰が彼の後を追うのでしょうね？」

鑑定師の煽り言葉を皮切りに野次馬が騒ぎ立てる。

これは――まずい。ミラはそう結論付け、冷徹に思考を回転させた。

ギルドが鑑定を一手に担っているのは悪辣な能力を有する呪装が世に出回らないよう管理するためだ。個人の裁量に任せられる仕事ではない。身元不詳で品行の程度が知れない者が呪装の鑑定を行うというのはあまりにも危険な行為であった。

おまけに……ミラは客が差し出した銀貨を数えた。

銀貨五枚。どうやらそれが鑑定料のようである。これはギルドが行っている鑑定のちょうど半額であった。まるで当て付けのような……いや、確実にギルドへの当て付けだろう。

ギルドが得た鑑定料はギルドの運営費に充てられている。高すぎる、値段を下げろと陰で悪態を吐かれているのはギルドも把握していたが、それでもギルドの、ひいては町の健全な運営をするために鑑定料を値下げするわけにはいかなかった。

そこへ現れたフリーの鑑定師。その男が掲げている銀貨五枚という看板は、鑑定師にその気がなかったとしても、明確なギルドへの宣戦布告であった。

即座に上へと報告をあげなければならない。ギルドの半額という破格さで商売をされて冒険者が金銭感覚を麻痺させてしまったらことだ。そんな、ギルドの半額でなど……

――そういえば、ひとつ未鑑定の呪装がありましたね。

彼女はギルドへと向けていた足をくるっと返した。そして鑑定屋の列の最後尾へと並ぶ。

調査をしなければならない。そう、調査だ。この鑑定師が与太を飛ばしている可能性を捨てきれない以上、身銭を切って調査しなければ。

ピアス型の呪装をぐっと握りしめてその時を待つ。ひとり、またひとりと鑑定が終了し、およそ二時間ほど経過したところで自分の番が回ってきた。万感の思いを込めて呪装と鑑定料を差し出す。

クズ品認定された。

サッと踵を返したミラはギルドで再鑑定の依頼をした。

クズ品認定された。

ピアス型の呪装は光となって世界を巡る旅に出たという。

◇

昼下がりであっても彼女の仕事に変わりはない。町の治安維持を担うこととなり、危険地帯へ赴く機会が減った彼女にとっては神経を研ぎ澄ませて町を練り歩くことこそが最上の訓練になるのである。

もっとも、戦闘技能を錆びつかせるわけにもいかないので仕事が休みの日は鍛錬も兼ねて魔物狩りに向かっていた。血の滲むような鍛錬をひたむきにこなすことで『遍在』のミラは完成したのだ。

目立たない町娘に化けた彼女は周囲から悟られないよう静かに、しかし的確に任務を遂行する。

目下、騒ぎが起きそうな人集りの前に彼女は居た。

「俺は右のチビに賭けるぜ」

「あんなチビが勝てるわけねぇだろ！」

どうやら彼らは冒険者の喧嘩をダシにして賭博に興じているらしかった。

――これは調査しなければなりませんね！

小柄な利点を存分に発揮した彼女はするすると列の隙間を縫って最前列へと移動した。もちろん賭けも行う。見ているだけだと怪しまれかねない。参加者の一人となることで周囲に溶け込むのだ。微塵の瑕疵もない作戦である。ミラはうんうんと頷いた。

もちろん楽しむためなどではない。彼女は胸中に決意の炎を灯した。冒険者がどの程度の実力を有しているか確かめる機会である。また、己の目を養う修練にももってこいだ。彼女は自分の経験と直感を頼りにして銀貨五枚を賭けた。

賭けには負けた。

――見る目を養う必要性が出てきましたね。これは調査を続けなければ。

独断と偏見でそう結論付けた彼女は胴元の男が稼ぎ場所を替えるのをじっと待ってから後を追った。

今度は勝てる。今度こそは自信がある。そう思い続けて賭けを続行したのだが……彼女は至極あっさりと敗北を喫してしまった。これで四連敗、しめて銀貨二十枚の負けである。

――おかしい。絶対に……おかしい！

具体的にどこがおかしいかは見当がつかなかったが、彼女の中で何かがおかしいことは確かであった。彼女の手の中で投票券がくしゃりと小さな悲鳴を上げる。

自分がここまで冒険者の実力を見誤るなど絶対におかしい。彼女は変わったところで自信家だった。

呪装の使用が有りとはいえ、ここまで予想が食い違うのは不自然だ。何かやっているはず。そう、例えば……バレないように補助魔法をかけているとか。

――――！

なるほど、そういうことでしたか。

天啓を得た彼女はギルドへと走った。補助魔法の付与を感知する呪装、通称『見栄張りの証明』の使用許可を申請するために……。

◇

彼女の仕事は夕暮れと同時に終わりを迎えることが多い。

治安維持は町の平穏を守るために必要不可欠であり、慈善事業の側面を持つが、民の安全を一から十まで保障するものではないので、夜中に割く人員は大幅に削られることになる。これは町の人間一人ひとりに自衛の観念を抱かせるためにも必要な措置であった。

朝が早い彼女は就寝も早い。有事の際に素早く動けるよう体調を管理しておくのは彼女の中で至極当然のことなのである。

つつがなく業務を終えた彼女は、平時であれば帰宅して明日に備えるところであるが、前々から気になっていた店に足を運ぶことにした。最近になってから急に頭角を現してきた飯処である。

――たまには少し贅沢をしてもいいでしょう。

名誉ある金級として認められた彼女には働きに見合う分の給金が支払われている。鉄級や銅級などとは比較にもならない。銀級と比べても十分な優越感に浸れるほどの額である。

しかし、彼女には業務をこなす上で欠かすことのできない出費があった。

深刻なものは服飾関係である。

彼女は『変装時に正体が露見した際、着ていた衣服は二度と着ない』という徹底的なこだわりを有していた。使い回した服装で正体に勘付かれないための策である。

あまり上等な服を着ていない時は良い。だが、架空の冒険者に扮する必要があった場合はなかな

かの痛手を被る。

革の軽鎧、各部から覗くインナー、厚手のブーツ、見た目を整えるために購入した得物、腰に下げた道具袋。全て売却する。もちろん購入時の費用が全て返ってくることはない。

結果として、どうしても出費が嵩む(かさ)のだ。おまけに錬金術師が調合した消臭薬もいい値段がする。『遍在』が『遍在』たらんとする時、相応の金銭が必要になるのだ。日々の節約は必須なのである。

——でも、今日くらいはいいよね！

常日頃から自分を厳しく律しているのだ。たまには自分を甘やかしても女神様はバチを下すことはないだろう。

ずっと気になっていたのだ。いつ見ても長蛇の列ができており、営業が終わるまで客が引かない話題の店。巡回中に見かける度にいつか行こうと思っていたが、業務中に並ぶわけにもいかず泣く泣く店を後にしていた。

その店がなんと二号店をオープンしたのである。これは天啓だ。女神様が自分にご褒美をくれたに違いない。

相場よりもだいぶ高いが、それでも客が途絶えないということはとても美味しいのだろう。期待に思わず口角が上がり、ほんの少し目尻が下がる。それは任務中はけして晒すことのない、微熱で氷が解けるような表情であった。

金級冒険者『遍在』のミラ。彼女は平静の仮面の下で心を弾ませながら『銀貨一枚で串焼き五本と酒一杯を提供する串焼き屋』の店に足を踏み入れた。

あとがき

この度は拙作『クズ勇者のその日暮らし』を手にとっていただき誠にありがとうございます。作者の珍比良と申します。

このあとがきを誰かが目にしているということは、拙作が無事に世へと解き放たれたのでしょう。不思議な感覚ですね。

小説もラノベも大して嗜んでこなかった私が何かの気の迷いで小説を投稿したのが約二年前のこと。

電子の海へ不法投棄した文章が読者さま方にサルベージされ、過分ともいえる好評を頂き、果ては編集さまの目に留まったことで出版の運びと相成りました。

ありがとう読者さま。正気か編集のＤ氏。作者が言うのもアレですが、この小説は誰をターゲットにしてるんだか分からんぞ！

初手自害ですからね。絵面酷すぎるだろうと。

何事にも『ここは押さえておくべきだ』という定石があって、それが小説となると『大なり小なり主人公に感情移入できること』だと思っているのですが、拙作は考えなしに書き始めたものなのでそういう要点をまるで押さえていません。主人公の首が頻繁に飛びますしね。

書籍化の打診を頂いた時にも真っ先に確認しました。いいんですか？　って。

この本が出回っていることから、頂いた回答は推して知るべし。世界って案外懐が深いものなのですね。

私は感心しきりです。蒙を啓いたとでもいいますか。

そんなこんなで死んでも生き返る勇者が使命をほっぽりだして好き放題する作品が出来上がりました。

一巻範囲ではコメディ色が強めだと思います。

ファンタジーな世界観の小説は世にあふれているので、少しでも独創感を出そうとした結果、とんでもない力を持った勇者が狡(こす)いやり口で気ままに町を騒がせつつ因果応報で処刑されるという展開になりました。

この勇者、またばかやってらー的な軽い雰囲気で読んでいただけたら嬉しいです。

お察しの方も多いとは思いますが、死んでも生き返る勇者というのはドラクエから着想を得ています。

主人公のガルドが首を斬って転移するのとか完全にデスルーラを意識しています。こんな主人公で大丈夫か？

しんでしまうとはなさけない、を地で行く形になりましたね。ドラクエ3は青春です。

そしてご存じの方もいらっしゃるかもしれませんが、そのドラクエ3がリメイクされますね。必見です。

ドラクエ3のリメイク、皆もやろうぜ！


書くべきことは書いたので謝辞で締めさせていただきます。

突拍子もない世界観を完璧に落とし込んでくださったイラストレーターの山椒魚先生。ひと目見ただけでキャラが伝わるデザイン。細部の描き込み。活き活きとした表情、躍動感。言う事なしでした。個人的にうだつが上がらない感出てるエイトがお気に入りです。

山椒魚。直訳すればサラマンダーですよ。絶対に強い。文字通り画竜点睛を務めていただきました。山椒魚先生のおかげで拙作は完成しました。ありがとうございました。

数ある作品の中から拙作を選び、書籍化の打診をくださった編集のD氏。読者と編集という両方の視点からアドバイスをくださって非常に頼もしかったです。初めはめちゃくちゃ不安でしたが、書籍化を決定して良かったと感じています。

出版に際して尽力いただいたTOブックス編集部の皆さま、並びに関係各所の皆さま。出版業界の事情に疎い作者は想像できませんが、契約から出版に至るまでには相当な手間と労力が掛かっているものと思います。トンチキなあとがきが送られてきたら、これはどこまで載せていいのかという確認も必要になるのでしょう。大変お世話になりました。

皆さまのおかげで拙作は世に解き放たれました。ありがとうございました。

Ｗｅｂ版で拙作を読んでくださった読者さま、並びに書籍版を購入してくださった皆さま。私は皆さまから数々の感想や評価を頂けたから筆を執り続けられました。小説を投稿してもなんの反応もなかったら多分私は更新を続けていなかったでしょう。

皆さまのおかげで拙作はここまで来られました。

この本を手に取っていただいた皆さまの情緒的なものを少しでも揺さぶれたのなら本望です。重ねて御礼を。ありがとうございました。

それでは！

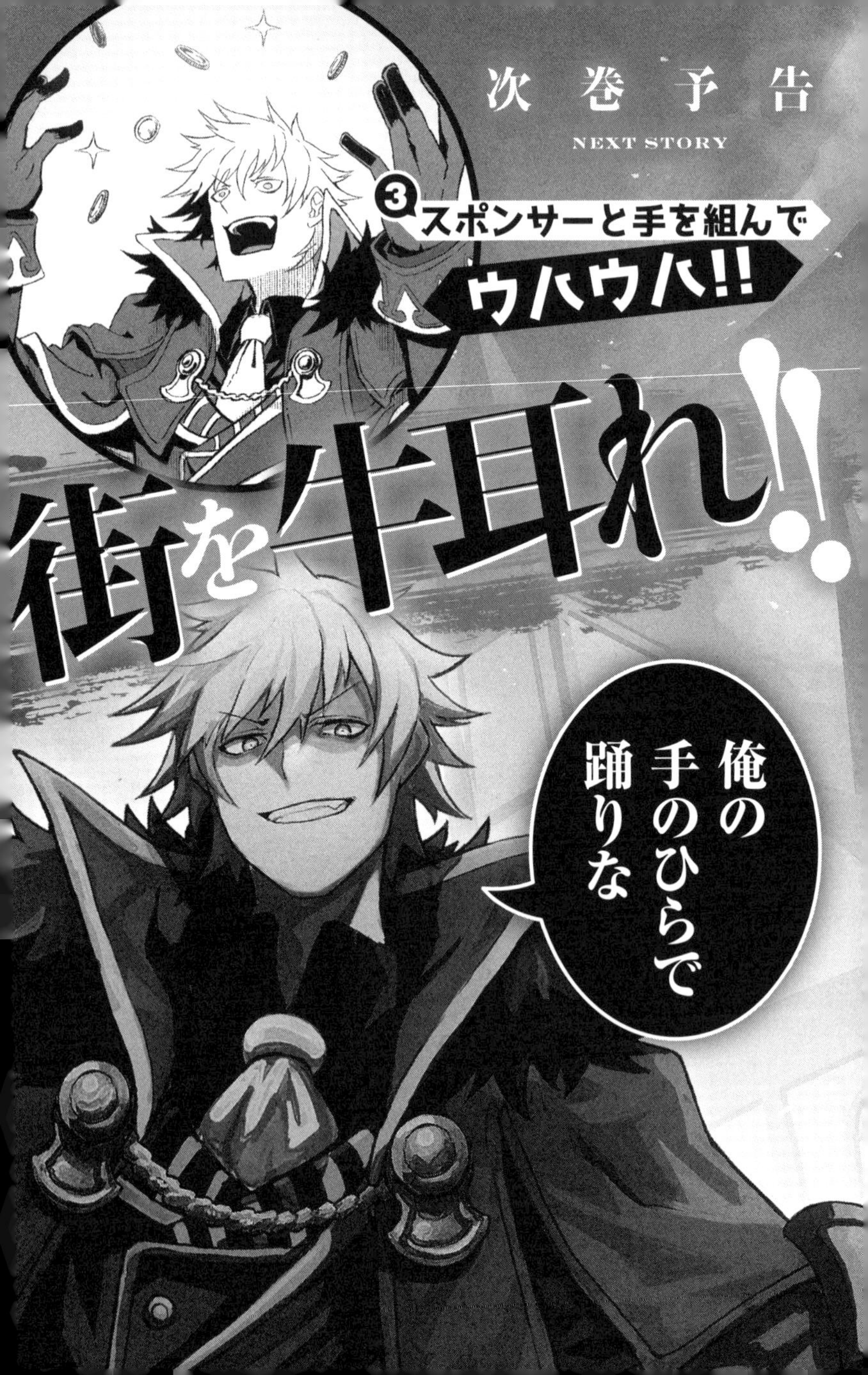

次巻予告

NEXT STORY

❸スポンサーと手を組んで

ウハウハ!!

街を牛耳れ!!

クズ勇者のその日暮らし2
勇者よ、メディアを制して
1 新聞社を設立！ 世論を偽造れ！
2 アイドルプロデュースで流行の中心に!?
著 珍比良
画 山椒魚
次なる目標はエンデのメディア王!?
使命を捨てた(!?)ゲス勇者の
気ままな拝金ファンタジー第二弾!
KUZUYUSHA NO SONOHIGURASHI
2025年発売予定!!

2025年1月から
テレ東・BSフジほかにて
TVアニメ放送開始!!
U-NEXT・アニメ放題で最速配信決定!
没落予定の貴族だけど、暇だったから魔法を極めてみた
©三木なずな・TOブックス/没落貴族製作委員会

クズ勇者のその日暮らし

2024年11月1日　第1刷発行

著　者　珍比良

発行者　本田武市

発行所　TOブックス
〒150-0002
東京都渋谷区渋谷三丁目1番1号　PMO渋谷Ⅱ　11階
TEL 0120-933-772（営業フリーダイヤル）
FAX 050-3156-0508

印刷・製本　中央精版印刷株式会社

ISBN978-4-86794-351-9